GABRIELE KEISER

Apollofalter

DAS MÄDCHEN UND DER SCHMETTERLINGSKUNDLER

Kriminalkommissarin Franca Mazzari findet beim Walken in den Weinbergen zwischen Rhein und Mosel die Leiche der vierzehnjährigen Hannah. Ein sexueller Hintergrund kann nahezu ausgeschlossen werden, denn sie ist vollständig bekleidet. Alles deutet zunächst auf einen unglücklichen Sturz von der oberhalb gelegenen Terrassenmauer hin. Doch das Obduktionsergebnis spricht eine andere Sprache: Hannahs massive Kopfverletzungen wurden ihr gewaltsam beigebracht.
In den Mittelpunkt der Ermittlungen rückt der eigenbrötlerische und wortkarge Andreas Kilian. Er ist seit einigen Wochen zu Gast auf dem Weingut von Hannahs Familie und hat eine Vorliebe für junge Mädchen ...

Gabriele Keiser, 1953 in Kaiserslautern geboren, studierte Literaturwissenschaften und lebt heute in Andernach am Rhein. Die Autorin hat zahlreiche Kurzgeschichten und mehrere Kriminalromane veröffentlicht. »Apollofalter« ist der erste Fall für Kommissarin Franca Mazzari.
www.gabrielekeiser.de

Bisherige Veröffentlichungen im Gmeiner-Verlag:
Vulkanpark (2013)
Engelskraut (2010)
Gartenschläfer (2008)
Puppenjäger (2006, zusammen mit W. Polifka)

GABRIELE KEISER

Apollofalter

Erster Fall für Franca Mazzari

GMEINER *Original*

Personen und Handlung sind frei erfunden.
Ähnlichkeiten mit lebenden oder toten Personen sind rein zufällig und nicht beabsichtigt.

Besuchen Sie uns im Internet:
www.gmeiner-verlag.de

Im Ehnried 5, 88605 Meßkirch
Telefon 07575/2095-0
info@gmeiner-verlag.de

4. Auflage 2013

Lektorat: Claudia Senghaas, Kirchardt
Umschlaggestaltung: U.O.R.G. Lutz Eberle, Stuttgart
unter Verwendung eines Fotos von: Hermann Schausten
Druck: GGP Media GmbH, Pößneck
Printed in Germany
ISBN 978-3-89977-687-4

Für meine Kinder Elisa und Frederik

Prolog

Nun komm endlich! Komm!

Seine Augen brannten vom angestrengten Schauen. Eine kleine Ewigkeit stand er schon hier, und dort drüben bewegte sich immer noch nichts. Ungeduldig trommelte er mit den Fingerkuppen auf die Kante des Fensterbretts. Ein Stück des gelblich gewordenen Lacks splitterte ab und segelte auf den Boden. Das Trommeln wurde lauter und ging in ein Geräusch über, das sich anhörte, als tripple sein Kanarienvogel über den Holztisch. Er fuhr sich mit der Zunge über die Lippen, die sich trocken und rissig anfühlten.

Melisande, wo bleibst du denn?

Im Nachbarhaus waren neue Mieter eingezogen, eine Mutter und ihre kleine Tochter. Von hier aus konnte er direkt in das Mädchenzimmer sehen.

»Andreas«, rief seine Mutter von unten. »Kommst du?«

»Gleich«, rief er zurück und rührte sich nicht von der Stelle. Es war bereits dunkel draußen. Schon so oft hatte er hier gestanden und gewartet. Manchmal hatte er Glück und er konnte einen Blick auf Melisande werfen.

Drüben flammte Licht auf. Sein Herz begann schneller zu klopfen. Ein Schatten huschte an der Wand entlang. Da war sie! Sein Atem ging rascher. Melisande war tatsächlich in ihr Zimmer gekommen. Mit weit geöffneten Augen starrte er in das hell erleuchtete Rechteck des Fensters. Seine Nasenflügel bebten. Seine Hand tastete nach dem Fernglas. Er versuchte, sich so wenig wie möglich zu bewegen. Jegliche Aufmerksamkeit wollte er vermeiden.

Fest krampften sich seine Hände um die geriffelte Plastikoberfläche des Fernglases, während sein Blick suchend umherirrte. Endlich hatte er sie eingefangen. Ihre Silhouette zeichnete sich scharf vor dem Hintergrund des Mädchenzimmers ab. Sie trug die Haare zu einem lockeren Knoten gedreht auf dem Hinterkopf. Ein paar dünne Strähnen hatten sich gelöst und hingen ihr ins Gesicht. Gebannt sah er auf das wunderschöne Geschöpf dort drüben, das zum Greifen nah schien. Zwölf Jahre war sie alt. Er flüsterte ihren Namen. Melisande. Leicht flatternde Silben. Melisande, ein Name wie ein Engel, der geradewegs vom Himmel auf die Erde herabschwebt.

Er beobachtete, wie sie sich an den Schreibtisch setzte, ein Heft in die Hand nahm und darin blätterte. Wahrscheinlich machte sie Hausaufgaben. Wie sie den Kopf geneigt hielt, so anmutig, erinnerte sie ihn an eine Primaballerina. Sie hob die Arme und löste ihr Haar, das ihre Schultern berührte. Das Licht ihrer Schreibtischlampe fiel darauf und ließ es an den Rändern rötlich leuchten. Es sah aus wie ein Glorienschein.

Ganz fest hielt er sie mit seinem Blick. In seinen Händen. Seine Augen hinter den gläsernen Linsen wanderten ihr Profil entlang, tasteten über die Linie der kleinen Nase, umschmeichelten das Oval ihres kindlichen Gesichts. Mit einer beiläufigen Bewegung strich sie sich die Haare hinters Ohr und gähnte, wie ein Kätzchen, ohne die Hand vor den Mund zu halten. Ein Lichtstrahl verfing sich in ihrem Ohrläppchen, in dem ein winziger goldener Ohrring steckte.

Hinten an der Wand stand ihr Bett. Es war aufgedeckt. Ein paar Plüschtiere saßen auf dem Kopfkissen. Eine Katze, ein Löwe und ein weißer Teddy mit dunklen Knopfaugen und einer roten Schleife um den Hals.

Er ließ das Fernglas sinken und grub die Zähne in die aufgesprungenen Lippen. Er stellte sich vor, wie sie seinen Namen sagte. Mit ihrer hellen, mädchenhaften Stimme.

Jetzt stand sie auf, trat ans Fenster und öffnete es. Unwillkürlich ging er einen Schritt zur Seite, versteckte sich hinter dem Vorhang. Er wollte auf keinen Fall, dass sie ihn bemerke. »Spanner!«, hörte er sie bereits verächtlich sagen.

»Du kommst dir wohl besonders toll vor mit deinem Fernglas in der Hand?«

Er merkte, wie sein Körper zu zittern begann. Schnell kniff er die Lider zusammen und rief sich ein anderes Bild in Erinnerung. Ein schöneres, angenehmeres. Er sah sich dabei zu, wie seine Hände durch ihr Haar glitten, das sich anfühlte wie Seide. Zimtfarbene Seide. Er roch ihren Duft nach Vanille und Honig. Ihre Haut war zart wie eine Aprikose. Und ihr Mund eine Himbeere. Eine reife Himbeere, die er mit den Lippen pflücken durfte.

Sein Herz pochte lauter, während seine Hände die Oberschenkel entlang streiften und zwischen die Beine drängten. Als er die Augen wieder öffnete und vorsichtig durch den Vorhangspalt hindurchlugte, war sie gerade dabei, sich auszuziehen.

Er konnte sein Glück kaum fassen. Schnell griff er wieder nach dem Fernglas. Hielt es erneut vor die Augen.

Zuerst streifte sie den Pulli ab, danach den Rock. Nun trug sie nur noch ein Höschen, das weiß leuchtete. Er sah ihre knabenhaften Brüste. Winzige Erhebungen mit kleinen Knospen drauf.

Der Schweiß brach ihm aus. Sein Gesicht brannte wie Feuer, als sie das Höschen abstreifte. Ein Anblick, der ihm wie ein Stromstoß durch den Körper fuhr. Mit der einen Hand hielt er das Fernglas fest, mit der anderen zog er den Reißverschluss seiner Hose auf, während er weiter zu ihr hinüberstarrte. Seine Finger berührten blanke Haut. Die Erregung ließ ihn taumeln. Ihr Bild glitt weg. Sofort fing er es wieder ein. Hechelte wie ein Hund. Seine Brust hob und senkte sich in kurzen Abständen. Kehlige Laute drangen aus seinem Mund. Sein Körper zuckte und vibrierte. Er schwebte, er flog. Ein Wirbel, eine nicht enden wollende Himmelfahrt. Warmer, süßer Nektar durchflutete seinen Körper, und die Welt um ihn herum begann in einem unwirklichen Glanz zu flimmern.

Plötzlich wurde die Stille von einem Geräusch durchbrochen. Abrupt hielt er in seinem Tun inne. Seine Mutter stand in der Zimmertür und schaltete das Licht ein. Vollkommene Verblüffung im Gesicht. Erschrocken blinzelte er, fuchtelte mit den Händen und versuchte, seine Blöße zu bedecken.

Mit großen Augen sah sie an ihm herunter, wollte etwas sagen, machte aber sofort den Mund wieder zu.

Er stand da wie eine Salzsäule. Die Hose war ihm in die Kniekehlen gerutscht. Krampfhaft hielt er die Hände schützend vor seinen Schoß. In der einen Hand noch immer das Fernglas.

»Schämst du dich denn gar nicht?«, sagte sie schließlich leise, drehte sich um und ging aus der Tür.

1

Drüben auf der anderen Rheinseite tauchte eine Häuseransammlung auf. Dazwischen zwei Kirchtürme. Dann war der Ort auch schon vorbei. So schnell, dass der in Großbuchstaben ans betonierte Ufer gemalte Name bereits vorübergehuscht war.

In der Scheibe blickte ihm sein Gesicht entgegen. Undeutlich nur, nicht mehr als ein Schemen. Andreas Kilian. Ein Mann in mittleren Jahren mit schütterem Haar und hässlichen Tränensäcken unter den Augen. Nicht zu vergessen der verkniffene Zug unter dem ergrauten Schnurrbart.

Angewidert wandte er den Blick von der schattenhaften Spiegelung, lenkte ihn nach draußen, wo sich auf der Kuppe des gegenüberliegenden Hügels ein Schloss mit Türmchen und Zinnen erhob.

Den Rhein mochte er nicht, seit er ihn als Kind zum ersten Mal gesehen hatte. Als etwas Bedrohliches hatte er ihn im Gedächtnis behalten. Ein breiter, dunkler Strom, der Schiffe tragen und Kinder verschlucken konnte. Er wandte sich wieder dem Buch auf seinem Schoß zu. Aus den Augenwinkeln beobachtete er, wie der Mann, der ihm im Zugabteil gegenübersaß, umständlich eine Butterbrottüte aus einer seiner zahlreichen Taschen kramte. Ein älterer Herr mit einer markanten Hakennase, in Strickweste, Cordhosen und braunen Schnürschuhen. Pergamentpapier raschelte. Der Geruch von Butter und Käse streifte Kilians Nase. Der Mann begann geräuschvoll zu kauen. Als er auch noch eine Banane schälte, meinte Kilian, es hier nicht mehr aushalten zu können. Nichts hasste er mehr als den

Geruch reifer Bananen, dem er in diesem engen Zugabteil gnadenlos ausgesetzt war.

Er schloss die Augen und versuchte, flach zu atmen. Sofort sah er eine riesige Obstschale vor sich, die in der Küche seiner Eltern stand. Äpfel, Birnen, und obenauf eine Bananenstaude. Vitamine. »Ihr müsst Obst essen!«, das war der ständige Leitspruch seiner kriegsgeschädigten Mutter. Das, was sie jahrelang hatte entbehren müssen, war ihr unendlich kostbar geworden. Sie hatte nie verstanden, dass ihr Sohn keine Bananen mochte. Dass ihm allein der Gedanke daran Brechreiz verursachte.

Das Buch auf seinem Schoß rutschte herunter. Er bückte sich und hob es wieder auf. Dabei begegnete er dem Blick des Mannes. Dieser hatte inzwischen alles aufgegessen und wischte sich mit einer Serviette die Krümel von der Cordhose. Den Abfall steckte er in die silberfarbene Klappe unter dem Fenster. Es roch immer noch penetrant nach Banane.

»Interessante Lektüre?« Der Mann beugte sich vor, um den Titel des Buches zu entziffern. Auch beim Sprechen erzeugte er dieses merkwürdige Geräusch, das offenbar von einem schlecht sitzenden Gebiss herrührte.

Kilian zuckte mit den Schultern. Der Name Nabokov würde diesem Mann sicher nichts sagen. Zudem hatte er keine Lust auf ausgetauschte Nichtigkeiten mit Menschen, die er nie wiedersehen würde.

»*Sprich, Erinnerung* …«, entzifferte der alte Mann. »Ja, die Erinnerungen. Wenn wir die nicht hätten. Was wäre der Mensch ohne Erinnerung? Nichts als eine seelenlose Hülle.« Er sah Kilian freundlich mit seinen wässrig blauen Augen an, die entzündet aussahen. Wartete auf Zustimmung, die ihm Kilian nicht erteilen wollte.

Aber so schnell gab der andere nicht auf. »Wo steigen Sie aus, wenn ich fragen darf?«

Kilian seufzte leise. »Koblenz«, sagte er schließlich, als

der Alte seinen rotumrandeten Blick nicht von ihm abwenden wollte.

»Dann haben Sie's ja gleich geschafft. Bei mir dauert's noch ein Weilchen. Ich muss weiter nach Köln. Kennen Sie Koblenz?«

»Nein.«

»Schöne Stadt. Historisch höchst bedeutsam. Wenn man sich dafür interessiert«, begann der andere zu schwärmen. »Also, ich habe mich immer für Geschichte begeistert. Schon in der Schule war das mein Lieblingsfach. Hier in dieser Gegend treffen Sie überall auf die Spuren der Römer und Kelten. Die Festung Ehrenbreitstein hoch über dem Rhein – das muss man einfach gesehen haben. Und Schloss Stolzenfels. Lassen Sie sich das nicht entgehen. Ein Kleinod, sag ich Ihnen. Übrigens, der Koblenzer Schängel, der hat's faustdick hinter den Ohren.« Nun schaute er listig.

»*So*«, erwiderte Kilian und strich sich über den gestutzten Schnauzbart. Von einem Schängel hatte er noch nie etwas gehört und er glaubte auch nicht, dass ihn dessen Eskapaden interessierten.

»Nächster Halt Koblenz«, schnarrte eine gelangweilt klingende Stimme durch den Lautsprecher. Kilian stand auf und griff nach seiner Reisetasche.

»Auf Wiedersehen«, rief ihm der alte Mann nach. »Und grüßen Sie mir Confluentia.«

Als Kilian aus der Abteiltür trat, bremste der Zug mit einem Ruck. Er verlor das Gleichgewicht, griff auf der Suche nach einem Halt ins Leere und stieß heftig gegen eine junge Frau, die vor ihm stand. Sie drehte sich zu ihm herum, in den Augen ein ärgerliches Aufblitzen.

»Entschuldigen Sie bitte«, murmelte er unterwürfig.

Ihre Miene wandelte sich binnen Sekunden in ein freundliches Lächeln. »Nichts passiert«, meinte sie gönnerhaft und wandte sich wieder nach vorn.

Nach einem kurzen Zwischenstopp setzte sich der Zug erneut in Bewegung. Vorsorglich hielt Kilian sich am Fenstergriff fest. Die junge Frau, eigentlich noch ein Mädchen, stand unbeweglich vor ihm. Sie trug das Haar zu einem Pferdeschwanz hochgebunden. Ihre Schultern waren schmal. Um ihren Hals lag ein dünnes Goldkettchen, und in ihrem Nacken kräuselten sich flaumige Härchen.

Er spürte einen unwiderstehlichen Drang, ihren Hals zu berühren. Die Hände um diesen schlanken Nacken mit dem zarten Flaum zu legen. Mit den Daumen ihre Konturen nachzuzeichnen. Mit einer Hand umkrampfte er den Tragegriff seiner Reisetasche, mit der anderen hielt er sich weiterhin am Fenstergriff fest. Es kostete ihn Anstrengung, diesen Drang zurückzuhalten. So sehr, dass ihm Schweißperlen auf die Stirn traten.

Hinter ihm in dem schmalen Durchgang des Waggons hatte sich eine Schlange Wartender aufgereiht. Als der Zug mit einem endgültigen Ruck zum Stehen kam, achtete er darauf, nicht wieder die Balance zu verlieren.

»Koblenz Hauptbahnhof. Willkommen in Koblenz.«

In einem Pulk von Reisenden verließ er den Bahnsteig. Die Treppe mündete in eine Unterführung. Eine Weile ging er hinter der jungen Frau her in Richtung Ausgang. Bis sie von einem wartenden jungen Mann in die Arme geschlossen wurde, der ihr ein freudestrahlendes »Annette!« zurief und sie heftig an sich drückte. Kilian lief an dem Pärchen vorbei, das in seinen Leidenschaftsbezeugungen die Welt um sich herum vergaß.

Die Koblenzer Bahnhofshalle wirkte frisch renoviert. Glänzend polierte Steinböden. Hohe, weißgekalkte Decken. Ein Imbissstand bot belegte Brötchen und Pizzastücke an. Vor dem Buchladen gleich neben dem Haupteingang würde Marion Lingat auf ihn warten, hatte sie gesagt. Das sei nicht zu verfehlen.

Forschend blickte er in die Gesichter der Umstehenden, erwartete ein Aufblitzen des Erkennens. Aber niemand machte den Eindruck, als ob er ihn erwarte. Enttäuscht sah er auf die Uhr. Der Zug war pünktlich gewesen. Unschlüssig stellte er seine Tasche zwischen die Beine. Er hasste Unpünktlichkeit. Fünf Minuten würde er ihr geben.

Marion Lingats Stimme hatte jung geklungen, als sie mit ihm telefonierte. Er hatte versucht, sich vorzustellen, wie sie aussah. So wie sie sprach, mit dieser selbstbewussten Art, musste sie hübsch sein. Unattraktive Frauen redeten anders. Ihr Alter schätzte er um die dreißig. Wahrscheinlich war sie blond und schlank. Nun, er würde sich überraschen lassen.

Einmal dachte er, dass sie es sei. Die Dame, die etwas von Marilyn Monroe hatte, kam zielstrebig auf ihn zugestöckelt, aber nur um neben ihm in den Buchladen einzubiegen. Er sah ihrem wiegenden Po in dem engen Rock nach und spürte Erleichterung, dass dies nicht Marion Lingat war.

Die fünf Minuten waren vorüber. Er bückte sich, hob seine Tasche hoch und lief zur Tür hinaus. Er schauerte, als er auf den Vorplatz trat. Obwohl die Sonne schien, waren es höchstens zwölf, dreizehn Grad. Viel zu kühl für Anfang Juni. Die Taxis standen Stoßstange an Stoßstange. Er steuerte das vorderste an. Eine ältere Dame mit gelblich blond gefärbter Dauerwelle legte die Bildzeitung beiseite und stieg aus. »Na, junger Mann, wo soll's denn hingehen?« Ihre Stimme klang dunkel und heiser, offenbar eine starke Raucherin.

»Nach Winningen, bitte.«

Mit geübten Handgriffen verfrachtete sie die Reisetasche im Kofferraum. »Auf geht's.«

Kilian nahm auf dem Rücksitz Platz und sah nach draußen. Koblenz war eine Stadt wie jede andere. Weder besonders hässlich noch besonders schön, war sein erster Eindruck. Enge Straßen, graue, schmucklose Häuserreihen. Er lehnte sich entspannt zurück. Ein durchdringendes Hupen schreckte ihn wieder auf.

»He, du Pappnas'! Willst du mich heut noch rüberlasse?« Die resolute Chauffeuse versuchte ungeduldig, sich in den fließenden Verkehr einzufädeln, was ihr mit einem kräftigen Tritt aufs Gas endlich gelang. Wenn sie weiterhin so forsch fuhr, war er entweder viel früher als gedacht am Ziel – oder er landete in einem Krankenhausbett.

Der Weg führte über eine Brücke. Links lag die Mosel. Das Wasser stand ziemlich hoch. Zwischen den Baumreihen, die das Ufer säumten, tauchte ein Sportboot auf, dessen stumpfer Bug das Wasser durchpflügte, eine weiße Spur hinter sich herziehend.

»Kennen Sie Winningen?«, fragte die Taxi-Fahrerin.

Er verneinte, als er ihren Augen im Rückspiegel begegnete.

»Ich will Ihnen eins sagen: Winningen ist das schönste Dorf von ganz Deutschland – und das mein' ich nicht nur, weil ich von dort stamme.« Sie wandte sich zu ihm um, Begeisterung im Blick.

Kilian brummte etwas Unverständliches und hoffte, sie möge sich wieder aufs Fahren konzentrieren. Ein Ortsschild tauchte auf. Güls. Was für ein Name. Dazu musste man die Lippen spitzen und die Zunge am Gaumen entlang rollen, um ihn auszusprechen.

»Der Winninger Wein gehört zu den Spitzenweinen auf der ganzen Welt«, lobte sie überschwänglich weiter. »Das kommt durch die einmalige Lage. Mediterranes Klima haben wir dort auf den Moselterrassen. Und Ende August, da feiern wir das Moselfest. Das ist das älteste Weinfest von ganz Deutschland. Von überall her kommen dann die Leut.« Wieder drehte sie sich zu ihm um. »Da müssen Sie unbedingt wieder kommen.«

Wieso glaubte alle Welt, ihm sagen zu müssen, was er zu tun habe?

»Oder machen Sie sich nichts aus Wein?«, fragte sie nach einer Weile, nachdem keine Reaktion von ihm kam.

»Nein.« Er hoffte, das hatte schroff genug geklungen. Er hatte keine Lust, sich zu unterhalten. Und er wollte nicht, dass sie sich dauernd zu ihm umdrehte. Stoisch blickte er nach draußen. Auf die vorbeiziehenden Häuser auf der rechten und den Fluss auf der linken Seite der Straße, dessen grünes Wasser immer wieder zwischen Weiden und Gebüsch hindurchschimmerte. Nun tauchten die Weinberge auf. Akkurat gepflanzte Rebstöcke. Die einzelnen Reihen sahen aus wie mit dem Lineal gezogen. Auf eine Mauer hatte man weithin sichtbar mit weißer Farbe »Winninger Röttgen« gepinselt.

»Wo genau wollen Sie eigentlich hin?«, fragte die Taxifahrerin, als sie die Eisenbahn-Unterführung passierten.

»Zum Löwenhof.«

»Ach, das Vier-Mädel-Haus. Wusste gar nicht, dass die an Gäste vermieten.«

Der Weg führte durch schmale holprige Gassen und an eng aneinander gebauten Fachwerkhäusern vorbei, die aussahen, als würden sie einander stützen. Romantisch nannte man das wohl, wenn man Sinn für so etwas hatte. Über die Straße spannten sich Drähte und Vorrichtungen, an denen dichtbelaubte Weinreben entlang kletterten.

Als sie den Dorfrand erreicht hatten, hielt die Taxifahrerin vor einem weißen, langgezogenen Gebäude, vor dessen hoher Treppe ein aus Stein gehauener Löwe saß. Neben dem Löwen öffneten sich die roten Knospen eines üppigen Rosenstocks. »So, da wären wir.« Sie stieg aus, um seine Reisetasche aus dem Kofferraum zu hieven. »Schönen Aufenthalt wünsch ich Ihnen.«

Kilian rundete den Fahrpreis großzügig auf. Sie sah erstaunt auf den Schein und bedankte sich überschwänglich.

Das Weingut war umsäumt von kerzengerade angeordneten Weinreben. Etliche Steintröge und Holzfässer waren mit bunt blühenden Blumen bepflanzt. Rosa und weißer Oleander verströmte einen heimatlich anmutenden Duft. Auch die graublauen Steinguttöpfe – ähnlich jenen, in denen seine Großmutter früher Sauerkraut und saure Gurken aufbewahrt hatte – ließen für einen flüchtigen Moment Bilder aus seiner Vergangenheit aufblitzen. Er ging die hohe Treppe hinauf und betätigte einen Türklopfer aus goldfarbenem Messing. Ein Löwenkopf. Ein junges Mädchen öffnete ihm. Vielleicht zwölf oder dreizehn Jahre alt. Er dachte, sein Herz setze mit dem Schlagen aus. Wie vom Blitz getroffen starrte er sie an.

»Herr Kilian?«, fragte sie stirnrunzelnd und mit einer Stimme, die ein Echo in ihm hervorrief. Melisande, dachte er. Melisande. Wie ist so etwas möglich? Seit wann werden Träume Wirklichkeit? Er spürte, wie sich in ihm etwas zu regen begann. Etwas, das lange Zeit geschlafen hatte.

»Wo ist denn Mama?« Sie trat aus dem dunklen Rechteck heraus und sah ihm über die Schulter. »Hat Mama Sie nicht abgeholt?«

Er konnte nicht aufhören, sie anzustarren. Dichte, dunkle Wimpern umrandeten aquamarinblaue Augen. Eine schmale, fast knabenhafte Gestalt. Geflochtene hellbraune Zöpfchen, in denen Sonnenreflexe glänzten. Mit einer anmutigen Bewegung strich sie einen ihrer Zöpfe zurück. In ihrem Ohrläppchen glänzte ein niedliches goldenes Knöpfchen. Ein ovales Gesicht, das so wunderbar unschuldig wirkte. Und zugleich so verheißungsvoll. Im selben Augenblick dachte er: *Reiß dich bloß zusammen, Kilian!*

Umständlich räusperte er sich. »Mich hat leider niemand abgeholt.« Er versuchte ein unbefangenes Lächeln und hoffte, dass es ihm gelang.

»Oh, das tut mir aber leid.« Sie grub die Zähne in die Unterlippe. Zog die Augenbrauen zusammen. Das Aquamarinblau ihrer Augen verdunkelte sich. »Das ist mal wieder typisch«, formulierte ihr Herzmund, der ihn an eine reife Himbeere erinnerte. »Na ja, kommen Sie rein. Ich bin Hannah.« Lächelnd streckte ihm das Mädchen die Hand entgegen, die er augenblicklich ergriff. Eine zarte, weiche Mädchenhand. Bei ihrer Berührung dachte er einen wunderbaren Moment lang, er hielte das Paradies fest.

2

Es gab durchaus Tage, an denen Kriminalhauptkommissarin Franca Mazzari ihren Beruf liebte. Sie empfand sich als gute Demokratin, die die Gesetze ihres Landes achtete und für gewöhnlich hielt sie sich daran, diese mit den ihr zur Verfügung stehenden Mitteln zu verteidigen. Auch stand sie dahinter, ihre Dienste für ein Land einzusetzen, in dem die Todesstrafe als menschenverachtend galt und dessen Rechtsprechung als Höchststrafe »lebenslänglich« vorsah – ein Urteil, das dann gefällt wurde, wenn ein Mensch einen anderen erwiesenermaßen mit Absicht getötet hatte.

Ein solches Urteil hatte sie sich für den Angeklagten Julius Melzer erhofft – stattdessen war er gerade freigesprochen worden. Im Namen des Volkes. Obwohl sämtliche der mühsam zusammengetragenen Ermittlungsergebnisse dafür sprachen, dass Melzer seine Lebensgefährtin vorsätzlich umgebracht hatte. Doch weil ihm die Tat nicht zweifelsfrei nachzuweisen war, hatte die Kammer »in dubio pro reo« entschieden.

Franca Mazzari trat aus dem Gerichtsgebäude, verfluchte im Stillen die blinde Justizia und schüttelte fassungslos den Kopf. Da hatte man sich abgerackert, unzählige Zeugen befragt und alles akribisch festgehalten, bis sich aus einem unsäglichen Morast nach und nach brauchbare Mosaiksteinchen freilegen ließen. Diese hatte sie mit nervenzehrender Geduld aneinandergefügt und in die richtige Reihenfolge zu bringen versucht. Unendlich viele Überstunden waren da zusammengekommen, die in einem ganzen Berufsleben nicht mehr abgefeiert werden konnten. Und jetzt war alles für die Katz.

Natürlich hatten sie und ihre Kollegen nicht sämtliche Mosaiksteinchen gefunden, dafür hatte Melzer bestens gesorgt. Aber das Fragment ergab ein klares Bild. Für diejenigen, die sehen konnten!

Wäre sie Julius Melzer bei einem anderen Anlass begegnet, hätte sie ihn durchaus als »gutaussehend« und »charmant« bezeichnet. Vielleicht sogar als »vertrauenswürdig«, obwohl das unter den gegebenen Umständen schwer einzuschätzen war. Sowohl ihre Menschenkenntnis als auch ihre kriminalistische Erfahrung mahnten sie bei diesem Angeklagten zu höchster, wenn nicht gar allerhöchster Vorsicht. Während ihrer Befragungen hatte sich Francas Hypothese immer mehr verfestigt, dass der Angeklagte ein kaltblütiger Gewaltverbrecher war, der seine wahre Persönlichkeit hinter der Maske des Unschuldslamms verbarg. Einer, der zu jener Sorte Männer gehörte, die glaubten, sich alles erlauben zu können und damit in der Regel ungeschoren davonkamen.

Es gab Zeugenaussagen, dass Julius Melzer manches Mal die Hand ausgerutscht war. Dass er mit einer Schere seine Lebensgefährtin erstochen hatte, war schließlich der Endpunkt eines Jahre andauernden Beziehungskrieges. In einem wahren Blutrausch hatte er hinterrücks auf sie eingestochen. Insgesamt zweiundvierzig Mal. Anschließend war er äußerst geschickt vorgegangen. Er legte falsche Fährten und vernichtete sämtliche Spuren, die auf ihn verwiesen. So stand es in der Anklage.

Doch der Beschuldigte war nicht nur ein äußerst gutaussehender, sondern auch ein smarter Mann. Vor Gericht gab er eine bühnenreife Vorstellung ab, mit der er letztendlich seinen Freispruch erwirkt hatte.

»Damit hätte ich wirklich nicht gerechnet«, bemerkte Francas jüngerer Kollege, der neben ihr vor dem Justizgebäude stehen geblieben war. Bernhard Hinterhuber hatte ebenfalls genug Arbeitsstunden investiert und damit manchen Ehekrach zu Hause heraufbeschworen. Im Gegensatz zu ihrem Kollegen war Franca jedoch niemandem Rechenschaft schuldig und so gab es auch keinen Partner zu Hause, der sich über zu viele Überstunden beschwerte. Trotzdem ärgerte sie sich. Und nicht zu wenig.

»Das war doch die reinste Farce da drinnen«, begann sie zu wettern. »Oder siehst du das anders?«

Bernhard Hinterhuber nahm seine Goldrandbrille ab und begann, heftig mit einem Taschentuch darüber zu reiben. »Ich könnte ...«, begann er zwischen den Zähnen hervorzupressen.

»Ja?«, ermunterte ihn Franca, den Blick aufmerksam auf ihn gerichtet. So gern würde sie erleben, wie Hinterhuber die Contenance verlor. Nur ein einziges Mal sollte der korrekte Sittenwächter von ihm abfallen, damit sie endlich den richtigen Bernhard Hinterhuber kennen lernte. Einen Menschen mit Gefühlswallungen. Doch diesen Gefallen tat er ihr auch diesmal nicht. Er vollendete seinen Satz nicht, sondern machte lediglich eine abfällige Handbewegung, bei der beinahe seine Brille heruntergefallen wäre.

Also hielt auch sie sich zurück. Gegenüber Hinterhuber zwang sie sich oft, ihr Temperament im Zaum zu halten. Seit ihm einmal herausgerutscht war, angesichts ihrer Ausdrucksweise könne man denken, sie sei in der Gosse großgeworden, zügelte sie ihre lautstarken Gefühlsausbrüche. Und auch mit ihrer Sprachwahl ging sie sorgsamer um. Wenigstens in seiner Gegenwart.

»Schon erstaunlich, wie dieser Smartieboy alle um den Finger gewickelt hat«, sagte sie in gemäßigtem Tonfall. »Da konnte man durchaus was dabei lernen.«

Hinterhuber hatte seine Brille wieder aufgesetzt und bedachte sie mit einem schrägen Blick. »Meinst du?«

Die Version des Angeklagten war natürlich eine ganz andere gewesen als die von Polizei und Staatsanwaltschaft. Melzer hatte angegeben, zum Tatzeitpunkt außer Haus gewesen zu sein. Nichtsahnend sei er von einer Fortbildung heimgekommen und habe sich auf einen gemütlichen Abend gefreut. Wie gelähmt sei er gewesen, als er seine Freundin blutüberströmt auf dem Sofa vorfand, hatte er mit zittriger Stimme berichtet. Anschließend sei er schreiend aus dem Haus gelaufen, um Hilfe zu holen. Die Nachbarn, die erst seit kurzem im Haus nebenan wohnten, bestätigten dies und bedauerten den armen Mann, den sie als freundlich und zuvorkommend erlebt hatten.

Für Julius Melzer sprach sein sympathisches Äußeres. Er wirkte absolut nicht so, wie man sich gemeinhin einen Verbrecher vorstellte. Zudem übte er einen ehrbaren Beruf aus. Er war Arzt, führte eine Allgemeinpraxis und konnte auf eine Reihe zufriedener Patienten verweisen, die allesamt bereit waren, zu seinen Gunsten auszusagen.

»Glauben Sie wirklich, dass so ein Gewaltverbrecher aussieht?«, fragte eine korpulente Patientin, die als Zeugin geladen war. Dabei deutete sie auf den sichtbar gedrückten Angeklagten. Sie schüttelte heftig den Kopf. Die Empörung leuchtete ihr aus dem runden Gesicht. »Dass Sie überhaupt so etwas denken können! So viele Jahre ist er schon mein Arzt. Und immer hat er mir geholfen. Ich kann nur Gutes über Dr. Melzer sagen. Einer wie er macht so was nicht. Nicht mit diesen Händen. Das sind heilende Hände.«

Sie war nicht die Einzige, von der solche Lobeshymnen zu hören waren. Während der gesamten Verhandlung war Julius Melzer taktisch klug vorgegangen. Er ließ vornehmlich andere für sich sprechen und schwieg lange zu den ihm gegenüber geäußerten Vorwürfen.

»Mein Mandant ist weder Mörder noch Totschläger«, äußerte sein Verteidiger im Schlussplädoyer. »Einer, der auf den Eid des Hippokrates geschworen hat, hat sich dazu verpflichtet, das Leben zu schützen, nicht es zu nehmen. Er ist zutiefst erschüttert über den Tod seiner langjährigen Lebensgefährtin und es schmerzt ihn in besonderem Maße, dass er hier auf der Anklagebank sitzt, während der wirkliche Täter draußen frei herumläuft.«

Julius Melzer setzte noch eins drauf. »Ich schließe mich dem Plädoyer meines Anwaltes an«, sagte er mit demutsvoll gesenktem Kopf. »Ich habe meine Lebensgefährtin über alles geliebt und hatte keinen einzigen Grund, sie zu töten. Ich bitte das Gericht, mir Glauben zu schenken.« Danach sah es so aus, als ob er zusammenbräche. Eine reife schauspielerische Leistung, die auch den letzten Zweifler zu überzeugen vermochte.

Hätte Franca es nicht besser gewusst, auch sie wäre ihm vielleicht auf den Leim gegangen. Während der Verhandlung hatte sie Julius Melzer nicht aus den Augen gelassen. Aus den zahlreichen Vernehmungen kannte sie seine Körpersprache und wusste sie zu deuten. Irgendwann während der Verhandlung hatte sie das Lächeln in seinen Augen gesehen. Das Lächeln des Triumphes, das er für einen winzigen Augenblick nicht verbergen konnte. Nun hatte er erreicht, was er wollte. Als freier Mann durfte er den Gerichtssaal verlassen.

Warum sollte man sich da noch Mühe geben? Da war es doch besser, pünktlich nach Dienstschluss nach Hause zu gehen, sich ein Gläschen Wein zu gönnen und es sich gut gehen zu lassen anstatt die ganze Nacht in einem stickigen Büro zu hocken, während alle anderen ihren freien Abend genossen.

Wütend scharrte sie mit dem Fuß. »Ich verstehe einfach nicht, wie alle Welt auf so einen geschniegelten Typen hereinfallen kann. Denen muss doch klar sein, wie sie manipuliert wurden. Wie er sie mit seinem Unschuldsblick angesehen hat. ›Aber liebe Leute, ich doch nicht‹«, ahmte sie die Sprechweise von Julius Melzer nach. »Und immer schön das Köpfchen gesenkt. Wie man es in diesen tollen Seminaren lernen kann: ›Wie verkaufe ich am besten meine Mitmenschen für dumm?‹« Mit einer abrupten Bewegung warf sie den Kopf mit dem dunkelblonden Kurzhaar nach hinten. Die heilige Wut begann sich langsam Bahn zu brechen.

»Sollen wir noch einen trinken gehen?«, wurde sie in ihrem Redestrom von Hinterhuber gebremst.

»Wenn du meine schlechte Laune ertragen kannst.«

Er grinste sie an. »Ist das denn was Neues?«

»Na, hör mal. Wo ich doch sonst die Ausgeglichenheit in Person bin.« Jetzt grinste auch sie über das ganze Gesicht. Der Donner hatte sich entladen. Das Gewitter war vorbei. Ach Hubi, mein Goldstück. Mein Sonnenschein. Wie dieser schmalbrüstige Goldrandbrillenträger es immer wieder schaffte, sie aufzuheitern.

»Ins Grand Café?«

»So nobel?«

»Man muss auch seine Niederlagen mit Würde ertragen«, erwiderte er.

3

»Kommen Sie doch mit, wir sind gerade beim Essen.« Hannah sprach, als ob sie gewohnt sei, mit Gästen Konversation zu machen. »Hier entlang.«

Er folgte ihr durch einen dunklen Flur, den ein angenehmer Duft nach Essen durchwehte. Sie blieb stehen und hielt ihm die Tür auf. »Bitteschön.«

Ein höfliches Mädchen, das wusste, was sich gehörte.

»Mama hat's mal wieder nicht auf die Reihe gekriegt. Herr Kilian musste mit dem Taxi herkommen«, sagte sie mit unüberhörbarem Vorwurf in der Stimme.

Am Esstisch, der für fünf Personen gedeckt war, saßen zwei Frauen. Eine ältere um die siebzig und eine jüngere, die vielleicht die Tochter war. Allerdings wiesen die beiden Frauen wenig Ähnlichkeit miteinander auf. Während die Ältere dünn und schmal war und fast zerbrechlich wie eine Märchenfee aussah, musste die Jüngere ungefähr doppelt so viel Gewicht auf die Waage bringen.

Die Ältere stand auf und trat auf ihn zu. Ihre zierliche Gestalt reichte ihm bis zu den Schultern. Als sie zu ihm aufsah, bemerkte er die geplatzten Äderchen auf ihrer knitterigen, pergamentartigen Haut. Durch ihr schütteres, rötlichbraun gefärbtes Haar schimmerte die Kopfhaut.

»Herr Kilian. Herzlich willkommen. Lingat.« Ihr Händedruck war erstaunlich fest. »Ich möchte mich für meine Tochter Marion entschuldigen. Schön, dass Sie trotzdem den Weg hierher gefunden haben. Bitte nehmen Sie doch Platz.« Sie wies auf einen leeren Stuhl. »Unsere Gäste schätzen den familiären Rahmen. Ich hoffe, das kommt Ihnen entgegen.

Meine Enkelin Hannah haben Sie ja schon kennen gelernt. Das hier ist meine Tochter Irmtraud.« Sie wies auf die füllige Frau, die verschüchtert lächelte. Auf ihrer rechten Wange prangte ein schlecht überschminktes Feuermal.

»Sie haben sicher Hunger nach der langen Fahrt. Ich hoffe, Sie mögen Rindfleisch mit Meerrettichsoße? Vorweg gibt es Markklößchensuppe. Das ist ein traditionelles Winzeressen. Was möchten Sie trinken? Ein Gläschen Wein?«

»Nein, danke. Keinen Wein. Wasser bitte.« Er setzte sich auf den ihm zugewiesenen Platz.

»Wein ist gesund. Da bekommt einem das Essen besser«, warf die Füllige mit einem Kichern ein. »Das hat mein Vater immer behauptet.«

Mit ihren rundlichen Formen erinnerte sie ihn entfernt an die Statur seiner Großmutter. Allerdings waren bei Irmtraud Lingat Busen, Bauch und Hüfte noch etwas üppiger ausgeprägt, was sie unter einem sackartigen braunen Kleid zu verstecken suchte.

»Irmchen«, tadelte die Mutter die Tochter mit abschätzigem Blick. »Wenn Herr Kilian doch keinen Wein mag. Ist eben nicht jedermanns Geschmack, nicht wahr?«, wandte sie sich mit gekünstelt freundlicher Miene an ihn.

Er überlegte, ob er etwas Erklärendes antworten sollte, ließ es dann aber sein. Die Suppe erinnerte ihn an zu Hause. Wenn er aus der Schule kam, hatte oft ein großer Topf mit dampfender Markklößchensuppe auf dem Herd gestanden. Manchmal hatte er drei Teller geschafft, so gut hatte sie ihm geschmeckt. Auch diese hier war nicht schlecht.

Besteck klapperte auf Porzellan. Niemand sprach mehr etwas. Dann wurde der Hauptgang serviert. Das Rindfleisch war ausgesprochen zart. Wahrscheinlich Tafelspitz. Die Meerrettichsoße trieb ihm die Tränen in die Augen. Aber es schmeckte vorzüglich. Er nahm einen Schluck Wasser und spürte die Blicke von drei weiblichen Wesen auf sich gerichtet. Wie sie ihn abtasteten. Musterten. Ihn einzuschätzen versuchten. Ab und zu begegnete er den neugierigen Augen des Mädchens. Hannah hieß sie. Nicht Melisande. Melisande war ein Traum. Aber Hannah saß leibhaftig hier mit ihm am Tisch. Er fing ihren Blick auf. Wieder fiel ihm das Edelstein-Blau ihrer Augen auf. Er lächelte sie an. Wie verdammt hübsch du bist, kleine Hannah. Er konzentrierte sich wieder auf sein Essen. »Es schmeckt sehr gut«, lobte er und dachte an seine einsamen, schnell und fantasielos zusammengewürfelten Mahlzeiten. »So was Köstliches habe ich lange nicht gegessen.«

»Für die Küche ist Irmchen verantwortlich.« Die Mutter wies gönnerhaft auf ihre Tochter.

Wie auf ein Stichwort hin begann Irmchen loszusprudeln. »Ich koche leidenschaftlich gern. Manchmal kriege ich Aufträge für große Gesellschaften. Da muss man sich ganz schön ranhalten, sag ich Ihnen. Bis man erst mal alles geplant hat, dann die vielen Einkäufe. Aber das Kochen macht mir wirklich großen Spaß. Man muss den Zutaten ihre Geheimnisse entlocken. Damit sie sie auf dem Teller entfalten können.«

»Irmchen, du musst nicht gleich Herrn Kilian mit deinem Lieblingsthema überfallen«, stoppte die Alte die Tochter, die sich bei den tadelnden Worten ihrer Mutter verschämt über ihren Teller beugte. Das Feuermal unter der Schminke blühte, während sie mit hastigen Bewegungen Essen in sich hineinschaufelte.

Fast wie früher bei uns zu Hause, dachte Kilian. Trautes Heim, Glück allein. Merkwürdig, dass ihm die Seniorin anfangs wie eine Märchenfee vorgekommen war. Nun erinnerte sie ihn eher an eine böse Hexe.

Zu Hause war seine Mutter immer der Rammbock gewesen. Die Schwiegertochter. Das Flüchtlingsmädchen aus Ostpreußen, das sich im Haus seines Vaters eingenistet hatte. Das war die Meinung seiner Großmutter. Honig hätte sie ihrem Sohn ums Maul geschmiert. Den Verstand hätte sie ihm verkleistert. Großmutter scheute sich nicht, dies laut und vor allen Leuten zu äußern. Und seine Mutter hatte eingeschüchtert und mit gehetztem Blick geschwiegen. So wie Irmchen.

»Sie müssen sich nicht von diesem Dragoner am oberen Tischende schikanieren lassen«, hätte er ihr am liebsten zugerufen. Aber es lag ihm fern, sich in die Familienangelegenheiten anderer Menschen einzumischen.

In diesem Moment ging die Tür auf. »Herr Kilian. Sie sind schon da! Oh, entschuldigen Sie bitte vielmals.« Eine Frau kam auf ihn zugestürmt, viel jünger als Irmchen. Viel schlanker und auch viel hübscher. Marion Lingat sah in etwa so aus, wie er sie sich vorgestellt hatte. Nur war ihr Haar nicht blond, sondern hellbraun. Etwas dunkler als das von Hannah. »Ich hab fest drauf vertraut, dass die Deutsche Bundesbahn mal wieder einhält, was man ihr so gern nachsagt. Aber wenn man sich einmal drauf verlässt, ist sie natürlich pünktlich.« Lachend zuckte sie mit den Schultern. »Die Stadt war total verstopft. Es ging überhaupt nichts voran. Ganz Koblenz war offenbar zum Einkaufen unterwegs. Als ich am Bahnhof ankam, waren Sie längst weg.«

»Du hast nicht zufällig wieder mal vergessen, wo du dein Auto abgestellt hattest?« Merkwürdig, wie es dieser bissigen alten Hexe gelang, mit einem einzigen Satz den frischen Wind, den Marion Lingat mitgebracht hatte, sofort wieder zu vertreiben.

Marion lachte nervös.

»Das ist einfach kein Benehmen. Was muss Herr Kilian für einen Eindruck von uns bekommen?« Die Alte saß da mit zusammengekniffenen Augen und versteinerter Miene.

Er fühlte sich unbehaglich. Das Essen schmeckte ihm längst nicht mehr so gut wie am Anfang.

Marion setzte sich auf den verbliebenen freien Platz und

entfaltete ihre Serviette. »Na, hat Irmchen wieder was Köstliches gezaubert? Sie müssen wissen, meine Schwester ist eine wahre Kochkünstlerin«, richtete sie sich an Kilian. »Wenn Gäste da sind, gibt sie sich ganz besondere Mühe.«

»Rindfleisch mit Meerrettich ist doch nichts Besonderes«, wehrte Irmchen bescheiden ab.

»Also ich freu mich immer auf das Ergebnis deiner Künste«, sagte Marion gönnerhaft und begann zu essen. »Hmmm. Köstlich.« Sie warf ihrer Schwester einen anerkennenden Blick zu, den diese freudig auffing.

Es gefiel ihm, wie Marion Lingat von ihrer Schwester sprach. So herzlich und anerkennend. Ihre Augen waren graublau. Etwas heller als die ihrer Tochter. Und genauso dicht bewimpert. Abwechselnd betrachtete er Mutter und Tochter und versuchte, die eine in der anderen zu finden.

»Hatten Sie eine gute Reise?«, wandte sich Marion wieder an ihn.

»Ja. Danke.«

»Mit dem Wetter haben Sie leider nicht so viel Glück. Normalerweise ist es bei uns Anfang Juni schon richtig sommerlich warm. Und sie sollen ja was von Ihrem Urlaub haben.«

»Ich mache keinen Urlaub.«

»Nicht?« Nun waren drei weibliche Augenpaare auf ihn gerichtet.

»Ich schreibe an einem Buch über seltene Schmetterlingsarten. Hauptsächlich bin ich wegen des Apollofalters hier.«

»Ein Schmetterlingsliebhaber«, sagte Irmchen.

»Parnassius apollo vinningensis«, sagte Hannah. »So heißt der Moselapollo. Der ist nach unserem Ort benannt worden.« Sie sagte das mit einigem Stolz.

»Du interessierst dich für Schmetterlinge?«, wandte er sich an sie.

»Sie interessiert sich für alles Mögliche.« Eine Mutter, die mit unverhohlenem Stolz ihre Brut ins rechte Licht rückt.

»Nur nicht für das Weingut«, schob die Hexe in säuerlichem Tonfall nach.

»Sie macht schon genug«, warf Marion scharf ein, als ob sie auf diesen Einspruch nur gewartet hätte. »Wenn es nach dir ginge, müsste jeder von uns Tag und Nacht in den Weinbergen schuften.«

Man sah es der Alten am Tischende an, dass sie liebend gern etwas Heftiges erwidert hätte, aber sie bezwang sich im letzten Moment, kniff die Lippen zu einem schmalen Strich zusammen, und es war wieder eine Weile still am Tisch.

»Sie könnten Glück haben und den Apollofalter schlüpfen sehen«, sagte Hannah. »Im Uhlen gibt es viele Stellen, wo man Schmetterlingspuppen finden kann. Das ist der Felshang mit den vielen steilen Terrassen unterhalb der Autobahnbrücke. Hauptsächlich dort wächst die weiße Fetthenne. Also die Wirtspflanze der Apolloraupe«, fügte sie hinzu. Es klang fachmännisch. »Wenn Sie wollen, begleite ich Sie.«

Er sah sie verzückt an. Das spontane Angebot hatte ihn vollkommen verblüfft. »Das wäre wirklich sehr freundlich«, versuchte er verhaltener zu sagen als ihm zumute war.

»So, jetzt gibt's noch Nachtisch.« Irmchen war aufgestanden und stellte eine Schüssel mit Erdbeeren auf den Tisch, die mit einem Minzezweig dekoriert war. »Ich hab etwas Neues ausprobiert.« Sie suchte Kilians Blick und sah ihn mit verschwörerischer Miene an, während sie Schälchen austeilte. »Bitte, bedienen Sie sich. Und dann sagen Sie mir, was Sie davon halten.«

Er schöpfte sich ein wenig von dem Fruchtbrei in sein Schälchen.

»Ich bin gespannt, ob Sie es herausschmecken.« Es hörte sich an, als habe sie dieses Dessert ganz speziell für ihn kreiert.

Gehorsam probierte er als Erster. »Köstlich«, sagte er überrascht. Die Erdbeerstücke, die in einer fruchtigen Soße schwammen, schmeckten ein wenig nach Minze und nach etwas unbekanntem Scharfen. »Eine äußerst interessante Geschmacksnote.«

»Wirklich?« Wieder errötete Irmchen tief. Ihre Augen strahlten und das Feuermal auf ihren dicken Backen glühte. »Es ist ein Hauch grüner Pfeffer dran. Meine Anregungen hole ich mir aus Kochbüchern. Als ich das mit dem Pfeffer las, dachte ich erst, das funktioniert nicht. Aber dann habe ich es einfach ausprobiert. Und ich finde, es hat was.«

»Es hat was ganz Entschiedenes«, stimmte er zu.

»Sie können gern noch einen Nachschlag haben. Wollen Sie?«

»Hannah, zeigst du Herrn Kilian das Zimmer?«, sagte Seniorin Lingat nach dem Essen.

»Du musst mir das nicht extra sagen, Oma.« Hannah stand auf und griff sich seine Reisetasche. »Hätt' ich sowieso gemacht.«

»Nicht doch«, sagte er und nahm ihr die Tasche wieder aus der Hand. Für Sekunden berührten sich ihre Finger. Ein Stromstoß durchfuhr ihn. Bis hinunter zu den Lenden. »Die ist zu schwer für dich.« Das süße Gift begann bereits zu wirken. Er hoffte inständig, dass niemand ihm etwas anmerkte.

Hannah lachte. Ein kokettes Blitzen in den Augen. »Ich bin eine starke Frau.«

Das Herz stach ihm in der Brust. Diese unschuldigen blauen Augen. Diese erfrischende Naivität. Oh Hannah. Hannah. Kleine Fürstin aus dem Märchenland, der ich hier so unverhofft begegne.

»Das bezweifle ich nicht. Aber es ist ziemlich unhöflich von einem Mann, eine junge Frau sein Gepäck tragen zu lassen«, sagte er in nüchternem Tonfall, der ihm schwer fiel.

»Wenn Sie meinen. Ein Stockwerk höher.« Hannah zeigte

mit dem Daumen nach oben und ging voran. Er maß mit gierigen Blicken ihr Hinterteil, das prall von engem Jeansstoff umschlossen wurde. Der winzige Rand ihres Unterhöschens lugte aus dem Bund hervor. Darüber schimmerte ein Streifen goldbrauner Haut.

»Erwartet ihr noch andere Gäste?«, fragte er und hatte Mühe, seine Stimme normal klingen zu lassen.

Sie schüttelte den Kopf. »Momentan vermieten wir nur ein Zimmer. Die anderen müssen erst noch renoviert werden.« Sie öffnete die Tür und machte eine einladende Geste. Seine Tasche stellte sie auf einem Stuhl ab. »Das hier ist unser bestes. Gefällt es Ihnen?«

Der Raum war mit wenigen Möbeln ausgestattet und wirkte trotz der hellen Raufasertapete etwas düster. Der Teppichboden, ein billiger Nadelfilz, wies zahlreiche Flecken auf. Von der Decke baumelte ein mit helllila Kunstseide bespannter Ballon, auf dem Generationen von Fliegen ihre Hinterlassenschaften abgelegt hatten. Lediglich der pastellfarbene Blümchenvorhang, der sich vor dem offenen Fenster bauschte, und die Tagesdecke aus dem gleichen Stoff verliehen dem Zimmer einen Hauch von Freundlichkeit.

»Ja, ich finde es ganz hübsch.« Das war zwar übertrieben, aber was wollte er mehr? Er hatte dieses Angebot auch deshalb ausgewählt, weil es eines der preiswertesten war.

»Sie brauchen gar nicht zu flunkern«, sagte sie. »Ich sehe Ihnen doch an, dass Sie es nicht besonders finden.«

Er fühlte sich ertappt. Dann sah er in ihr lachendes Gesicht. »Ja, du hast recht«, gab er zu. »Aber es lässt sich sicher hier aushalten.«

»Wenn es Ihnen zu ungemütlich ist, kommen Sie einfach runter zu uns.« Sie ging zum Fenster, das den Blick ins Moseltal und auf die gegenüber liegenden grünen Hänge freigab und zog die Gardinen zu. Im Vorbeigehen strich sie mit einer routinierten Bewegung über die Tagesdecke. Dabei glitt das kleine goldene Kreuz, das sie an einem Kettchen um den Hals trug, nach vorn.

»Bist du katholisch?«, fragte er und wunderte sich im nächsten Augenblick über sich selbst. Wieso stellte er diesem Kind Fragen nach dessen Religion?

»Nein. Evangelisch.« Ihr Blick hielt den seinen fest. Länger, als er ertragen konnte. Es gelang ihm nur unter Anstrengung, sich von diesen magischen Augen zu lösen.

»Es stimmt schon, die meisten Orte in der Umgebung sind katholisch. Winningen ist das einzige evangelische Dorf hier in der Gegend«, meinte sie nach einer Weile.

»Spielt denn der Glaube eine Rolle für dich?« Einen winzigen Moment lang dachte er daran, wie ihn seine Mutter das Beten gelehrt hatte, abends vor dem Schlafengehen. Wie sie mit weichem Gesichtsausdruck die Hände über die seinen legte und hoch an die Decke sah. »Dort oben wohnt unser einziger wahrer Freund«, hatte er ihre leise Stimme im Ohr. »Wenn ich den lieben Gott nicht gehabt hätte, würde es mich nicht mehr geben. Und dich auch nicht.« Dabei hatte sie ihm sanft über die Wangen gestrichen.

»Nein, nicht so sehr«, beantwortete Hannah seine Frage. »Obwohl der Konfirmationsunterricht ganz in Ordnung war.«

»Du bist schon konfirmiert?«

»Ja.« Sie blinzelte etwas unsicher. »Ich bin mit dreizehn konfirmiert worden.«

»Und wie alt bist du jetzt?«

»Vierzehn.« Sie sah zu Boden. »Ich weiß, dass ich jünger aussehe.«

»Das ist es nicht«, sagte er, obwohl er genau dies meinte. »Du wirkst so ... reif.«

»Ja?« Ein Strahlen huschte über ihr Gesicht. Sie blieb ein wenig unschlüssig stehen. Vielleicht, weil sie noch mehr Komplimente hören wollte.

»Ich hoffe, Sie fühlen sich wohl bei uns«, sagte sie schließlich. »Das Bad ist gegenüber auf dem Flur. Außer Ihnen benutzt es niemand. Ist das in Ordnung?«

Er nickte. »Selbstverständlich.«

»Abendessen ist um sechs.« Sie sah auf die Uhr. »Da haben Sie genug Zeit, schon mal ein wenig die Gegend zu erkunden.«

»Danke, Hannah. Du bist ein sehr nettes Mädchen.«

Vielleicht hätte er das nicht sagen sollen. Nicht mit solch weicher, verräterischer Stimme.

»Ich bin gern nett.« Spitzbübisch kräuselte sie die Lippen und näherte ihr Gesicht dem seinen. Einen bangen Moment lang glaubte er, sie würde ihn küssen. Mit diesem süßen, herzförmigen Mund. Er wagte kaum zu atmen. Abrupt drehte sie sich um. Hob kurz die Hand zu einem angedeuteten Winken. »Also, bis nachher unten im Esszimmer.«

Als sie gegangen war, merkte er, dass er am ganzen Körper zitterte.

4

Gemächlich gingen sie die Karmeliterstraße hinunter und bogen in die Rheinstraße ein. Seit etwas mehr als einem Jahr waren Franca Mazzari und Bernhard Hinterhuber ein kollegiales Gespann mit bisweilen synergetischen Zügen. Anfangs war Franca gar nicht glücklich gewesen, dass man sie bei Hinterhubers Einstellung so gänzlich übergangen hatte. Bei Personalentscheidungen durfte man zwar Wünsche äußern, aber niemand war gezwungen, darauf Rücksicht zu nehmen. Das hatte sie schmerzlich zu spüren bekommen. Nach den unerfreulichen Erfahrungen mit Hinterhubers Vorgänger hätte sie viel lieber mit einer Frau zusammengearbeitet. Die Frauenquote bei der Polizei war noch immer erschreckend niedrig – wenn man einmal von den Sekretärinnen oder den Putzfrauen absah. Grundsätzlich hielt Franca Frauen für die besseren Polizisten. Doch mit dieser Meinung stand sie so ziemlich allein auf weiter Flur. Was hatte sie sich den Mund fusselig geredet. Aber trotz allen Intervenierens hatte sie nicht verhindern können, dass Bernhard Hinterhuber den zweiten Schreibtisch in ihrem kleinen Büro bezog. Seitdem hatte sie ihn täglich in Sichtweite vor sich.

Auf solch einen Musterknaben kann ich wahrlich verzichten, war ihr erster Gedanke gewesen. Der kann sich seine tadellosen Zeugnisse sonst wohin stecken. Sie betrachtete ihn als Gegner, als Konkurrenten, als einen, der sich unerbittlich hochgearbeitet hatte und auf ihren Posten schielte. Doch sie würde ihn schon rechtzeitig in seine Schranken weisen. Ihn sich als Partner vorzustellen, schien ihr zu diesem Zeitpunkt undenkbar. *Big brother is watching you*, dachte sie grimmig, wenn sie seinem undefinierbaren Blick aus der Goldrandbrille begegnete. Ein Bayer, der zwar einigermaßen Hochdeutsch sprach, aber zum Dienst erschien er mit unübersehbar bajuwarischen Attributen wie Hirschknopf-Jackett und Edelweiß-Krawatte. Sie hätte ihn gern gefragt, wo er denn seine Krachledernen gelassen habe, doch diese Bemerkung verkniff sie sich.

Nicht, dass sie etwas gegen Bayern hatte. Dort ließ es sich vortrefflich Urlaub machen, sofern man die Berge liebte. Auch gegen Männer im Allgemeinen hatte sie nichts Konkretes vorzubringen. Doch im Laufe ihres Berufslebens waren ihr einige dieser Spezies untergekommen, die keinerlei Anstrengung unternahmen, den Macho in sich zu tarnen. Den Vogel abgeschossen hatte Hinterhubers Vorgänger. Mit derbem Sprachgebrauch und unangebrachten Witzen hatte er ihr unverhohlen demonstriert, dass er lieber unter seinesgleichen war und sowieso die Frauen mit ihrer Gefühlsduselei für reine Störfaktoren hielt.

»Die Polizei ist ein eingefleischter Männerbund, da haben Weiber nichts zu suchen.« Er war nicht der einzige, der dies nicht nur dachte, sondern offen aussprach. Und sich dann wunderte, dass ihm solch ein »Kinderkram« als Diskriminierung angelastet werden sollte.

Als dieser Oberkommissar mit Namen Hähnlein merkte, dass Franca keineswegs zu der Sorte leicht zu irritierender Heulsusen gehörte, mit denen er offenbar sonst im Dienst verkehrte, hatte er nach einem Jahr die Segel wegen unzumutbarer Bedingungen am Arbeitsplatz gestrichen. Sie hatte es ihm nicht leicht gemacht. Sein Name – Hähnlein – war geradezu prädestiniert, die ansonsten kursierenden frauenfeindlichen Bemerkungen einmal umzukehren, wovon sie reichlich Gebrauch machte. Vielleicht hatte sie es tatsächlich ein wenig übertrieben, aber das tat ihrer Genugtuung keinen Abbruch. Als sein Platz wieder leer war, hatte Franca siegessicher triumphiert. Normalerweise streckten Frauen nach solchen zermürbenden Kleinkriegen wesentlich früher die Waffen und überließen den Männern mehr oder weniger freiwillig den besseren Posten. Darauf hatte dieser Oberkommissar Hähnlein wohl auch spekuliert. Denn er wollte partout nicht akzeptieren, dass Franca diejenige war, die das Sagen hatte. Ständig hatte er sich in den Vordergrund gedrängt, versucht, sie beim Chef anzuschwärzen, und als alle Mobbingversuche nicht fruchteten, hatte er beleidigt das Handtuch geschmissen und um Versetzung gebeten.

Bei Hinterhubers Einstellung fürchtete sie nichts weniger als eine Wiederholung dieses Vorfalls.

»Ist das nicht Rosina Wachtmeister?«, bemerkte er als erstes, während er auf die beiden Poster an der Wand gegenüber seines Schreibtisches deutete. Das eine war in Blau und Silber gehalten und zeigte eine Katze auf einem Fensterbrett. Darüber schien eine strahlende Sonne. Das andere zeigte Musikalienfragmente und Noten. Zwischen den gemalten und den geahnten Tönen schwebte ein Schmetterling. Auf beiden Bildern sah sie die Poesie und Lebensfreude des Südens gespiegelt. Eine Welt, die ihr als Kind sehr vertraut war. Hähnlein hatte damals nach einer kurzen Musterung süffisant gefragt, ob das Ganze Katzenmusik darstellen solle.

»Sie kennen Rosina Wachtmeister?«, fragte sie Hinterhuber verwundert.

»Meine Frau mag ihre Bilder und Skulpturen.«

Ach so, seine Frau. Ja, dann.

Sie beäugte ihn weiterhin argwöhnisch. Nach einer Woche dachte sie, dass sie seine Anwesenheit keinen Tag länger aushalten würde. Nicht gemeinsam in einem Büro und an gegenüberliegenden Schreibtischen. Davon bekam sie Erstickungsanfälle. Es war zwar nichts Gravierendes vorgefallen, aber sie konnte einfach seine Nähe nicht ertragen. Ein Besuch beim

Chef schlug fehl. Ob man nicht doch noch umstrukturieren könne, wollte sie wissen.

Anton Osterkorn hatte sie aufmerksam aus den getönten Gläsern seiner Hornbrille gemustert und sich geduldig ihr Anliegen angehört. Der Chef der Kriminaldirektion Koblenz war ein schlanker, drahtiger Mann und stammte aus Köln. Einerseits war er eine typisch rheinische Frohnatur, andererseits schätzte ihn Franca als kompetente und vor allem weitblickende Führungspersönlichkeit. Ein Mann, der viel Verständnis für die zwischenmenschlichen Probleme seiner Mitarbeiter aufbrachte. »Wo Menschen sind, da menschelt es«, war einer seiner berühmten Sprüche.

»Was haben Sie denn konkret gegen den Kollegen Hinterhuber vorzubringen, Frau Mazzari?«, fragte er, nachdem er sich eine Weile geduldig ihre Bedenken, Einwände und Wünsche angehört hatte.

»Nun ja ...«, setzte sie an. Sie konnte ja schlecht mit dem Argument kommen, das es am ehesten getroffen hätte: »Weil er ein Mann ist.«

»Sehen Sie, Herr Hinterhuber ist ein hervorragender Polizist mit ausgezeichneten Zeugnissen«, sagte Osterkorn und lehnte sich in seinem Ledersessel zurück. »Sie werden gut miteinander klarkommen. Da bin ich mir ganz sicher.« Er nahm seine Brille ab. Franca war irritiert, weil Osterkorns Gesicht plötzlich ganz anders aussah. Irgendwie nackt. »Die Grabenkämpfe hinter den Kulissen sind mir nicht verborgen geblieben«, sagte er mit ernster Miene, wobei er mit der Brille spielte. »Um mich klar auszudrücken: Ich wünsche keine Wiederholung des Falles Hähnlein.«

»Ja, aber ...«, wollte sie auftrumpfen. Mit einer beschwichtigenden Handbewegung unterbrach er sie. »Und wenn ich mir die Bemerkung erlauben darf: Ein bisschen mehr Toleranz stünde Ihnen gut zu Gesicht. Die erwarten Sie schließlich ebenso von den Kollegen.« Bei diesen Worten zwinkerte er ihr zu. »Ich denke da insbesondere auch an unser Leitbild, an dessen Erstellung Sie ja mitgearbeitet haben.«

Ach, das Leitbild mit seinen hehren Zielen! Das Fundament für die künftige Polizeikultur, wie es so schön hieß. Jedem war klar, dass es sich dabei um eine pure Vision handelte. Wie das nun mal so ist mit Ideal und Wirklichkeit. Auch die Gleichberechtigung zwischen Mann und Frau war in vielen Bereichen noch immer eine pure Vision. Obwohl sie gesetzlich verankert war.

»Also, Frau Mazzari. Um es kurz zu machen: Ich erwarte von Ihnen, dass Sie Herrn Hinterhuber eine faire Chance geben. Ich bin sicher, er verhält sich absolut kooperativ. Vorurteile sind da vollkommen fehl am Platz.« Er beugte sich vor und tätschelte ihre Hand. »Dies sollten Sie beherzigen, Frau Mazzari. Es ist nicht gut, den Bogen zu überspannen.« Mit diesen Worten erhob er sich und gab ihr zu verstehen, dass damit das Gespräch für ihn zu Ende war.

Der unbefriedigende Zustand hatte noch eine Weile angedauert, bis zu ihrem ersten großen Fall. Da hatte Franca erkannt, was in Hinterhuber steckte. Ein brillanter Analytiker, der auf Team-Arbeit baute. Einer, der die Dinge auf den Punkt brachte. Einer, der mit Kritik nicht hinterm Berg hielt, aber auch selbstkritisch war und sich entschuldigte, wenn er Fehler gemacht hatte. Einer, der sich selbst zurücknahm, der nicht auf Eigenlob aus war, sondern sie als die Dienstältere respektierte und der auch dann von »wir« sprach, wenn durchaus ein »ich« angebracht gewesen wäre. Wenn es Lorbeeren zu ernten gab, ließ er ihr stets mindestens die Hälfte zukommen.

Hinterhuber war das verkörperte Leitbild. Sie hätte nicht gedacht, dass es so etwas gab. Trotzdem blieb sie weiterhin auf der Hut. Doch es gab einfach nichts zu beanstanden. Obwohl sie nicht besonders nett zu ihm war, bewies er ihr seine Loyalität jeden Tag aufs Neue. Zähneknirschend musste sie ihre Fehleinschätzung eingestehen.

Daran dachte sie, als sie jetzt neben ihm her lief. Es war offensichtlich von Vorteil, die Welt durch eine Goldrandbrille zu betrachten. Vielleicht sollte sie überlegen, statt der Kontaktlinsen so was zu tragen. Schließlich war sie längst aus dem Alter raus, da sie Bemerkungen wie »Mein letzter Wille – eine Frau mit Brille« verunsicherten.

Inzwischen hatten sie das ehemalige »Balthazar« erreicht, das seit neuestem nur noch »Grand Café« hieß – ein Name, der dem prunkvollen Jugendstilcafé mit seinem besonderen Ambiente durchaus gemäß war. Trotz strahlend blauem Himmel und Sonnenschein war es zu kalt zum Draußensitzen. Hinterhuber hielt ihr die Tür auf. Es waren nur wenige Tische besetzt. Sie wählten einen Platz am Fenster mit Blick auf den Görresplatz und die Historiensäule.

»Willst du auch was essen?«, fragte Hinterhuber. »Ich hab heute noch nichts Richtiges bekommen.«

»Gibt's denn hier was für dich außer Grünfutter?«, fragte sie. Hinterhuber war überzeugter Vegetarier. Außer ihm kannte sie keinen männlichen Kollegen, der kein Fleisch aß. Das war eine weitere Auffälligkeit, die ihn von den anderen unterschied.

»Da bin ich mir ganz sicher.« Er schlug die Speisekarte auf. »Die Auswahl an Pasta kann sich sehen lassen«, murmelte er beifällig. »Aber das klingt noch besser: Überbackene Blumenkohl-Käse-Medaillons. Die nehme ich.«

Ihre Geschmacksknospen verlangten nach einem saftigen Steak. Mit viel zerlaufener Kräuterbutter darüber. Aber vielleicht sollte sie ebenfalls ihren Fleischgenuss einschränken. Schon oft hatte sie sich darüber gewundert, welche Ruhe und Gelassenheit Hinterhuber ausstrahlte, während sie beim gleichen Anlass direkt an die Decke ging. Vielleicht war ja doch etwas dran an der Theorie, dass man mit jedem Stück Fleisch Stresshormone zu sich nahm, die das Aggressionspotential in die Höhe trieben.

»Jeder sollte das essen, was ihm schmeckt. Und mir schmeckt nun mal kein Fleisch«, hatte er einmal geäußert, als sie ihn fragte, weshalb er Vegetarier sei. Er wolle auf keinen Fall den Missionar spielen, betonte er. Es läge ihm fern, anderen Menschen den Fleischgenuss zu verbieten. Ja, er war schon ein politisch Korrekter, der Hubi.

»Ich nehme einen Salat«, sagte sie kurz entschlossen.

»Diesmal kein schönes saftiges Steak dazu?«, fragte er lächelnd.

»Ich muss ein bisschen auf die Linie achten«, meinte sie ausweichend.

»Wozu das denn? Du hast dich doch ganz gut gehalten.«

»Ja, weil ich die Speckröllchen um den Bauch immer gut verdecke.« Trotz des Widerspruchs freute sie sich über sein Kompliment.

»Ich kenne Fünfzigjährige, die sind solche Maschinen« – er malte mit beiden Händen eine große Wölbung vor seinem Bauch.

Ihr Lächeln erstarb. »Musst du mich dauernd an mein Alter erinnern? Noch bin ich keine fünfzig.« Ihr runder Geburtstag war erst in ein paar Wochen. Aber seit geraumer Zeit meinten die lieben Kollegen, sie ständig darauf hinweisen zu müssen, dass der fünfzigste Geburtstag das »Bergfest« sei. Von da an ginge es nur noch bergab. Obwohl sie stets pflichtschuldig grinste, war ihr diese Zahl ein wenig unheimlich.

»Du hast doch immer so groß getönt, du hättest damit keine Probleme.« Hinterhuber sah sie mit lauerndem Grinsen an.

»Hab ich auch nicht«, entgegnete sie. »Aber ich muss auch nicht ständig davon reden.«

»Okay. Bier oder Wein?«, wechselte Hinterhuber galant das Thema. Auch das mochte sie an ihm: Dass er ein Gespür dafür hatte, wann ein Witz ausgereizt war.

»Keinen Alkohol um diese Zeit«, sagte sie. Wieder kam ihr das unsägliche Gerichtsurteil in den Sinn. Man hatte einen Verbrecher laufen lassen, weil er eine gute Figur machte und so schön unschuldig gucken konnte. »Höchstens einen ordentlichen Schnaps.«

»Willst du wirklich einen Schnaps?« Hinterhuber legte den Kopf schief. Ein Sonnenstrahl verfing sich in seinen Brillengläsern.

»Kleiner Scherz.«

Er trommelte auf den Tisch. Schon oft war ihr aufgefallen, was für schöne Hände Hinterhuber hatte. Feingliedrige, lange Finger. Die Nägel stets poliert. Der schmale goldene Ring an seinem rechten Finger wollte da nicht so richtig dazu passen.

»Nicht nur dir ist dieses Urteil auf den Magen geschlagen.« Er rückte die Brille gerade. Eine Geste, die sie sehr gut kannte. Und auch, was er jetzt sagte, klang vertraut: »Wir jedenfalls haben uns nichts vorzuwerfen. Wir haben getan, was wir konnten.« Das war seine sanfte Umschreibung von: »Es gibt Zeiten, da arbeitet man wie blöde und trotzdem ist alles für'n Arsch.«

Sie betrachtete ihn. Eigentlich war er ein lieber Mensch, kein typischer Polizist. Oder jedenfalls nicht so, wie man sich den typisch deutschen Polizisten vorstellte. Er war ziemlich schmalbrüstig. Und es klang nett, wenn manchmal sein bayrischer Dialekt durchschlug.

»Schau mal, wer da kommt.« Mit einer leichten Kopfdrehung wies er in Richtung Eingangstür.

Diskret wandte sie sich um. Seit sie hier saßen, hatte sich das Lokal merklich gefüllt. »Nein!«, rief sie aus und hielt sich sofort die Hand vor den Mund. An einem der entfernteren Tische nahmen Julius Melzer und eine sehr junge Frau Platz, die den Mann an ihrer Seite unverhohlen anschmachtete.

»Diesem Melzer könnte ich den Hals umdrehen«, zischte

sie. »Der hat doch tatsächlich schon das nächste Opfer im Schlepptau.«

»Sie war bei der Verhandlung dabei. Wahrscheinlich ist er jetzt für sie der große Held.«

»Manche Frauen kann ich einfach nicht verstehen.« Franca seufzte aus tiefem Herzen.

»Ach, du auch nicht?«, grinste er unverhohlen.

Die Bedienung brachte ihren Salat.

»Da kommt dein Drachenfutter«, sagte er. »Du kannst ruhig schon anfangen zu essen. Mit meinem wird's noch ein Weilchen dauern.«

»Drachenfutter?« Sie grinste. »Du meinst, das sei genau richtig für mich?«

»Das hast du gesagt.«

»Als ob nur Frauen Drachen sein könnten. Dabei geht von den Männern ein viel größeres Gefahrenpotential aus.« Mit der Gabel wies sie wenig diskret in Richtung des Tisches, an dem Julius Melzer mit seiner jungen Flamme turtelte.

»Kommt jetzt wieder dieses Lied: Männer mit ihren Reptilienhirnen sind alle Verbrecher und Frauen die armen Opfer?«

»Kann man das denn anders sehen?« Sie schnaubte. Meine Güte, jetzt küssten die beiden sich auch noch in aller Öffentlichkeit.

»Du hältst also immer noch Frauen für die besseren Menschen?«, fragte Hinterhuber lauernd wie eine Katze, die einen Kanarienvogel im Visier hat.

»Ich halte sie nicht für die besseren Menschen, sondern für die friedfertigeren«, sagte sie und wandte den Blick von dem innige Verliebtheit demonstrierenden Paar. »Sag mir, wer Kriege führt. Wer seit Menschengedenken schon immer Kriege geführt hat. Etwa Frauen? Aber so weit brauchen wir gar nicht zurückzugehen. Schau dir doch die Statistiken an. Wie viel Prozent gewalttätige Männer gibt es? Und wie viel

Prozent sind Frauen? Wer bevölkert die Gefängnisse und kostet den Staat einen Haufen Geld?«

»Oh, jetzt bemühen wir also die Statistiken.«

»Statistiken sprechen eine klare und nicht zu widerlegende Sprache«, antwortete sie mit Nachdruck.

Die Kellnerin stellte die dampfenden Blumenkohlmedaillons vor Hinterhuber auf den Tisch. Er griff nach seinem Besteck.

»Männer sind wenigstens nicht hinterlistig. Wenn sie zuschlagen, dann spricht das ebenfalls eine klare Sprache«, sagte er, während er sich seinem Essen zu widmen begann.

»Was meinst du denn jetzt damit?« Sie hielt einen Augenblick inne. Ihre Gabel schwebte in der Luft.

»Nun, es soll Frauen geben, insbesondere Kriminalhauptkommissarinnen, die grundsätzlich gegen die Einstellung von männlichen Kollegen sind. Und dies mit einer ziemlichen Nachhaltigkeit durchzusetzen versuchen«, sagte er und schob sich eine Gabel voll Blumenkohl in den Mund. Sofort blies er die Backen auf und produzierte hechelnd Abkühlgeräusche. »Mann, ist das heiß«, mümmelte er mit vollem Mund.

»Was willst du damit sagen?« Sie kniff die Augen zusammen. Die rechte Kontaktlinse verrutschte, sodass sie ihre Umgebung nur noch verschwommen wahrnahm. Gleichzeitig musste sie heftig blinzeln. Sie legte ihre Gabel beiseite, fasste mit einem geschickten Griff Oberlid und Unterlid und rückte die Linse wieder gerade. Dabei vermied sie es, direkt ins Auge zu fassen. Nach einigen Lidschlägen saß die Kontaktlinse wieder korrekt.

»Du weißt genau, was ich damit sagen will. Es gibt auch ein wenig schönes Wort dafür und das heißt Mobbing. Da sind die Frauen den Männern eindeutig überlegen. Wo du doch so gern den Statistiken vertraust.«

»Du meinst also, ich hätte dich gemobbt«, konstatierte sie. Gleichzeitig wunderte sie sich, wieso er sie erst jetzt darauf ansprach. »Nur weil ich eine Frau als Kollegin wollte«, fügte sie hinzu.

»Wie würdest du denn diesen Tatbestand nennen?«

Sie zuckte mit den Schultern. »Ganz davon abgesehen, dass dies längst passé ist – ich hatte ja gar nichts gegen dich persönlich. Du hattest eindeutig die besseren Trümpfe.« Sie lächelte ihn mit Verschwörermiene an. »Und mittlerweile kommen wir doch ganz gut miteinander klar, oder nicht?«

»Obwohl ich ein Mann bin.« Er schob sich ein weiteres Stück seines Blumenkohlmedaillons in den Mund, diesmal nicht ohne vorher darüber zu blasen.

»Obwohl du ein Mann bist und ein Bayer dazu.« Sie hoffte, mit dieser Bemerkung seine grimmige Miene wieder aufzuhellen.

»Obwohl Frauen die besseren Menschen sind.« Witzig klang das nicht.

»Ach, Hubi, komm schon. Das ist doch alles relativ.«

»Jetzt auf einmal?«

Sie stocherte nach dem letzten Salatblatt und schob es in den Mund. Richtig satt war sie nicht geworden. Als sie den Blick hob, schaute sie direkt in seine Augen. Es lag ein merkwürdiger Ausdruck darin, den sie nicht recht zu deuten wusste.

»Dann spielt es also auch überhaupt keine Rolle, dass die vorsitzende Richterin, die den Freispruch für diesen Menschen dort erwirkt hat«, er wies in die Richtung des Tisches, an dem Julius Melzer saß, »weiblichen Geschlechts war – oder?«

5

Er packte seine Wäsche aus. Legte sie ordentlich in den Schrank. Zwei seiner wichtigsten Schmetterlingsbücher hatte er mitgebracht. Den Fotoapparat und die Filmkamera legte er griffbereit auf den kleinen Schreibtisch. An der Wand hing ein Moselpanorama in Aquarellfarbtönen. Es sah naiv und wenig künstlerisch aus. Vielleicht das Bild eines Kindes. Den Nabokov legte er auf den Nachttisch. Neben seine Uhr.

Dann ging er nach draußen, die Treppe hinunter. Gut, dass er seine Jacke übergezogen hatte. Es war nach wie vor sonnig, aber kühl. Für die Jahreszeit zu kühl, wie auch der Wetterbericht bestätigt hatte. Eine anhaltend kühle Witterung würde den Schlüpf-Prozess des Apollofalters verzögern. Wenn er geduldig genug ausharrte, gelang es ihm vielleicht, diesen Vorgang zu filmen. Er sah nach oben. Der blaue Himmel war durchzogen von einigen Schleierwolken. Die Kondensspur eines Flugzeugs durchschnitt das transparente Blau und ging mit dem schlierigen Wolkenweiß eine interessante, an manchen Stellen unterbrochene Linienführung ein. Der Himmel sah aus wie ein abstraktes Kunstwerk.

Der Löwenhof war ein relativ neues Gebäude aus den sechziger Jahren. Im Erdgeschoss rechts von der Treppe mit dem schmiedeeisernen Geländer befand sich eine hohe Toreinfahrt, die offen stand. Er lugte hinein. Kartonnagen stapelten sich dort auf einem Tisch ebenso wie leere Weinflaschen, die in Kisten übereinandergetürmt vor den weiß gekalkten Wänden lehnten. An der Seite stand ein riesiger Billardtisch. Aus einem der hinteren Räume trat ein älterer Mann heraus. Er trug zwei Kartons auf dem Arm, die er in einen Geländewagen lud, der die Aufschrift des Weingutes trug. Der Mann nickte Kilian grüßend zu.

Der gepflasterte Hof war voller Blumen. Vor den Fenstern blühten rote Geranien. Ganz hübsch, wenn man auf so etwas Wert legte. Auf der Bank an der Hauswand lag zusammengerollt eine getigerte Katze. Alles wirkte friedlich. Diese Abgeschiedenheit und der wenige Betrieb waren ihm recht. Er hasste Hektik und Menschenansammlungen.

Eine üppig belaubte Pergola begrenzte den gegenüberliegenden Wingert. Dort standen Irmtraud und Marion Lingat und waren damit beschäftigt, die Reben aufzubinden. Er winkte ihnen zu. Doch die beiden Frauen waren offensichtlich so sehr in ihre Arbeit vertieft, dass sie ihn gar nicht bemerkten.

Er ging dorfauswärts den asphaltierten Wirtschaftsweg entlang. Hoch über der Mosel spannte sich die Autobahnbrücke, die den Hunsrück mit der Vordereifel verband. Zwischen den rebenbewachsenen Terrassen, die wie Schwalbennester an den Felsen klebten, schienen die mächtigen Betonpfeiler emporzuwachsen. Hauptsächlich dort mussten sich die Fetthennenpolster befinden, die Eiablageplätze des Apollofalters.

Er dachte daran, wie die Taxifahrerin von den Weinbergterrassen mit ihrem mediterranen Klima geschwärmt hatte. Als ob er nicht wüsste, dass solche Steilhänge eine sehr gute Lage versprachen. Moselwein hatte eine ganz eigene Blume, die er früher, als er noch Weintrinker war, sofort erkannte. Es hatte durchaus eine Zeit gegeben, während der er sich mit der Philosophie rund um den Wein beschäftigte. In einer späteren Phase war ihm der Geschmack eines Getränkes egal gewesen. Hauptsache, es enthielt genug Alkohol. Je hochprozentiger, desto besser.

Mütter mit Kinderwagen begegneten ihm unterwegs. Und Kolonnen von Fahrradfahrern, denen er ständig ausweichen musste. An einer Abzweigung führte der Weg höher den Berg hinauf. Er hob eines der Schieferstücke auf, die verstreut zwischen den Rebstöcken lagen und behielt es in der Hand. Als er ein gutes Stück zurückgelegt hatte, setzte er sich auf ein Mäuerchen, ließ die Beine baumeln und schaute hinunter ins Tal.

Unten war ein Hafen. Rings um die Anlegestege dümpelten kleinere Schiffe und Boote und verbreiteten Urlaubsstimmung. Ein paar moderne weiße Yachten waren ebenfalls dabei. Das Mäuerchen, auf dem er saß, war sonnenwarm. Er atmete tief ein. Die Welt hier war friedlich und wohlgeordnet. Die reinste Idylle. Genau das, was er suchte.

Das Schieferstück in seiner Hand fühlte sich warm und glatt an wie Menschenhaut.

Mit einem Mal war er sehr froh, hierher gekommen zu sein.

Hannah, deren Mutter und Tante saßen schon am Tisch, als er den Raum betrat. Das Mädchen nickte ihm freundlich zu und forderte ihn auf, sich neben sie zu setzen. Marion hatte sich umgezogen. Im Weinberg hatte sie Jeans und ein ausgeblichenes T-Shirt angehabt. Jetzt trug sie ein elegantes sandfarbenes Kostüm und eine Perlenkette um den Hals. Offensichtlich hatte sie noch etwas vor.

»Mutter lässt sich entschuldigen. Sie hat sich bereits hingelegt. Es geht ihr nicht so gut«, sagte sie. »Sie müssen leider mit uns dreien vorliebnehmen, Herr Kilian.«

Hannah nahm ein Stück Brot aus dem Korb, riss es mitten durch und steckte sich einen Fetzen Brot zwischen die Lippen. »Das Brot schmeckt toll. Das hat übrigens Tante Irmchen selbst gebacken«, berichtete sie kauend.

Sofort überzog sich Irmchens Gesicht mit einer zarten Röte. Sie saß Kilian gegenüber und forderte ihn ihrerseits auf, sich zu bedienen. »Abends gibt es bei uns nur kalte Küche«, sagte sie. Es klang entschuldigend. »Natürlich immer mit einem Gläschen Riesling. Ich hoffe, es ist Ihnen recht?«

Er nickte. Und wehrte diesmal auch nicht ab, als sie ihm ein Glas Wein einschenkte. Während er sich Käse und Schinken auf den Teller lud, huschten seine Augen zwischen den beiden erwachsenen Frauen hin und her. Auf den ersten Blick war ihnen nicht anzusehen, dass sie Schwestern waren. Ein bisschen machten sie auf ihn den Eindruck wie Stadtmaus und Feldmaus aus dem flimmernden Schwarzweiß-Film, der ihnen früher als Schüler regelmäßig zu Ferienbeginn gezeigt wurde. Irmchen war rund und füllig wie die Feldmaus. Sie trug das gleiche sackartige braune Kleid wie am Mittag. Ihre Hände waren breit, die Fingernägel kurz geschnitten und nicht lackiert. Sie trug weder einen Ring noch sonstigen Schmuck. Ihr rundes Gesicht war bis auf das Feuermal, auf das sie eine braune Paste aufgetragen hatte, ungeschminkt. Auf ihr Äußeres schien sie nicht viel Sorgfalt zu verwenden.

Daneben Marion, die Stadtmaus. Alles an ihr wirkte gepflegt, angefangen von den hellbraun glänzenden Haaren, die sie immer wieder mit einer koketten Geste hinters Ohr strich, über das sorgfältige Make-up bis hin zu den Fingernägeln, die zartrosa lackiert waren.

Von oben ertönte ein Klopfen. Wie auf ein Kommando stand Irmtraud auf und lief zur Tür hinaus.

Marion wandte den Kopf. »Tja, wenn Mutter befiehlt, muss man sofort Folge leisten.«

»Ich hoffe, es ist nichts Ernstes?«, fragte er höflich.

»Alterszipperlein. Wir kennen das schon.«

»Oma spielt gern den sterbenden Schwan«, ließ Hannah verlauten und biss in ihr Brot. »Besonders, wenn Gäste da sind«, fügte sie kauend hinzu.

»Hannah!«, mahnte ihre Mutter. Aber ihr Gesichtsausdruck strafte sie Lügen. Sie hatte offenbar Mühe, sich ein Lachen zu verkneifen.

»Das hast du doch selbst gesagt!«, entrüstete sich Hannah.

»Trotzdem ist es nicht schön, so von Oma vor anderen Leuten zu sprechen«, sagte sie ernst.

»Sie hört es doch nicht«, meinte Hannah lakonisch. Ihr Blick traf sich mit seinem. Er zwinkerte ihr verstohlen zu. Sie blieb mit ihm in Augenkontakt. Spätestens ab diesem Moment waren sie Verbündete.

Irmtraud kam zurück. »Ich koche für Mutter schnell einen Tee. Ihr braucht mit dem Essen nicht auf mich zu warten«, sagte sie, während sie in der Küche verschwand.

»Da waren's nur noch zwei«, sagte Marion. »Wie bei den zehn kleinen Negerlein. Immer einer weniger.« Sie suchte Kilians Blick. »Jetzt wissen Sie auch, warum wir am Abend bevorzugt kalt essen.«

Eine Weile herrschte Schweigen am Tisch.

»Haben Sie sich schon ein bisschen umgeschaut?«, wechselte Marion das Thema. »Sind Sie mit Ihrer Wahl zufrieden? Es ist bei uns ja ziemlich bescheiden, was das Zimmer angeht.«

»Das ist schon in Ordnung«, sagte er lahm.

»Im oberen Stockwerk soll nach und nach alles renoviert werden. Damit wir mehr Zimmer vermieten können«, warf Hannah eifrig ein. Offenbar eine Vorstellung, die ihr gefiel.

»Darüber ist noch nicht das letzte Wort gesprochen«, unterbrach Marion ihre Tochter.

»Aber Oma hat es doch gesagt.«

»Oma sagt vieles, wenn der Tag lang ist.« Sie schob sich einen Happen Brot in den Mund. »Momentan können wir uns jedenfalls keine weiteren Renovierungsarbeiten leisten. Dafür ist einfach kein Geld da.«

»Könnten das denn nicht die Polen machen?«, fragte Hannah.

Marion warf einen schnellen Blick zu Kilian. »Die Polen haben mit der Arbeit im Weinberg schon genug zu tun.«

Kilian nahm sich eine weitere Scheibe Brot und bestrich sie mit Butter. Im Grunde interessierte es ihn wenig, ob der Löwenhof von irgendwelchen Polen renoviert wurde oder nicht. Er fand es äußerst angenehm, der einzige Gast zu sein.

»O Gott, schon so spät«, sagte Marion Lingat plötzlich und betupfte mit einer Serviette die Lippen. »Ich muss gleich weg. Hannah, räumst du den Tisch ab?« Sie lächelte Kilian zu. »Sie entschuldigen mich?«

»Aber ja!«, rief er mit Blick auf Hannah. Das schlafende Tier in ihm begann sich zu regen. Als Marion draußen war, stand er auf und stellte die Teller zusammen.

»Lassen Sie nur, ich mach das schon«, warf Hannah ein.

»Wenn ich dir helfe, geht es schneller.«

Sie sah überrascht auf. »Ich weiß nicht, ob das Mama recht ist«, sagte sie zögerlich. »Und Oma schon gar nicht. Gäste sind Gäste. Sie sollen nicht arbeiten.«

»Braucht ja keiner zu wissen«, meinte er mit Verschwörermiene.

Ihr Gesicht hellte sich auf. »Ja, wenn das so ist.« Sie lachte auf. Ein Lachen, wofür er alles tun würde.

»Dafür musst du mir danach noch ein wenig Gesellschaft leisten. Natürlich nur, wenn du Zeit hast«, fügte er schnell hinzu, in der Hoffnung, nicht allzu fordernd geklungen zu haben. »Oder hast du noch Hausaufgaben zu machen?«

»Nein«, sie schüttelte den Kopf. »Die mache ich meistens in der Schule. Wir haben oft Freistunden zwischen dem Unterricht.«

»Wo gehst du denn zur Schule?«

»In Koblenz. Aufs Gymnasium.«

Er beobachtete, wie sie die Hände in das schaumige Wasser tauchte. Lange schlanke Finger, an denen silberne Ringe steckten. Er nahm ein Geschirrtuch vom Haken und begann mit dem Abtrocknen.

»Toll, dass Sie mir helfen«, sagte sie. »Sonst muss ich das immer alleine machen. Eigentlich könnte man ja alles in die Spülmaschine stellen, aber Oma hat da ziemlich altmodische Vorstellungen. Besteck und Gläser muss man mit der Hand spülen, meint sie.« Sie zwinkerte ihm zu. »Manchmal packe ich doch alles in die Maschine. Aber leider merkt sie das meistens.«

Immer wieder sah er sie mit einem verstohlenen Seitenblick an. Er betrachtete die fein geschwungene Linie ihres Nackens. Die beiden wippenden Zöpfe. Die Knopf-Ohrringe. Ihre kleinen Brüste drückten sich gegen den Stoff ihres dünnen T-Shirts, dessen Ärmel hochgeschoben waren und bloße Haut freigaben, auf der Goldflaum schimmerte. Sie trug eine Menge Armbänder. Leder-, Silber- und Plastikbändchen. Wahrscheinlich war das modern.

Als sie aufsah, lachte sie ihn unbefangen an. »Hier bei uns hat jeder seine bestimmten Aufgaben. Tante Irmchen ist für das Essen zuständig. Mama besucht die Kunden und macht die Buchhaltung.«

»Und deine Großmutter führt das Regiment?«

Ihr Kopf schnellte herum. »Ja. Genau.« Sie kicherte. »Sie meint es jedenfalls. Aber irgendwie machen doch alle, was sie wollen.« Sie sah ihn verschmitzt an.

Das Wasser lief gurgelnd ab, als sie den Stöpsel zog. Sie rieb Becken und Ablage trocken. Alles sah sauber und ordentlich aus. Sie griff in den Brottopf und nahm sich noch eine Scheibe heraus. »Das schmeckt immer so lecker, wenn Tante Irmchen selbst backt«, sagte sie. »Möchten Sie auch noch ein Stück?«

»Gern.«

Hannahs Blick begegnete ihm. Sie sah ihn ein paar Sekunden lang an. Ein Blick, den er kannte. Ihre kleine Zunge schnellte zwischen den rosigen Lippen hervor, um einen Krümel abzulecken. Dann verschwand die Zunge wieder im Mund. Er spürte, wie heißes Gift in seine Lenden schoss. Ein wunderbarer Augenblick der Verzückung. Er hatte seine Lolita gefunden. Seine Lolita hieß Hannah.

Sie nahm das Messer, schnitt ihm eine Scheibe Brot ab und reichte sie ihm. Wortlos nahm er das Brot entgegen, registrierte die flüchtige Berührung ihrer Finger und nickte ihr zu. Er fürchtete, hätte er in diesem Moment etwas gesagt, seine Stimme hätte ihn verraten.

»Soll ich sie Ihnen gleich zeigen?« Ein Blick wie aus Sternen. Das Blut begann in seinem Kopf zu rauschen. Er meinte, geradewegs in ihr Herz zu schauen. Er räusperte sich. »Was ... meinst du?«

»Die Puppengespinste. Sie sagten doch, dass sie wegen des Apollofalters gekommen sind.«

»Ach so, ja, natürlich.«

»Wollen wir noch einen Spaziergang machen?«

Er hätte jubeln können. Hielt sich aber zurück.

»Es geht allerdings ziemlich steil bergauf. Hoffentlich sind Sie gut zu Fuß?« Ernüchtert spürte er ihren abschätzenden Blick auf sich gerichtet. Auf seine Körperformen. Seine Beine. Sein Bauchansatz konnte ihr nicht verborgen geblieben sein. In ihren Augen musste er ein alter Mann sein. Einer, der ihr Vater sein könnte.

»Das ist schon in Ordnung«, versicherte er. »Ja. Lass uns das tun. Aber nur, wenn es dir nichts ausmacht«, fügte er hastig hinzu.

Sie lachte. »Im Gegenteil. Ich gehe abends oft noch mal durch unsere Weinberge. Man muss die Reben immer im Auge behalten. Das ist wichtig.«

»Hast du denn keine Angst, so spät noch da hoch zu gehen?«

»Angst?« Wieder lachte sie dieses herrlich unbefangene Lachen. »Vor wem denn? Hier passiert doch nichts.«

»Da wäre ich aber schon ein wenig vorsichtiger. Man kann ja nie wissen.«

»Heute sind Sie doch bei mir und beschützen mich, oder?«, sagte sie augenzwinkernd. »Ich hol nur schnell meine Jacke.« Damit flitzte sie um die Ecke.

Sie benutzten nicht die ausgewiesenen Pfade, sondern kürzten immer wieder den Weg ab, indem sie zwischen den Rebzeilen hindurch schritten, immer höher die unebenen Terrassen hinauf. Streckenweise erleichterten schmale Treppenstufen den Aufstieg. Er achtete auf seine Schritte. Schiefergeröll löste sich unter seinen Schuhen und rutschte bergab. Er wagte kaum, hinunter zu schauen. Weil von diesem Blick ins Tal eine derartige Sogkraft ausging, der er sich fast gewaltsam entziehen musste. Gleichzeitig wurde ihm auf unangenehme Weise bewusst, wie schnell er außer Puste kam und nicht richtig mit ihr Schritt halten konnte. Jetzt rächte es sich, dass er jahrelang keinen Sport getrieben hatte. Und auch sonst mit seinem Körper nicht gerade pfleglich umgegangen war.

Sie drehte sich zu ihm um. »Bin ich zu schnell?«, fragte sie mit schuldbewusster Miene.

»Ich genieße die Aussicht«, gab er ausweichend zurück, während er versuchte, seine Atemzüge zu mäßigen. »Der Blick von hier oben ist wirklich sehr schön«, fügte er hinzu. Schwindelerregend schön, hätte er sagen sollen.

»Ja, das finde ich auch. Für mich ist es die schönste Landschaft auf der ganzen Welt. Das denke ich oft, wenn ich durch die Weinberge gehe. Dort oben, wo die Fahne flattert«, sie wies den Steilhang hinauf, »ist einer meiner Lieblingsplätze.

Blumslay. Von dort aus hat man einen ganz tollen Rundumblick.«

Sie blieb neben ihm stehen. Er konnte die Wärme spüren, die von ihr ausging. Er roch ihren Duft. Ein unschuldiger Mädchengeruch, der nicht durch irgendein Parfüm verfälscht wurde.

Ein melodisches Zirpen unterbrach die Stille. Das Klingeln eines Handys. Sie fasste in die Jackentasche. »Entschuldigung«, sagte sie höflich, während sie ein paar Schritte zur Seite trat. Einzelne Wortfetzen drangen an sein Ohr. Sie schien nicht sehr erfreut über den Anruf zu sein.

Scheinbar interessiert ließ er den Blick schweifen, wobei er aufmerksam auf das lauschte, was sie sagte.

»Ich will nicht«, sagte sie mit kaum unterdrücktem Zorn. »Wieso kapierst du das denn nicht? Ich hab's dir doch schon tausendmal gesagt. Warum lässt du mich denn nicht endlich in Ruhe?« Mit einer heftigen Bewegung schaltete sie das Handy aus und ließ es zurück in die Jackentasche gleiten.

»Ärger?«, fragte er, ohne sie anzusehen.

»Ja ... ach ...« Offenbar wollte sie zu einer Erklärung ansetzen, doch dann überlegte sie es sich anders und schwieg. Ihre Gangart war wieder schneller geworden. Ehe er sich versah, war sie schon wieder ein paar Schritte voraus.

Er hatte Seitenstechen. Von der ungewohnten Anstrengung taten ihm die Oberschenkel weh. Aber das alles war unwichtig. Weil sie bei ihm war. Sein Nymphchen, das er endlich gefunden hatte.

Hannah, mein Püppchen.

Er musste sehr an sich halten, sie nicht pausenlos anzustarren. Ihre klare Aprikosenhaut, die kein Pickel verunzierte, mit den Blicken abzutasten.

Sie drehte sich zu ihm um. »Diese Schieferterrassen sind uralt. Schon im Mittelalter wurden sie von den Weinbauern angelegt.«

»Tatsächlich?«

»Ein Wunder, dass sie größtenteils immer noch intakt sind. Die steilen Felshänge hätte man anders gar nicht bewirtschaften können. Die Trockenmauern sind übrigens ideal für die weiße Fetthenne. Dort oben auf den Felsnasen legt er hauptsächlich seine Eier ab und die Falter können sich ungestört entwickeln.«

Er nickte. Die weiße Fetthenne, oder auch Mauerpfeffer genannt, war die einzige Futterpflanze für die Raupen des Apollofalters. Sie gedieh nur an extrem sonnenbeschienenen, kargen Geröllhalden und Mauern.

»Der ausgeschlüpfte Falter ernährt sich von Disteln, Flockenblumen und wildem Majoran. Zum Eierablegen fliegt er dann wieder die Fetthenne an. Dann ist der Kreislauf abgeschlossen«, fuhr sie fort. Dabei wirkte sie ein wenig wie eine ernsthafte Lehrerin, die ihrem gelehrigen Schüler etwas beibringen wollte.

»Behandelt ihr das in der Schule?«, fragte er.

»Ich bin in einer Biologie-Arbeitsgruppe«, antwortete sie. »Da machen wir oft Exkursionen in die Weinberge. Weil wir dieses besondere Mikroklima in den Steillagen haben. Hier gibt es ja nicht nur den Apollofalter, sondern auch andere seltene Tier- und Pflanzenarten. Sogar Kreuzottern will mal jemand gesehen haben.« Sie lachte. »Ich weiß nicht, ob das eine Finte ist. Wahrscheinlich hat derjenige sie mit einer Schlingnatter verwechselt. Die sehen Kreuzottern ziemlich ähnlich. Und Schlingnattern gibt es hier schon ein paar.«

»Machst du das freiwillig? Ich meine, das mit der Arbeitsgruppe?«, wollte er wissen. Er erinnerte sich daran, dass es, als er in Hannahs Alter war, wenig gegeben hatte, für das er sich mit ähnlichem Engagement eingesetzt hätte.

Sie nickte. »Wir haben eine tolle Lehrerin. Sie hat uns in einem Forschungsprojekt für Jugendliche unterstützt und angeregt, dass wir uns bei einem ausgeschriebenen Wettbewerb beteiligen sollen. Schließlich hat nicht jeder so etwas wie wir hier direkt vor der Haustür.« Sie ging ein paar Schritte weiter und zeigte nach oben. »Dort auf den Felsvorsprung müssen wir.«

Er folgte ihr, während er sorgfältig auf seine Schritte achtete. Einmal kam er ins Rutschen. Mit den Armen rudernd gelang es ihm im letzten Moment, sich an einem Rebstockpfahl festzuhalten.

»Hier ist ein Puppengespinst.« Hannah winkte ihn heran. Sie beugte sich über ein dichtes Sedumpolster. »Sehen Sie. Und da ist noch eins.« Sie hob den Kopf und sah ihn an mit einem Lächeln, das ihm tief unter die Haut kroch. »Dieses Jahr sind die Apollofalter später dran als sonst. Weil es so kalt ist.«

Er ging näher an das Sedumgewächs heran und beäugte es neugierig. Erst nach einer geraumen Weile konnte er zwischen den kleinen fleischigen Blättern die grauen Puppenhüllen ausmachen. Vielleicht hatte er Glück und er würde den Schmetterling tatsächlich schlüpfen sehen. Allerdings dürfte er sich dann nicht vor diesem beschwerlichen Weg scheuen.

Er richtete sich wieder auf und zog den Reißverschluss seiner Jacke hoch. Inzwischen war es noch kühler geworden. Der Himmel hatte seine Farbe verändert. Die Sonne begann zu sinken und tauchte Wolken und die gegenüberliegenden Hügel in ein rotgoldenes Licht.

Hannah schaute andächtig und reckte das Kinn. »Sehen Sie nur, diese Farben.« Sie holte weit mit der Hand zu einer alles umspannenden Geste aus. »Haben Sie jemals einen solchen Anblick erlebt?«

Das beängstigende Schwindelgefühl war verschwunden. Dieses Farbenspiel hoch über dem Fluss war tatsächlich etwas ganz Besonderes. Auch, weil er es mit ihr zusammen wahrnahm. Mit ungeahnter Intensität spürte er ihre Gegenwart. Ewig hätte er so stehen bleiben können.

»Wollen wir wieder?«, unterbrach sie den feierlichen Moment. »Bleiben Sie am Besten dicht hinter mir.«

Er tat wie geheißen. Dabei blieb es nicht aus, dass ab und an seine Hand ihren Körper streifte.

»Haben Sie Kinder?«, fragte sie plötzlich.

»Nein.« Sofort fühlte er sich vollkommen ernüchtert.

»Und eine Frau?«

Er schüttelte den Kopf. Ihm war unwohl bei diesem Gesprächsthema. »Und du?«, lenkte er ab. Eine Frage, die alles Mögliche bedeuten konnte.

»Was meinen Sie? Ob ich einen Freund habe?«

»Beispielsweise.«

»Keinen richtigen.« Sie wich seinem Blick aus.

»Du musst mir nichts davon erzählen, wenn du nicht willst«, sagte er schnell. Auf keinen Fall wollte er den Eindruck erwecken, er dringe in sie.

»Die meisten Jungs in meinem Alter sind doof«, sagte sie. »Und für die älteren bin ich uninteressant, weil ich so kindlich aussehe.« In ihrer Stimme lag ein Gemisch von Sehnsucht und Resignation.

Inzwischen waren sie unten auf dem asphaltierten Weg angelangt und schlenderten nebeneinander her.

»Mich würde interessieren, was du in der Schule sonst noch so machst. Ich kann mir vorstellen, dass du eine ziemlich gute Schülerin bist, oder?«

»Na ja.« Sie kräuselte die Nase. »Manche halten mich für eine Streberin.«

»Es gibt immer Neider auf der Welt«, sagte er. »Menschen, die neidisch auf das sind, was sie selbst nicht haben. Das gilt nicht nur für Besitztümer. Sie sind auch auf das neidisch, was andere im Kopf haben.« Meine Güte, was sollte diese Doziererei? Er klang wie einer, der das Leben kennt und anderen etwas beibringen will. Ausgerechnet er.

»Da haben Sie wohl recht.« Sie seufzte. »Lernen interessiert mich. Ich tue das auch nicht, um mich besonders hervorzutun. Oder mich bei den Lehrern einzuschleimen. Es macht mir einfach Spaß. All das Neue, das es zu entdecken gibt. Es ist eine so große ...«, sie suchte nach einem passenden Wort, » ... ein so großer Reichtum, wenn man all diese interessanten Dinge kennen lernt. Zurzeit nehmen wir die griechische Mythologie durch. All die Götternamen und diese Sagen, die damit verbunden sind und wie vieles miteinander zusammenhängt. Der Naturforscher Carl von Linné hat unserem Schmetterling den Namen Parnassius Apollo gegeben, weil er so schön ist. Und weil der Gott Apoll im Parnassgebirge zu Hause war.«

Er lächelte sie an. Ach Hannah, kleine kluge Hannah. Was für ein unvermutetes Geschenk du bist. »*Durch mich wird Zukünftiges, Vergangenes und Gegenwärtiges offenbar, durch mich tönt harmonisch das Lied zu den Klängen der Saiten. Sicher trifft mein Pfeil*«, rezitierte er.

Hannah sah ihn neugierig an. »Wer hat das gesagt?«, wollte sie wissen. »Apollo?«

Er nickte. »Mit diesen Worten hat er die Nymphe Daphne umworben. Er hat sich alles Mögliche einfallen lassen, um sie zu bekommen. Leider erfolglos.« In gespieltem Bedauern hob er die Schultern. Ihr offensichtliches Interesse spornte ihn an, fortzufahren. »Dabei war Apoll ein äußerst cleverer Bursche. Der vielseitigste und der widersprüchlichste unter den griechischen Göttern.«

»Wissen Sie das noch aus der Schule?«, fragte sie.

»Weniger.« Er lachte. »Ich fürchte, da ist nicht all zuviel hängen geblieben. Aber ich lese ziemlich viel.«

»Ich lese auch sehr gern«, entgegnete sie eifrig. »Alles Mögliche, was mir in die Finger kommt. Sie können sich ja mal in meinem Zimmer umschauen. Falls Sie sich was ausleihen möchten oder so.«

»Gern.« In Gedanken stellte er sich bereits vor, wie er ihr

Zimmer betrat. Wie es eingerichtet war. Wie ihr Bett aussah. Ob sie auch Stofftiere auf dem Kissen sitzen hatte wie damals Melisande?

»Wieso interessieren Sie sich ausgerechnet für Schmetterlinge?«, fragte sie nach einer Weile.

»Ich habe mich schon als Kind für alles interessiert, was da kreucht und fleucht«, sagte er lächelnd. »Stundenlang lungerte ich an Wegrändern und Wiesen herum, um alles genau zu beobachten. Irgendwann hörte ich von Maria Sybilla Merian, die bereits mit dreizehn Raupen und Insekten beobachtet hat. Die hat man in ihrer Zeit – es war ja das achtzehnte Jahrhundert – als ›Teufelsgetier‹ bezeichnet, also nicht der Beachtung wert.« Er lachte auf. »Aber Sybilla hat sich nicht um die gängige Meinung geschert. Sie war eine außergewöhnliche Frau.«

»Die Begründerin der Insektenforschung, ich weiß«, unterbrach ihn Hannah. »War sie nicht von der Metamorphose besonders fasziniert?«

»Genau.« Überrascht sah er auf. Gab es etwas, das dieses Mädchen nicht wusste?

Ihre lächelnden Aquamarinaugen ließen sein Herz schmelzen.

»Ich habe mir nämlich überlegt, ob ich nicht Biologie studieren soll.« Sie senkte den Kopf. »Aber ich bin mir noch nicht ganz sicher. Es gibt einfach zu viele interessante Studiengänge.«

»Biologie ist ein sehr schönes Studium«, bekräftigte er. »Man macht Exkursionen und lernt die Welt mit ihrer komplexen Vegetation kennen. Von allen Naturwissenschaften lehrt die Biologie am stärksten, die Lebensumstände des Menschen und aller anderen Lebewesen zu erforschen. Entzieht man dem Boden seine Nährstoffe, verändert sich auch die Vegetation. Diese Wechselwirkungen von Organismen und Umwelt lernt man nirgends besser verstehen als in diesem Fachgebiet.« Er unterbrach sich. Meine Güte, wie redete er wieder gescheit daher. Doch ihr ernster, bestätigender Blick ermutigte ihn fortzufahren. »Man kann allerhand damit anfangen. Du könntest beispielsweise Forscherin werden. An der Uni. Oder ins Ausland gehen.«

Sie nickte. Dann lächelte sie. »Noch hab ich ja ein wenig Zeit, mich zu entscheiden. – Kommen Sie mit hier herauf.« Sie stieg ein paar Schritte den Hügel hinauf. Zwischen den ansteigenden Weinbergen befand sich ein schmaler Grüngürtel. Dort blieb sie stehen und winkte ihn ungeduldig zu sich.

Der Fluss war inzwischen in ein bläuliches Dämmerlicht gehüllt.

»Die Mosel sieht überall anders aus. Aber überall ist sie schön«, sagte sie. »Die Römer nannten sie Mosella amoena.«

Er nickte. »Die liebliche Mosel.«

»Dort drüben im Hamm wurden übrigens Reste einer Römervilla gefunden. Man nimmt an, dass sie um die Zeit von Christi Geburt dort gebaut und etwa vier Jahrhunderte lang genutzt wurde. Für unsere Verhältnisse war es eine sehr moderne Anlage. Die hatten nicht nur Fußbodenheizung, sondern auch eine Kalt- und Warmwasseranlage. Das muss man sich mal vorstellen.«

Sie kam ihm so erwachsen vor mit all ihrem Wissen.

»Ist es nicht merkwürdig, dass hier, wo wir stehen, schon vor zweitausend Jahren Menschen entlanggegangen sind? Sie haben zwar eine andere Sprache gesprochen. Und es gab auch noch keine Bahnlinie. Aber sie haben im Großen und Ganzen genau das gesehen, was wir jetzt auch sehen.« Sie sprach leise mit Ehrfurcht in der Stimme.

Ein Kind, das viel weiß und trotzdem noch staunen kann, dachte er. Dann waren sie eine Weile still. Jeder für sich in seine Gedanken versunken. Wie abgeschnitten waren sie von der übrigen Welt. Nur das leise Rauschen der Autos hoch über ihnen auf der Brücke war zu hören. Ewig hätte er mit ihr hier stehen können. Ihr wunderschönes Profil betrachten. Ihre Nähe spüren. Fast meinte er, ihr Herz unter dem winzigen Busen klopfen zu hören. Eine prickelnde Unruhe erfasste ihn. Er war machtlos, gegen das wilde Tier in seinem Inneren konnte er sich nicht länger wehren. Heißer Nektar floss in seinen Adern, sobald ihn dieses Kind ansah mit seinen dichtbewimperten Aquamarinaugen. In all seiner Unschuld. Nun verzog sie den süßen Herzmund zu einem kleinen Lächeln und rückte unmerklich ein wenig näher zu ihm heran. Der Gedanke, sie ganz nah bei sich zu wissen, hatte etwas ungeheuer Verlockendes. Es war einer jener Momente, in denen ihn die Gesetze und Verbote dieser Welt nichts angingen. Er brauchte nur die Hand auszustrecken und dieses Püppchen mit dem Engelsgesicht würde ihm gehören.

6

Die Glockenschläge der nahegelegenen Liebfrauenkirche weckten sie an diesem Samstagmorgen aus dem Tiefschlaf. Sie blinzelte ein paar Mal, dann war sie wieder von dieser Welt. Ein langes freies Wochenende ohne Pflichten lag vor ihr! Hach, wie schön. Ich brauch nicht aufzustehen, dachte sie, während sie sich wohlig im Bett räkelte. Die Sonne schien durch die hellgelben Vorhänge ins Zimmer herein. Massenhaft Zeit, die sie nach Gutdünken füllen konnte. Niemand, der sie antrieb oder ihr reinreden wollte, wann sie aufzustehen habe und wann Frühstück zu machen sei. Oder welche Einkäufe zu tätigen seien. Der absolute Luxus!

Ein leises Geräusch ließ sie den Kopf wenden. »Hallo, Farinelli«, begrüßte sie ihren Kater. Vorsichtig streckte sie die Hand nach ihm aus, um ihn zu locken. Noch immer zeigte er eine gewisse Scheu und hielt sich auf Distanz. Besonders bei abrupten Bewegungen setzte er erschrocken zurück, fauchte und machte einen Buckel. Aber es war schon viel besser geworden mit ihm. Zumindest hatte er sich daran gewöhnt, dass ihr Zuhause auch sein Zuhause war.

Sie dachte an den regnerischen Abend vor einem halben Jahr, an dem sie den Kater gefunden hatte. Nach einer Spätvorstellung im Kino war sie auf dem Heimweg gewesen, als aus einem Müllcontainer, an dem sie zufällig vorbeigekommen war, jämmerliche Schreie drangen. Sie glaubte erst, sie hätte sich verhört, doch das Jammern kam eindeutig aus dem Container. Als sie den Deckel zurückschob, hockte dort zwischen Unrat und Abfall ein völlig verängstigtes Kätzchen. Sofort hatte sich ihr mütterlicher Instinkt geregt. Ohne zu zögern, dennoch mit der nötigen Vorsicht, hatte sie das Tierchen aus dem Müll gefischt, es trotz heftigen Sträubens gestreichelt und beruhigend auf es eingeredet. Gleichzeitig brodelte in ihr die Wut. Was waren das bloß für Barbaren, die ein kleines Kätzchen in den Müll warfen?

Je länger sie das Tierchen streichelte, umso ruhiger wurde es. Kurz entschlossen nahm sie es mit nach Hause. In ihrem Küchenschrank fand sie noch ein paar Dosen Katzenfutter von ihrer kürzlich verstorbenen Katze, die über neun Jahre bei ihr gelebt hatte. Eigentlich hatte sie danach kein Haustier mehr gewollt. Aber vielleicht war dieses Kätzchen ein Wink des Schicksals. Es stürzte sich sofort auf das Fressen. Nicht lange danach begann es zu schnurren. Offenbar fühlte es sich in ihrer Gegenwart behütet und beschützt. Und weil sie im Kino gerade den Film »Farinelli« gesehen hatte und das Schreien des Kätzchens sie ein ganz klein wenig an die Falsetttöne des Opernkastraten erinnerte, erhielt es den Namen »Farinelli«.

Zwar war ein Kater auch nicht völlig anspruchslos, aber seine Gegenwart war nicht zu vergleichen mit der eines Mannes, mit dem man zusammen frühstücken sollte, der anfing, den Tag zu planen, etwas unternehmen wollte – dabei konnte man es doch so schön friedlich haben in den eigenen vier Wänden.

Eine Dose Katzenfutter oder ein Schälchen mit Milch – und das war's dann bis zur nächsten Mahlzeit. Morgens, vor einem langen dienstfreien Wochenende, fühlte sie sich mit derlei Gedanken völlig im Reinen. Abends sah es dann manchmal etwas anders aus. Wenn der Kater das einzige Lebewesen war, das mit ihr das Bett teilte. Die wenigen Streicheleinheiten, die sie ab und zu erhielt, bekam Franca von ihrer Krankengymnastin, die sie wegen ihrer Rückenbeschwerden aufsuchte. Aber was sollte es – sie hatte es so gewollt. Dieses Leben hatte sie sich ausgesucht, nachdem sie mehr als zehn Jahre verheiratet gewesen war.

Wenn Georgina hier war, ihre fünfzehnjährige Tochter, dann ging es in ihren vier Wänden etwas lebhafter zu. Georgina lebte abwechselnd bei ihrem Vater und bei Franca. Ganz so, wie es ihr gefiel. David und sie verstanden sich als moderne Eltern, die sich nach der Scheidung weder angifteten noch ihrer Tochter aufoktroyieren wollten, mit wem sie ihre Zeit verbringen sollte. Das durfte Georgina selbst entscheiden. Sowohl in Francas als auch in Davids Wohnung gab es ein Zimmer, das ihr nach Gutdünken zur Verfügung stand.

Die milchschokoladenbraune Haut und das krause Haar hatte Georgina unverkennbar von ihrem Vater, einem Schwarzamerikaner, geerbt. Momentan befand sie sich auf einem Schüleraustausch in Seattle und wohnte bei Davids Schwester. So ganz recht war Franca dies nicht gewesen. Ihrer Meinung nach hätte Georgina ruhig noch ein paar Jährchen damit warten können, die Heimatstadt ihres Vaters kennenzulernen. Aber Georgina hatte keine Ruhe gegeben, nachdem sie im Fernsehen »Schlaflos in Seattle« gesehen hatte. Seitdem hatte sich diese Idee in ihr festgesetzt. Bei Georgina musste immer alles sofort geschehen. David war äußerst geschmeichelt über das Interesse seiner Tochter und hatte sofort mit seiner Schwester Debbie alles klargemacht. In einer solchen Windeseile, dass Franca sich regelrecht übergangen fühlte. Doch um des lieben Friedens willen hatte sie geschwiegen.

Nachdem sie Farinelli versorgt hatte, legte sie sich nochmals ins Bett, griff nach einem Buch und begann zu lesen. Der Kater kam zu ihr ins Schlafzimmer, hüpfte aufs Bett, wo er sich dicht neben ihr zu einer Kugel zusammenrollte und zu schnurren begann. Angenehm spürte sie die Wärme, die sein Fellkörper verströmte. Ihr Bett war ein kuscheliges Nest. So lange, bis schrilles Telefonklingeln die morgendliche Behaglichkeit unterbrach.

»Hi, Frankie«, sagte eine ihr wohlvertraute Stimme in nüchternem Tonfall. »Little big Frankie« hatte David sie früher mal genannt. Mit einem sanften Vibrieren in der Stimme. Das war in einem anderen Leben gewesen, als sie noch beide an eine gemeinsame Zukunft geglaubt hatten.

»Entschuldige, dass ich dich so früh anrufe. Ich weiß ja, dass du um diese Uhrzeit ungern gestört wirst.« Ihr Ex-Mann war ein notorischer Frühaufsteher.

Warum tust du es dann?, fragte sie stumm.

»Ich wollte mich nur erkundigen, ob Georgina sich bei dir gemeldet hat.«

»Wieso?«, fragte sie, hellhörig geworden. »Hat sie sich mit deiner Schwester verkracht? Oder mit Kylie?«

Kylie war Debbies Tochter und im gleichen Alter wie Georgina.

»Quatsch. Was du immer gleich denkst.«

Seine Worte straften ihn Lügen. Es war beiden klar gewesen, dass ihre Tochter früher oder später mit Debbie aneinander geraten würde. Debbie war alleinerziehend und behütete Kylie wie eine Glucke ihr einziges Küken. Eine solche Aufmerksamkeit war Georgina nicht gewohnt. Insgeheim wunderte sich Franca, dass bisher alles so glatt gegangen war und nicht schon früher irgendwelche Klagen gekommen waren. Immerhin war Georgina schon gute zwei Monate drüben in Seattle.

»Ja. Und?« Sie merkte, wie er herumdruckste. »Sag mal, David, was ist eigentlich los?«

»Ja, es ist so ... Georgina und Kylie sind unterwegs. Und Debbie weiß nicht, wo die Mädchen sind. Das heißt ...«

»Was?«, schrie sie ins Telefon. Farinelli schoss erschrocken davon. Sie hatte sich im Bett aufgerichtet und hielt den Hörer fest an ihr Ohr gepresst. »Was sagst du da? Seit wann sind sie weg?«

»Das weiß ich nicht so genau. Debbie hatte Nachtschicht.

Als sie aus dem Haus ging, saßen die beiden friedlich vor dem Fernseher.« Davids Schwester arbeitete als Rezeptionistin in einem großen Hotel. »Und als sie heute Morgen nach Hause kam, waren die beiden verschwunden. Sie hatten vorher angekündigt, dass sie mit ein paar anderen Mädchen einen Wochenendausflug zur Olympic Peninsula machen wollten. Debbie hat ihnen das natürlich nicht erlaubt. Aber offenbar sind sie trotzdem losgezogen.« Einen Moment hielt er inne. »Du weißt ja, wie es ist, wenn sich Georgina etwas in den Kopf gesetzt hat. Und nun ist Debbie fast am Durchdrehen.«

Francas Herz pochte. »Die sind zur Olympic Peninsula aufgebrochen?« Die Halbinsel im Puget Sound war nur über etliche Fährverbindungen zu erreichen. Sie war sehr groß und kaum bewohnt. Hauptsächlich wegen ihrer urwüchsigen Natur und des Regenwaldes war sie eine Attraktion. »Haben sie denn kein Handy dabei?«

»Die sind ausgeschaltet«, gab er kleinlaut zu.

»Aber wie können die denn so was tun?« Franca hörte selbst, wie idiotisch dieser Satz klang. Gleichzeitig zwang sie sich, ihre Erregtheit, die sie trotz aller vernünftigen Gedanken nicht wegschieben konnte, zu verbergen.

»Jetzt reg du dich nicht auch noch auf, es genügt, wenn Debbie ausflippt wie eine wildgewordene Furie. Sicher klärt sich alles bald auf und die Mädchen melden sich.«

Sie atmete tief durch. Schluckte das, was ihr auf der Seele brannte, hinunter. »Du weißt also nicht, womit sie unterwegs sind? Etwa per Anhalter?« Zuzutrauen wäre es Georgina. Obwohl ihre Eltern ihr das tausendmal verboten und ihr die Gefahren in den schlimmsten Bildern ausgemalt hatten.

»Debbie weiß ja noch nicht mal, ob sie tatsächlich zur Olympic Peninsula raus sind. Vielleicht sind sie ja auch ganz woanders hin.«

»Und diese anderen Mädchen? Wissen denn die Eltern auch nichts?«

»Keine Ahnung.«

»Und was machen wir jetzt?«

»Abwarten.«

Das war immer schon Davids Devise gewesen. Ruhe bewahren. Abwarten, wie sich die Dinge entwickelten. Meist renkten sie sich bald wieder von selbst ein. Manchmal war es ihm gelungen, Franca mit dieser ruhigen Art anzustecken.

Aber was, wenn vielleicht doch was passiert war?

»Debbie hat versprochen, sofort anzurufen, wenn sie Genaueres weiß.«

Wenn Georgina diejenige war, die alles ins Rollen gebracht hatte, dann durften Franca und David sich auf einiges gefasst machen. Ihre Schwägerin stellte Kylie immer als braves Mädchen hin, das keinen Schritt ohne das Wissen seiner Mutter tat. Wie oft hatte sie sich über Debbies Gluckenhaftigkeit schon lustig gemacht. In dieser Hinsicht waren sie und David vollkommen einer Meinung. Gleichzeitig vergaßen sie nicht, dass Debbie sich als alleinerziehende Mutter in besonderem Maße verantwortlich fühlte und diese Verantwortung auch auf die Kinder übertrug, die ihr anvertraut waren. Im Grunde genommen eine lobenswerte Einstellung.

»Ich ruf dich später noch mal an«, sagte David. »Ich bin sicher, es wird sich alles aufklären.«

Hoffentlich hast du recht, dachte sie, als sie den Hörer auflegte. Mit ihrer gemütlichen Wochenendstimmung war es vorbei. Aufs Lesen konnte sie sich nicht konzentrieren. Weil sich zwischen den Zeilen deutliche Bilder zu formen begannen. Bilder von lachenden, jungen Mädchen, die arglos in Autos einstiegen, zu Männern, die sie nicht kannten. Männer, die schlimme Dinge mit den Mädchen taten. Und sie selbst lag Tausende von Kilometern entfernt in ihrem

Bett und konnte weder ihrer Tochter noch deren Cousine helfen.

Das alte schlechte Gewissen meldete sich. Du bist eine Rabenmutter, warf es ihr vor. Eine Rabenmutter lässt ihre halbwüchsige Tochter nicht allein über den Ozean fliegen. In ein Land, wo tausend Gefahren lauern. Sie sah ihr kleines Mädchen vor sich. Mit seiner milchschokoladenbraunen Haut, den großen Kulleraugen und den Rastazöpfchen mit den bunten Glasperlen in den Enden. Wie sie mit verkniffenem Mund, der immer ein wenig so aussah, als würde sie eine Schnute ziehen, den Kopf schüttelte. So heftig, dass die Glasperlen aneinander klackten. Georgina hatte immer einen starken Willen gehabt. Sie war ein anstrengendes Kind. Wenn Franca ehrlich war, musste sie zugeben, dass ihr die Erziehungspausen, wenn Georgina bei ihrem Vater wohnte, äußerst gelegen gekommen waren. Das war für sie jedes Mal eine Zeit des Luftholens und des Kräftesammelns. Danach konnte sie sich ihrer Tochter wieder viel besser widmen.

Franca stand auf, lief ins Bad und stellte sich unter die Dusche. Je stärker das Wasser auf sie niederprasselte, umso mehr verflüchtigten sich ihre Sorgen und sie konnte der Sache nüchterner begegnen.

Georgina hatte sich eine kleine Freiheit erlaubt, die Freiheit, einen Wochenendtrip mit Freundinnen zu unternehmen. Das war ihr zwar von ihrer Tante verboten worden, hatte aber, wie alle Verbote, einen besonderen Reiz. Im Grunde genommen allzu verständlich und nachvollziehbar. Allerdings würde kein Weg daran vorbeigehen, dass die beiden Cousinen ihre angemessene Strafe bekamen. Dann, wenn sie wieder heil zurück waren.

Schon wieder näherten sich Francas Gedanken diesen verbotenen Zonen. Wenn die Mädchen denn heil zurückkamen. Wenn sie nicht doch leichtfertig in irgendein Auto stiegen und von irgendwelchen Typen vergewaltigt wurden. Oder

Schlimmeres. Zuviel hatte sie in dieser Hinsicht durch ihren Beruf mitbekommen.

Komm, Franca, mahnte sie sich zur Räson. Du bist auch in deiner Jugend per Anhalter gefahren. Das war ganz harmlos. Erinnerst du dich nicht mehr, oder hast du alles vergessen?

Sie schüttelte die nassen kurzen Haare, die sich in ihr Gesicht ringelten und betrachtete kritisch die grauen Fäden, die sich in letzter Zeit rasant vermehrt hatten. Wie schön, dass man heutzutage so etwas nicht hinnehmen musste. Nachher würde sie als Erstes einen Friseurtermin vereinbaren. Sie rubbelte sich ab, bis ihre Haut rosig schimmerte. Als sie sich im Spiegel betrachtete, fiel ihr Hinterhubers Kompliment ein. Sie hätte sich ganz gut gehalten für ihr Alter. Nun ja. Eigentlich fand sie das auch. Um die großen braunen Augen herum hatten sich nur Lachfalten eingegraben, die fast verschwanden, wenn sie ernst schaute. Und diese paar Pfündchen zuviel auf der Hüfte bekam man durch etwas sportliche Betätigung ganz gut weg. Sie sollte mal wieder walken gehen. Heute hatte sie allerhand zu erledigen. Aber morgen sollte das Wetter sowieso besser werden.

Als sie ihren Busen eincremte, fiel ihr Blick auf die kleine tätowierte Schlange. Auf einmal lächelte sie breit. Nein, sie hatte überhaupt nichts vergessen. Damals in Süd-Frankreich waren sie und ihre Busenfreundin Alex auf diese verrückte Idee gekommen. Ach ja, schön war die Zeit ... Sie waren getrampt und hatten sich nicht darum gekümmert, was alles passieren könnte. Wie alt waren sie gewesen, als sie mit Flatterröcken und ausgelatschten Espadrilles am Straßenrand standen? Achtzehn? Oder neunzehn. Jedenfalls ein paar Jahre älter als Georgina jetzt. Mit dem Zug waren sie nach Südfrankreich gefahren. Auf Wiesen hatten sie ihr kleines Zelt aufgeschlagen, irgendwo in der Camargue. Und dann diese Nacht in Les-Saintes-Maries-de-la-Mer. Die Zigeunerstadt. Dort, wo die Welt zu Ende war, hatten sie und Alex sich einen Mann geteilt. Es war heiß gewesen und sie hatten einiges getrunken. Die Grillen zirpten und der junge Mann mit dem schmalen, athletischen Körper bot ihnen einen Joint an. Es war der erste Joint ihres Lebens gewesen. Die Luft zwischen ihnen dreien war elektrisch aufgeladen. Als er ihr die schmale Tüte reichte, aus der süßlicher Geruch strömte, und seine Finger ihre Haut streiften, war sie zusammengezuckt. Im nächsten Moment hatten sie sämtliche Hemmungen fallen lassen. Die Nacht, die sie unter freiem Himmel verbrachten, hatte sich unendlich in die Länge gedehnt. Sämtliche Empfindungen waren äußerst intensiv und dennoch wie mit einem Schleier überzogen. Das, was sie drei miteinander taten, schien die natürlichste Sache der Welt. Und es fühlte sich so wahnsinnig gut an.

Sie wusste seinen Namen nicht mehr. War es Yves? Oder Pierre. Jedenfalls irgendwas typisch Französisches.

Nach dieser denkwürdigen Nacht bekam Alex die Idee mit dem Tattoo. Jetzt, da sie sozusagen das Busenfreundinnentum besiegelt hatten. Wie hatten sie gekichert und gelacht, als sie diesen Hinterhof-Tätowierer aufsuchten, der jeder von ihnen das gleiche Tattoo setzte. Eine sich windende Schlange mit verschwommenem Linienmuster. Heute schüttelte sie sich, wenn sie daran dachte, was sie sich in diesem Hinterzimmer hätten einfangen können. Jetzt, da sie wusste, was unsaubere Nadeln alles anrichten konnten. Genauso wie sie heute wusste, wie gefährlich trampen war. Im Laufe ihrer Berufsjahre hatte sie einige Fälle bearbeitet, in denen Anhalterinnen auf übelste Weise zugerichtet wurden. Aber an so etwas hatten sie und Alex in ihrem jugendlichen Übermut überhaupt nicht gedacht. Oder sie hatten diese Möglichkeit einfach ausgeblendet. Denn ihre Mütter hatten sie doch auch gewarnt.

Von späteren Liebhabern war sie immer wieder auf diese Schlange angesprochen worden. Einer hatte gefragt, was sie denn da für eine Natter an ihrem Busen nähre. Irgendwann fand sie diese Verunzierung nicht mehr witzig und dachte darüber nach, wie sie sie wieder loswerden könnte. Mittlerweile akzeptierte sie das kleine Tattoo. Es gehörte zu ihr und ihrem Leben. Wie so vieles, das nicht mehr auszulöschen war.

7

Er saß auf der Terrasse, die direkt an die Weinberge grenzte. Domgarten hieß diese Lage und das passte irgendwie. Über ihm spannte sich ein klarer Sternenhimmel wie die bemalte Kuppel einer altehrwürdigen Kirche. Es hatte eine Weile gedauert, bis er die einzelnen Sternbilder inmitten des Gefunkels orten konnte. Wie oft hatte er als Kind vergeblich versucht, sich die unendliche Weite des Himmels vorzustellen. Eine Dimension, die er nicht erfassen konnte.

Während seines Aufenthaltes hier war das Wetter ziemlich wechselhaft gewesen. Von einem Tag auf den anderen konnte es sehr heiß werden, um dann wieder enorm abzukühlen.

Gedanken zuckten wie Blitze durch seinen Kopf. So vieles war geschehen in den paar Wochen seines Aufenthaltes hier.

Heute war das Ende eines langen Tages, er war sehr mit sich zufrieden. Es war ihm endlich gelungen, das Schlüpfen eines Apollofalters zu filmen, nachdem er sich tagtäglich mit Kamera und Stativ in die Steilhänge des Uhlen aufgemacht hatte. Besonders hatte er sich darüber gefreut, dass er dieses kleine Wunder zusammen mit Hannah erleben durfte.

Die Luft roch gut. Nach Sommer in der Natur. Die Grillen zirpten. Er fühlte sich wohl. Ausgeglichen und mit sich im Reinen wie schon lange nicht mehr. Der Gedanke, hier bald wieder weg zu müssen, zurück in seine einsamen vier Wände, behagte ihm überhaupt nicht. Schnell verdrängte er diesen Gedanken und betrachtete die Achsen des großen Bären.

Ein Auto fuhr langsam den Weg herauf und hielt vor dem

Haus. Eine Tür wurde geöffnet und wieder zugeschlagen. Schritte gingen über den Hof.

»Herr Kilian, Sie sind noch auf?«

Marion kam von einem ihrer abendlichen Ausflüge zurück. Er vermutete, dass ein Mann dahinter steckte. Er wunderte sich sowieso, dass sie zusammen mit Mutter und Schwester auf dem Weingut lebte und sich nicht längst verabschiedet hatte, um eine eigene Familie zu gründen. Bei ihrem Aussehen konnte sie doch sicher jeden Mann haben, den sie nur wollte. Aber im Grunde ging ihn dies nichts an. Er hatte sich noch nie in die Angelegenheiten fremder Menschen gemischt.

»Ich genieße den Abend«, antwortete er auf ihre Frage. Ein Satz, der so gar nicht zu ihm passte. Aber hier an diesem Ort hatte für ihn ein anderes Leben begonnen. Er wunderte sich über so manches, das nicht zu ihm passte.

»Darf ich mich einen Moment zu Ihnen setzen?«, fragte Marion.

»Gern.«

»Ich hole uns schnell noch was zu trinken.«

Mit einer offenen Flasche Wein und zwei Gläsern kam sie zurück. »Unser Bester«, sagte sie und hob die Weinflasche hoch, auf der ein goldenes Prädikat über dem Etikett prangte. »Den gibt's nur zu besonderen Gelegenheiten.«

»Haben Sie denn etwas zu feiern?«, erkundigte er sich höflich.

Sie goss die beiden Gläser voll und schob ihm eines davon hin. »Stoßen Sie mit mir an?«, fragte sie statt einer Antwort.

Bisher hatte er es immer zugelassen, dass ihm ein Glas Wein eingeschenkt wurde. In ebenso schöner Regelmäßigkeit ließ er es unberührt stehen. Diesmal schob er das Weinglas entschlossen zur Tischmitte. »Danke. Nein«, sagte er bestimmt.

»Sie verschmähen unseren guten Riesling?« Sie zwinkerte ihm spitzbübisch zu. »Das könnte ich Ihnen richtig übel nehmen.«

»Sicher ist Ihr Wein hervorragend.«

Sie neigte den Kopf. »Aber?«

»Ich bin Alkoholiker.« Er wunderte sich selbst, wie ihm dieses Bekenntnis so einfach über die Lippen kam. »Trockener Alkoholiker.« Er horchte den Worten nach. Sie hatten ganz normal geklungen. Keine Panik schwang mit. Eine einfache Bezeichnung. Er war trockener Alkoholiker. Und er hatte seine Sucht überwunden. War das nicht ein Grund, stolz auf sich zu sein?

Marion hatte ihr Glas zu den Lippen geführt. Sie stellte es ohne zu trinken ab. »Drum«, sagte sie. In ihrem Gesicht spiegelten sich die widersprüchlichsten Fragen. Nach einer Weile sagte sie: »Und wieso quartieren Sie sich dann ausgerechnet in einem Weingut ein? Ich meine, ist da die Versuchung nicht ziemlich groß, rückfällig zu werden?«

Ihm gefiel ihre Art, das auszusprechen, was ihr gerade durch den Kopf ging. Auch daran merkte er, dass er einen guten Schritt weitergekommen war. Früher hätte er es gehasst, so direkt auf sein Problem angesprochen zu werden. »In Winningen gibt's fast nur Unterkünfte, die in irgendeiner Weise etwas mit Wein zu tun haben. Und Ihr Angebot erschien mir das Verlockendste.«

Vorsicht, Kilian! Was sagst du denn da schon wieder?

Als er das Zimmer mietete, hatte er überhaupt nichts von dem Püppchen gewusst, das ihm hier begegnen würde. »Ich meine, Sie waren sehr preisgünstig«, fügte er schnell hinzu. »Das Preis-Leistungs-Verhältnis auf dem Löwenhof ist optimal. Besonders, wenn man an Irmchens traumhaftes Essen denkt.«

»Nett, dass Sie das sagen.« Sie wirkte leicht verunsichert. »Soll ich Ihnen ein Wasser holen?«

»Danke. Nicht nötig.«

»Macht es Ihnen denn nichts aus, wenn ich Ihnen hier etwas vortrinke?«

»Sie meinen, ob ich dadurch in Versuchung geführt werde?« Ein siegessicherer Ausdruck machte sich auf seinem Gesicht breit. »Daran bin ich mittlerweile gewöhnt. Sie haben ja bei jedem Essen eine Flasche Wein auf dem Tisch stehen. Ich posaune es nur nicht sofort heraus, dass ich Alkoholiker bin. Die meisten Menschen finden solche Bekenntnisse nicht witzig. Und vielleicht sollte dies besser unter uns bleiben.«

Sie nickte ernsthaft. »Sie können sich auf mich verlassen. Ich verspreche hoch und heilig, ich werde Ihnen keinen Wein mehr anbieten.«

Er ließ seinen Blick schweifen. Etwas weiter weg ahnte man den Widerschein der Lichter der nächsten Nachbarn. Drüben auf der anderen Seite der Mosel sah man, wie sich vereinzelte Lichtpunkte der Autos die Straße entlang tasteten.

»Sie wohnen sehr schön hier. Das reinste Paradies.« Er machte eine Geste, die die gesamte Umgebung umfasste.

Sie seufzte auf. Es sah aus, als ob sie protestieren wollte. Doch sie entgegnete nichts.

»Dass Sie das alles so schaffen. Ich meine, ohne männliche Hilfe.« Er fühlte er sich in der Stimmung, ihr Komplimente zu machen.

»Wir Frauen würden das tatsächlich nicht allein schaffen«, bestätigte sie. »Für die schweren Arbeiten haben wir die beiden Bilowskis, unsere polnischen Saisonarbeiter. Aber wer weiß, wie lange das noch geht.«

Die beiden Polen hatte er inzwischen öfter auf dem Hof angetroffen. Sie wohnten separat in einem Anbau hinter dem Haus. »Was ist denn das Problem?«, fragte er.

Sie winkte ab. »Sie glauben gar nicht, was das jedes Mal

für ein Formularkram ist, bis wir die Saisonarbeiter bewilligt bekommen. Und seit es dieses neue Gesetz gibt, muss für die Arbeiter knapp 50 Prozent an Sozialversicherungen nach Warschau abgeführt werden.« Wieder seufzte sie laut und vernehmlich. »Als ob es die Weinbauern nicht sowieso schon schwer genug hätten. Jeder behilft sich hier mit den Polen. Für ihre Verhältnisse verdienen die bei uns ein kleines Vermögen. Und für uns sind es bezahlbare Arbeitskräfte, die wirklich ranklotzen. Nun wird man sich nur noch Studenten und Rentner leisten können. Für die gelten die Sozialabgaben nicht.«

»Gibt es denn keine deutschen Arbeiter? Ich meine, bei unserer hohen Arbeitslosenzahl? Und diese Ein-Euro-Jobs, wäre Ihnen denn nicht damit geholfen?«

Sie machte eine wegwerfende Handbewegung. »Der totale Reinfall, sage ich Ihnen. Die beschweren sich ja schon, wenn sie sich mal bücken müssen. Die Polen sind es gewohnt, hart zu arbeiten. Sie schuften von morgens früh bis spät in die Nacht. Kennen weder Sonn- noch Feiertag.« Sie beugte sich zu ihm hin. »Welcher Deutsche, glauben Sie, würde das leisten? Die ruhen sich doch nur allzu gern auf ihrer Sozialhilfementalität aus.« Sie redete sich in Rage. »Es ist ja nicht so, dass wir es nicht ausprobiert hätten. Immer wieder haben wir Versuche unternommen. Die kamen ein-, zweimal. Dann tat ihnen das Kreuz weh. Oder die Berge waren ihnen zu steil. Oder sie hatten sonst eine Ausrede. Ach, hören Sie mir auf.« Heftig griff sie nach ihrem Glas und nahm einen großen Schluck.

»Bekommen Sie keine Subventionen?«

»Doch schon«, gab sie zu. »Im Grunde will niemand, dass die Weinberge brach liegen. Das Landschaftsbild mit seinen Weinbergen soll unbedingt erhalten bleiben. Das wird uns immer wieder versichert. Ohne die Materialbahnen beispielsweise wäre eine Bewirtschaftung in den Steillagen gar nicht mehr möglich. Sie haben sicher die Schienen gesehen, die hoch in die Weinberge führen. Die Bahnen wurden zum größten Teil von Steuergeldern gebaut. Aber momentan ist eben wieder mal kein Geld in den Kassen.« Sie hob die Schultern und ließ sie wieder fallen.

Er wollte nicht, dass sie sich an diesem Thema festbiss. Er wollte auf etwas anderes zu sprechen kommen.

»Sie haben eine sehr nette Tochter«, sagte er unvermittelt.

»Ich weiß«, antwortete sie. »Hannah ist die beste Tochter, die man sich vorstellen kann. Absolut pflegeleicht. Das war aber nicht immer so. Sie war ziemlich anstrengend als Kind. Alles wollte sie wissen und hat mir Löcher in den Bauch gefragt. Mama, warum ist der Mond mal rund und mal schmal? Mama, warum ringelt sich eine Schlange? Mama, warum stirbt ein Wurm, wenn man auf ihn tritt? Oder stirbt er gar nicht, wenn man das nicht mit Absicht macht? Hannah erwartete auf alles eine Antwort. Manchmal stand ich ganz schön dumm da.« Sie lachte auf. Es war ein kleines, fröhliches Glucksen. »Schon merkwürdig, was den Kindern alles durch den Kopf geht. Na ja, es sind nicht die dümmsten Kinder, die ständig Fragen stellen.« Sie hob ihr Weinglas und nippte daran.

»Da haben Sie wohl recht«, stimmte er zu. Er wollte weiter über Hannah sprechen. Über sein Püppchen, das ihm inzwischen so vertraut geworden war. Doch alles, was ihm in den Sinn kam, schien ihm nicht als Gesprächsthema geeignet, das man mit einer Mutter führte.

»Sie hatten einen schönen Abend?«, fragte er schließlich, weil ihm nichts Besseres einfiel.

»Ja, den hatte ich.« Das klang sehr zufrieden. »Den hatte ich allerdings. Und ich sage Ihnen, in Zukunft wird sich einiges hier ändern. Das haben bloß manche Leute noch nicht so richtig kapiert.«

Er wartete, ob sie eine Erklärung nachschieben würde. Aber es kam keine mehr.

»Ich glaube, ich sollte jetzt ins Bett gehen«, sagte sie und stand auf. »Morgen beginnt wieder ein harter Tag.«

8

Sie folgte dem Hinweisschild »Winningen Flugplatz« und fuhr die schmale, gewundene Straße entlang, bis das weiße Restaurantgebäude auf der linken Seite auftauchte. Auf dem Winninger Flugplatz, einem kleinen Regionalflughafen, waren hauptsächlich zwei- bis achtsitzige Cessnas stationiert, die gern von wohlhabenden Geschäftsleuten gechartert wurden. Auf dem Gelände war auch die rheinland-pfälzische Polizeihubschrauberstaffel angesiedelt. Franca hatte mal eine kleine Liaison mit einem Hubschrauberpiloten, seitdem hatte sie sich in das Gebiet rund um Winningen verliebt. Die Liebe zur Landschaft war geblieben im Gegensatz zu der zu dem Hubschrauberkollegen.

In letzter Zeit kam sie häufiger hierher zum Walken. Das Parken war kostenlos und der Weg mündete direkt in einen der asphaltierten Wanderwege hoch über der Mosel.

Sie nahm die Carbonstöcke von der Rückbank ihres kleinen roten Alfa. Es war der Traum ihres Vaters gewesen, einmal einen Alfa Romeo zu besitzen. Er selbst hatte sich diesen Traum zeitlebens nicht erfüllen können, obwohl er lange dafür gespart hatte. Aber immer war etwas anderes wichtiger gewesen. Ihr roter Alfa war zwar nicht mehr ganz neu, doch sie war sicher, Papa hätte seine Freude daran gehabt.

Sie pfropfte die Stöpsel auf die Carbonstöcke und marschierte los. Sie bemühte sich, konzentriert und zügig zu gehen, die Stöcke stets nah am Körper zu führen und sie diagonal aufzusetzen. So wie Karin Steinhardt ihr das beigebracht hatte. Karin war eine jüngere Kollegin aus der Prävention und leidenschaftliche Nordic Walkerin. Manchmal begleitete sie Franca nach Winningen, jedoch selten am Sonntag. Den verbrachte sie vornehmlich mit ihrer Familie.

Franca war ordentlich ins Schwitzen gekommen. Nicht nur, weil sie schnell gelaufen war, auch, weil sie mit der schwarzen Stretchhose und dem langärmeligen T-Shirt viel zu warm angezogen war. Der Sommer war in diesem Jahr recht unbeständig. War es vorgestern kühl und mit Schauern durchsetzt, dass man meinte, der Wettergott habe sich in der Jahreszeit geirrt, war heute das Thermometer wieder auf angenehme achtundzwanzig Grad gestiegen.

Sie musste lächeln, als ihr Blick die Aufschrift des T-Shirts streifte. Unter einem geöffneten Regenschirm standen die Worte: »Seattle Rain-Festival from May till October«. Das Shirt war schon ziemlich alt und sie trug es nur noch zum Sport. Zusammen mit David hatte sie es in Seattle gekauft, zu einem Zeitpunkt, als sie noch eine richtige Familie waren und sich auf ihr Kind freuten. Es war eine schöne Zeit gewesen. Sie war schrecklich in ihren gut aussehenden Mann verliebt, der seiner schwangeren Frau all die Ecken und Plätze zeigte, die ihm vertraut waren und wo er als Kind gespielt und als Jugendlicher seine ersten Zigaretten geraucht hatte. Mit unverhohlenem Stolz hatte er sie all seinen Verwandten und Freunden vorgeführt. »Seht her, das ist Frankie. My little big Frankie.« Von dem vielen Regen, der angeblich in Seattle fiel, hatte sie nichts bemerkt. In der Stadt im Nordwesten von Amerika regnete es auch nicht öfter als in Deutschland.

Francas Nasenflügel bebten, als sie tief einatmete. Hier oben in den Weinbergen roch es völlig anders als unten in der Stadt. Durch die leicht geöffneten Lippen pustete sie die Luft wieder aus. Langsam fand sie zu ihrem Rhythmus. Bewegung in der Natur löst Verkrampfungen und tut Körper und Seele gut. Diese Erfahrung machte sie immer wieder. Nicht mehr lange und sie würde spüren, wie sich ihre

Sorgen verflüchtigten und die Glückshormone ihren Körper durchfluteten.

Die Sorge um Georgina war nicht geringer geworden, obwohl der unerlaubte Ausflug gut ausgegangen war. Georgina und Kylie waren tatsächlich trotz Debbies ausdrücklichem Verbot zur Olympic Peninsula aufgebrochen. Jedoch bereits am Hafen von Seattle holte sie das schlechte Gewissen ein. Und Kylie als die behütete Tochter ihrer Mutter konnte schließlich Georgina zur Umkehr überreden. Seitdem hatten die beiden Zimmerarrest.

Franca kam an einer eingezäunten Wiese vorbei, auf der friedlich drei Pferde grasten. Ein Brauner, ein Apfelschimmel und ein braun-weiß Gefleckter. Der Braune hob den Kopf, schüttelte die Mähne und schnaubte. Ein majestätisches Tier. Schön anzusehen. Den Wunsch, sich auf den Rücken eines Pferdes zu setzen, hatte Franca nie verspürt. Beim Sport vertraute sie lieber ihren eigenen Beinen.

Sie merkte, wie sie langsamer wurde und versuchte, ihren vorherigen Rhythmus zu erreichen. Setzte die Stöcke weit nach vorn auf und öffnete beim Rückwärtsschwung die Hände. Das üppige Frühstück, das sie sich am späten Morgen gegönnt hatte, sollte erst gar keine Chance bekommen, sich auf ihren Hüften festzusetzen.

Seit gut einem Jahr übte sie sich mehr oder weniger regelmäßig in dieser Sportart. Am Anfang war sie sich ein wenig albern vorgekommen, wie sie da im Gehen mit den Stöcken stakte. Wie ein Langlaufskiläufer ohne Schnee. Inzwischen schwor sie auf die Macht der Stöcke, weil sie den Rhythmus vorgaben.

Der asphaltierte Weg schlängelte sich bergab. Durch die kerzengeraden Reihen der Rebstöcke schimmerte grüngoldenes Sonnenlicht. Sie wunderte sich, dass ihr trotz des schönen Wetters nur wenige Spaziergänger begegneten. Lediglich in den Weinbergen hatte sie ein paar Männer mit Spritzflaschen auf dem Rücken gesehen. Die kannten offenbar keinen Sonntag.

Eine gute halbe Stunde war sie bereits unterwegs. Eigentlich könnte sie jetzt umdrehen. Sie blieb einen Moment stehen und griff nach der Wasserflasche, die sie in einem Täschchen um die Hüfte gegürtet trug. Nahm ein paar Schlucke und verscheuchte eine hartnäckige Fliege, die sich ihr mitten ins Gesicht setzen wollte.

Sie stand vor einer dichten Hecke unterhalb einer Terrassenmauer. Allerhand Unkraut wucherte hier. Hohe Grasstängel und Brennnesseln. Weiße, filigran aussehende Dolden. Gelbe Knospen. Eine Pflanze mit weißen Blüten, deren Namen sie nicht kannte, rankte zwischen den dornigen Zweigen. Hinterhuber würde wissen, wie all diese Pflanzen heißen, dachte sie. Keiner kannte sich so gut in Flora und Fauna aus wie er. Oben im weißblauen Himmel schwebte ein großer Vogel. Vielleicht ein Habicht oder Bussard. Ein weißer Schmetterling flatterte dicht an ihrem Gesicht vorbei. Sie schraubte die Wasserflasche wieder zu und steckte sie zurück in den Gürtel. Sie wollte sich gerade wieder in Bewegung setzen, als mit einem Mal ein melodisches Zirpen ertönte. Es kam aus der Hecke, von dort, wo etliche Fliegen summten. Abwartend blieb sie stehen. Das Zirpen wiederholte sich. Dreimal. Viermal. Fünfmal. Dann war Stille.

Franca spürte, wie etwas unter ihre Haut kroch und sich langsam ein dumpfes Gefühl in Brust und Magen ausbreitete. Vorsichtig versuchte sie, mit den Carbonstöcken die Hecke zu teilen und zwischen den Zweigen hindurchzulugen. Weiter hinten, dicht an der Mauer, sah sie etwas Helles schimmern. Dazwischen ein roter Fleck. Die eben noch so friedliche Landschaft begann zu taumeln. In ihren Ohren rauschte das Blut. Ihre Gedanken zerstoben in unterschiedliche Richtungen, waren keine zusammenhängenden Gedanken mehr, nur noch wildes, beunruhigendes Geflacker. Inmitten des Gestrüpps lag eine schmale menschliche Gestalt, wie eine weggeworfene Stoffpuppe.

Der Druck breitete sich weiter in ihrem Körperinneren aus. Sie spürte den dringenden Wunsch, sich zu übergeben, gleichzeitig wollte sie das Würgen zurückhalten. Doch diese Körperfunktion hatte sie nicht im Griff. Sie spie neben der Hecke ins hohe Gras.

So lange bist du schon bei der Polizei und noch immer hast du dich nicht an solch einen Anblick gewöhnt! Sie wischte sich mit einem Papiertaschentuch über den Mund. Atmete ein paar Mal tief ein und aus. Bis sie merkte, dass das Zittern und die Übelkeit langsam nachließen. Ihren Mund spülte sie mit großen Schlucken Mineralwasser aus.

Noch vor wenigen Augenblicken hätte sie geschworen, dass hier die reinste Idylle sei. Jetzt nahm sie ihre Umgebung mit völlig anderen Augen wahr. Sie befand sich an einem Tatort. Oder zumindest an einem Fundort. Aber das Schlimmste war, dass sich in die Gestalt des toten Mädchens dort im dornigen Gebüsch überdeutlich ein anderes Bild schob: das ihrer Tochter Georgina. Sie wischte das Bild wieder weg. Zwang sich, klar und logisch zu denken.

Mit klopfendem Herzen zog sie ihr Handy aus der Gürteltasche. Gut, dass sie es vorhin eingesteckt hatte. Sie rief das Telefonverzeichnis auf und wählte eine einprogrammierte Nummer. Nach viermaligem Freizeichen wurde am anderen Ende der Hörer abgenommen.

»Hubi? Gott sei Dank. Kannst du mal schnell nach Winningen kommen? Es ist dringend.«

»Franca. Wir sitzen gerade mit der Familie beim Kaffee. Darf ich dich daran erinnern, dass ich nicht im Dienst bin?«

»Ich bin doch auch nicht im Dienst.« Es klang kläglich.

»Und, warum machst du dann einen solchen Aufstand?«

Sie versuchte, ihre Stimme in den Griff zu kriegen. Sachlich von dem Leichenfund zu berichten. »Es ist ... hier liegt ein totes Mädchen. In einer Hecke in den Weinbergen. Sie ist vielleicht zwölf, dreizehn Jahre alt. Schlank, schmal. Hellhäutig. Sie ist vollständig bekleidet.« So war es gut. In solch einem Moment war es wichtig, die Fakten für sich sprechen zu lassen und Distanz zu wahren. Die Dinge nicht zu nah an sich herankommen lassen. Genau wie man es ihr damals auf der Polizeischule beigebracht hatte. Noch heute hatte sie die Stimme ihres Ausbilders im Ohr: »Sobald ihr sachlich und überlegt an eine Aufgabe herangeht, gebt ihr störenden Gefühlen keinen Platz.« Doch kurz darauf brach sich das kleine Mädchen in ihr wieder Bahn. Das Mädchen, das nicht allein in den Keller gehen wollte. Das nachts ein Licht brennen ließ, weil es Angst vor den Gespenstern der Dunkelheit hatte.

»Bitte, Hubi, komm her. Ich brauch dich jetzt«, stieß sie jämmerlich hervor.

Sie mochte es nicht, wenn ihre Stimme so klang. So hilflos und flehend. Zudem meldete sich sofort ihr schlechtes Gewissen. Sie wusste, dass seine Frau sich oft darüber beklagte, ihr Mann habe nie Zeit für die Familie. Nun störte sie ihn auch noch beim sonntäglichen Nachmittagskaffee. Weil sie sich diesem Anblick im Gebüsch nicht allein stellen wollte.

»Was ist passiert?«, fragte er alarmiert.

»Ich weiß es doch nicht. Ich bin hier beim Walken in den Winninger Weinbergen.«

»Wo genau?«, erkundigte er sich.

»Auf dem asphaltierten Weg, der vom Flugplatz abgeht.«

»Okay. Ich weiß, wo das ist.«

»Heißt das, du kommst?«, presste sie dankbar hervor. Ihr Herz wollte nicht aufhören, wild zu puckern.

»Hast du sonst schon jemanden informiert?«

»Nein. Du bist der erste.«

»Gut, dann leite ich alles in die Wege.«

»Du bist ein Schatz«, hauchte sie noch, bevor sie den Ausknopf drückte. Hinterhuber würde bald hier sein. Jetzt fühlte sie sich ein wenig sicherer. Langsam ging sie um die Hecke herum und spähte von der anderen Seite durch die dornigen Zweige hindurch. Das Mädchen trug weiße Shorts und ein rotes, kurzärmeliges T-Shirt. In unnatürlich gekrümmter Haltung lag sie auf dem Rücken. Das Gesicht sah unversehrt aus, jedoch ihr Haar war voller Blut. Sie musste am Hinterkopf verletzt sein.

Vorsichtig tastete Franca sich mit der bloßen Hand durch die dornigen Zweige und berührte das Mädchen am Arm. Der Puls war nicht mehr fühlbar. Aber die Haut war noch warm. Sie konnte noch nicht lange tot sein.

Als sie die Hand wieder zurückzog, verhakte sich eine dornige Ranke im Ärmel ihres T-Shirts. Die Dornen zerrissen den dünnen Stoff und drangen in die Haut. Hinterließen einen blutigen Kratzer, ähnlich wie damals, als sie Farinelli aus dem Müllcontainer geangelt hatte. Blutströpfchen traten wie kleine rote Perlen auf die Haut. Das T-Shirt konnte sie wegwerfen. Wieder dachte sie an Seattle und an Georgina. Und sie wünschte sich, ihre Tochter solle nach Hause kommen. Dann hätte sie sie im Auge und könnte sie beschützen. Damit ihr nicht so etwas passierte wie diesem Mädchen hier.

Sie betrachtete den schmalen Körper, der von Zweigen umschlossen war wie Dornröschen. Wer bist du? Wieso hat niemand auf dich aufgepasst? Wo ist deine Mutter? Hast du keine Freundinnen? Was machst du allein hier in den Weinbergen?

Nur mühsam hielt Franca die Tränen zurück. Dann sah sie in den strahlend blauen Himmel. An einem solch hellen Sonntagnachmittag dachte normalerweise niemand an ein Verbrechen.

Sie ging um das Gebüsch herum, den Blick fest auf den Boden geheftet. Dort schimmerte etwas schmales Silbernes im Gras. Das Handy. Franca hob es auf. Das Display zeigte einen Anruf in Abwesenheit auf. Von »Nick«. Sie drückte die Taste »anrufen«. Wartete einen Moment. Schließlich wurde abgenommen.

»Hannah?«, fragte eine aufgeregte Jungenstimme. »Toll, dass du zurückrufst. Ich hab schon gedacht ...«

»Nick?«, unterbrach ihn Franca.

»Ja ...« Stutzen. »Hannah?«

»Sagst du mir deinen Nachnamen, Nick?«

»Ja, aber ... ist da nicht Hannah?« Es klang erschrocken.

»Sie ist im Moment nicht zu sprechen.« Sie konnte schlecht einschätzen, wie alt dieser Nick war. »Würdest du mir bitte deinen vollständigen Namen sagen?«

Der junge Mann am anderen Ende hatte bereits aufgelegt. Nun gut. Es würde nicht schwer sein, herauszufinden, wie Nick mit Nachnamen hieß. Wenigstens wusste sie jetzt, wie das tote Mädchen hieß. Hannah.

Franca ging zurück auf den Weg. Die Polizistin in ihr war vollständig wach. Sie versuchte, sich alles einzuprägen. Sich einen Überblick zu verschaffen. Nun sah sie auch, dass ein paar Reben in der Nähe der Mauer abgebrochen waren und einer der Stützpfähle auf dem Boden lag. Die Mauer war knappe zwei Meter hoch. Vielleicht war alles nur ein Unfall und das Mädchen war lediglich unglücklich gestürzt.

Ein Motorengeräusch erklang. Ein Passat mit einer Mayen-Koblenzer Nummer. Kein Polizei-Dienstwagen. Sie stellte sich dem Passat in den Weg und bedeutete dem Fahrer, anzuhalten. Eine Tür wurde geöffnet. Ein Hund sprang heraus. Bellte laut und umschnüffelte Franca. Ängstlich hielt sie die Arme an ihren Körper gepresst. Kurz darauf erschien sein Herrchen. Ein älterer Mann mit wirrem graumeliertem Haar. Er trug feste Schuhe und blaue Arbeitskleidung.

»Der tut nix. Sie dürfen ihm nur nicht zeigen, dass Sie Angst vor ihm haben.«

Ha ha, sehr witzig. Doch in der nächsten Sekunde war sie bereits uninteressant für den Hund geworden. Er sprang ins Gebüsch und bellte nun von dort aus laut und anhaltend. Umhechelte wie ein Verrückter den Busch, in dem das Mädchen lag.

»Cora!«, rief der Mann mit Befehlsstimme. »Hierher! Sofort!« Die Hündin ließ nicht ab. Es sah aus, als wolle sie in den Busch kriechen, doch sie schreckte immer wieder vor den dornigen Zweigen zurück.

Der Mann sah Franca mit fragendem Blick an. »Was ist denn dort?«, versuchte er das Bellen zu überschreien. Und dann wieder: »Cora!« Es dauerte eine geraume Weile, bis es ihm gelang, seine Hündin zum Schweigen zu bringen.

»Haben Sie hier in den letzten Stunden etwas beobachtet?«, fragte Franca den Mann. »Etwas Verdächtiges?«

»Wieso?« Er sah an ihr herunter. Da wurde ihr bewusst, wie sie auf ihn wirken musste. In der Gymnastikhose und dem zerrissenen Seattle-T-Shirt. Zudem vollkommen verschwitzt. »Ich bin Polizistin«, sagte sie schnell. »Und dort«, sie wies in die Hecke, »liegt ein totes Mädchen.« Es klang klar und logisch. Der Mann hörte nicht auf, sie anzustarren.

»Ein totes Mädchen, so.« Er kratzte sich am Kopf.

»Haben Sie nun etwas gesehen oder nicht?« Sie blickte an ihm vorbei. Hinter ihm konnte man die Hochhäuser des Koblenzer Stadtteils Karthause sehen.

»Sie sind wirklich Polizistin?« Es klang wie: »Sie sind nicht zufällig aus der Rhein-Mosel-Fachklinik entlaufen?«

Im selben Moment bemerkte sie Hinterhubers blauen

Golf. Gefolgt von zwei Polizeifahrzeugen, die mächtig Staub aufwirbelten. Gott sei Dank.

Der Mann hatte inzwischen seinen Hund am Halsband zu fassen bekommen und beobachtete interessiert die Kolonne, die kurz vor ihnen zum Stoppen kam. Hinterhuber stieg aus. Er war sommerlich gekleidet. Ein kurzärmeliges hellrosa Hemd, das seine Bräune betonte, und helle Hosen. Keine Krawatte. Sie dachte, dass sie ihn noch nie mit einem rosa Hemd gesehen hatte. Im Dienst trug er stets Farben, die an Bayern erinnerten.

»Liegt sie dort drin?«, fragte er und zeigte auf das Gebüsch. Franca nickte. In diesem Moment dachte sie daran, wie er einmal hatte verlauten lassen, dass der Geruch von rohem Fleisch ihm Übelkeit verursachte. Aber einer Leiche, auch eine von jenen, die schon ein paar Tage in ihrem eigenen Saft schmorten, konnte er mit souveräner Gelassenheit entgegentreten. Das hätte sie auch gerne gekonnt. Aber sobald sie auch nur den geringsten Anflug von Leichengeruch witterte, reiherte sie gnadenlos in die Büsche.

»Da müssen die wohl mit der Heckenschere ran«, sagte Hinterhuber, während er den Busch umrundete. Franca sah aus den Augenwinkeln, dass an der Mauerwand ständig Eidechsen entlang flitzten. Manche waren groß und ausgewachsen, manche waren winzig klein. Eidechsen-Kinder. Sie dachte daran, dass diese Tiere bei Gefahr ihr Schwanzende abwerfen konnten. Dieses Teil windet sich dann noch eine Weile wie eine Schlange und zieht dadurch die Aufmerksamkeit auf sich. Ein Schutzverhalten, um den Feind abzulenken. Getreu dem Motto: Opfere einen Teil deiner selbst und du bist gerettet. Ob Eidechsen das auch für ihre Kinder taten?

Hinterhuber stellte sich neben sie.

»Ein Zeuge?«, fragte er mit Blick auf den Mann mit dem wilden Haar, der seinen Hund fest am Halsband gefasst hielt.

»Das Mädchen heißt Hannah«, sagte sie leise.

»Hannah?«, sagte der Mann. »Sie meinen doch wohl nicht Hannah Lingat?« Erneut fing sein Hund an zu bellen. »Cora!«, rief er ihn abermals zur Räson. »Cora, hörst du wohl auf!«

9

Diese Steilhänge waren wahrhaft halsbrecherisch. So oft war er sie inzwischen gegangen und noch immer befiel ihn ab und an ein diffuses Schwindelgefühl. Als ob ihn etwas von tief unten hinabzöge. Unter seinen Schuhsohlen löste sich Schiefergeröll und kollerte ein paar Meter talwärts, wo es von Rebstöcken abgebremst wurde. Er blieb stehen. Die Arme in die Hüften gestemmt, drückte er den schmerzenden Rücken durch. Einer jener Momente, in denen er deutlich sein Alter spürte.

Er erinnerte sich an Hannahs Worte, wie sie ihm erklärte, dass die schwarzglänzenden Schieferbrocken bis in die Devon-Zeit zurück datiert wurden. Etliche Fossilien hatte man in den Weinbergen gefunden. Einschlüsse von Muscheln, Seelilien oder Korallen, deren Alter man auf vierhundert Millionen Jahre schätzte. Was war dagegen ein Menschenleben? Eine winzige Spanne in der unendlichen und mit dem menschlichen Verstand nicht messbaren Dimension der Zeit.

Inzwischen kannte er nicht nur alle fünf Einzellagen rund um Winningen. Auch jeder Weinberg, der zum Löwenhof gehörte, war ihm vertraut. Oft hatte er die beiden Lingat-Schwestern bei Laub- und Schneidearbeiten angetroffen, wenn er frühmorgens mit seiner Filmausrüstung aufgebrochen war. Manchmal war er stehen geblieben, um mit ihnen ein Schwätzchen zu halten.

Hannah hatte ihm viel über den Weinanbau erklärt. Wenn er mit ihr unterwegs war, hielt sie regelmäßig nach der Entwicklung der Trauben Ausschau. Oder sie untersuchte die

Weinstöcke nach Pilz- und Schädlingsbefall. Er hatte auch gelernt, die einzelnen Rebsorten voneinander zu unterscheiden und wusste, worin der Unterschied zwischen einer Rieslingtraube und einem Weißburgunder besteht.

Er stieg zwischen den Rebzeilen bergan. Diese Lage nannte man Brückstück. Früher habe man hier aus dem Schieferfelsen die Steine für die Balduinbrücke in Koblenz herausgebrochen, hatte ihm Hannah erklärt. Daher leite sich der Name Brückstück ab.

Wieder gab das Erdreich unter ihm nach, er rutschte, suchte Halt an einem Weinstock und knickte dabei eine belaubte Rebe ab. Als er den steilen Abhang in aller Deutlichkeit unter sich sah, spürte er sein Herz hart gegen seinen Brustkorb pochen. Das altbekannte Schwindelgefühl drohte ihn zu übermannen.

Eine diffuse Angst stieg in ihm hoch, die ihn zwang, die Augen zu schließen. Er hätte besser den ausgewiesenen Weg weitergehen sollen, anstatt hier zwischen den Rebzeilen herumzukraxeln. Bis zur Hügelkuppe waren es nur noch wenige Meter. Über ihm wurde ein Brummen lauter. Das Startgeräusch eines Fliegers vom nahe gelegenen Flughafen. Er atmete tief durch.

Wenig später hatte er das Plateau erreicht. Er ging weiter durch den lichten Heidewald bis zum Hexenhügel. Hier erinnerte ein Gedenkstein mit eingravierten Namen an Winninger Frauen und Männer, die während des Dreißigjährigen Krieges den Feuertod gestorben waren. Darauf hatte ihn Hannah aufmerksam gemacht. Er lächelte, wenn er daran dachte, mit welchem Eifer sie ihm über die Besonderheiten rund um ihren Heimatort berichtete. »Während des Dreißigjährigen Krieges passierte ziemlich viel, das man einfach nicht begreifen kann Da haben sich in Windeseile Seuchen ausgebreitet, deren Ursachen man nicht kannte. Also suchte man Schuldige, um das Unerklärliche erklärbar zu machen«, hatte sie in ihrer altklugen Manier dahergeredet. Dabei hatte sie ihn mit halb geschlossenen Augen angesehen. Augen, in denen er sich verlor. »Nicht nur Frauen wurde der Prozess gemacht. Auch Männer hat man hingerichtet.« Während sie dies sagte, roch er ihren Duft nach Vanille und Honig. Der Duft junger, unschuldiger Mädchen. Betrachtete ihr glänzendes Haar, das sie wie so oft zu zwei Zöpfchen geflochten trug. Mit dem Mittelfinger strich er ihr sanft über die Wange, die zart war wie Aprikosenflaum. Lächelnd öffnete sie die Lippen, um sie mit der Zungenspitze zu befeuchten. Lippen, die nach Nektar schmeckten. Nach süßem verderblichem Gift.

»Heutzutage sieht man das mit den Hexen etwas anders«, hörte er sie sagen. »Bei uns in Winningen haben wir nämlich nicht nur eine Weinkönigin, wie alle anderen, sondern auch eine Weinhex.«

Ein ernüchternder Moment, der jeglichen Zauber ersterben ließ.

»Weinhex? Das musst du mir erklären.«

»Eigentlich ist es ein uraltes Lied. Das wird immer bei der Eröffnung von unserem Moselfest gesungen. Alle versammeln sich dann am Weinhexbrunnen unten im Dorf. Weißt du überhaupt, dass Winningen das älteste Weinfest in ganz Deutschland hat? Es dauert zehn Tage und zum Abschluss gibt's jedes Mal ein Riesenfeuerwerk.« Sie sagt es mit Stolz in der Stimme. Ihre Augen leuchten. »Andi, du musst bis zum Moselfest hier bleiben.« Sie umfasst ihn mit beiden Händen. »Bitte!«, fleht sie mit herzerweichender Inständigkeit. Ein kindlich bettelnder Ton, mit dem sie ihn umgarnt. Einwickelt. Ihn willenlos macht.

Ein ungewohntes Geräusch lenkte seine Aufmerksamkeit nach oben. Hoch über ihm zwischen dem Gehölz sah er einen Turmfalken, der mit breit gefächerten Schwanzfedern in der Luft zu stehen schien. Seine Flügel schwangen hastig hin und her und zeigten an, dass er nach Beute Ausschau hielt. Es war ein Männchen, wie Kilian an der hellgrauen Kopffärbung erkennen konnte. Während er weiterging, hob er immer wieder den Blick und beobachtete den Turmfalken. Irgendwann war er verschwunden.

Die lichte Baumlandschaft auf dem Plateau, durch die der asphaltierte Weg führte, mündete wieder in Weinberge, die sich bis hinunter ins Tal zogen. Dazwischen führte ein schmaler Pfad bergab. Den Blick auf den Boden gerichtet, achtete er auf seine Schritte.

Schon öfter waren ihm verschiedenfarbige Plastikteile aufgefallen, die verstreut zwischen dem Geröll lagen. Hannah hatte ihm erklärt, worum es sich dabei handelte. »Das sind Pheromonampullen. Die benutzt man, um die Traubenwickler zu bekämpfen. Das sind die schlimmsten Rebstockschädlinge, die wir kennen. Wenn man nichts dagegen tut, fressen sie alles kahl. Egal ob Blüte, Früchte oder Blätter, vor nichts machen sie Halt.« Sie hielt den Blick fest auf ihn gerichtet. »Weißt du, wie so was funktioniert?«

Er lächelte. Natürlich wusste er, was Pheromonfallen bewirkten, aber er hörte ihr nur allzu gern zu, wenn sie mit altklugem Gesichtsausdruck wie eine Lehrerin dozierte, die ihrem gelehrig lauschenden Schüler etwas beibringen will.

»Es ist eine rein biologische Bekämpfung. Die Pheromonampullen strömen einen Sexuallockstoff aus, der die Motten verwirrt. Wenn der Duft überall in der Luft liegt, wissen die Männchen nicht mehr, wo sie hinfliegen sollen. Im Endeffekt können sie die Weibchen nicht befruchten, weil sie sie nicht mehr finden. Ganz schön schlau, oder?« Sie kicherte. »Manchmal muss man der Natur ein wenig ins Handwerk pfuschen, um das zu erreichen, was man will.«

Wie gern hörte er ihr zu. Sie hatte ihn gelehrt, die Welt mit ganz neuen, frischen Augen zu betrachten. Bisweilen klang das, wovon sie überzeugt war, ausgesprochen kindlich, stellte er oftmals mit einem nachsichtigen Lächeln fest. Aber manches war auch von einer Reife durchdrungen und von einer tiefen Einsicht in das Wesen der Dinge, wie man es selten bei solch einem jungen Menschen vorfand.

Manchmal brachte sie ihre Schulbücher mit in die Weinberge, um ihm zu zeigen, was sie gerade im Unterricht durchnahmen. Dann machte er sich einen Spaß daraus, sie abzufragen. Aber nur selten wusste sie eine Frage nicht zu beantworten.

Die Futterstellen des Apollofalters kannte sie genau. »Hier ist ein ganzer Busch Flockenblumen. Und wilder Majoran. Das müssen die einfach riechen«, hatte sie zu ihm gesagt, wenn sie wieder einmal Stunde um Stunde auf die Schmetterlinge gewartet hatten. »Früher oder später kommen sie hier vorbei. Du musst nur Geduld haben.« Irgendwann wurden sie dann tatsächlich belohnt und er konnte mit seiner Filmkamera ein paar dieser fragilen Wesen festhalten.

Er hatte ihr viel von früher erzählt, von seiner Kindheit und seinen Bilderbüchern, in denen Elfen als Schmetterlinge dargestellt waren. Mit zarten durchscheinenden Flügeln in langen rosa Gewändern und mit Engelsgesichtern. Himmels-ähnliche Wesen, die von Blüte zu Blüte schwebten, Nektar sammelten und Gutes taten. Irgendwann entdeckte er dann die Schönheit der richtigen Schmetterlinge.

»Leckerlinge habe ich sie genannt, als ich noch nicht richtig sprechen konnte«, erzählte er Hannah lachend. Das Zusammensein mit ihr konnte so unbeschwert sein. Er berichtete ihr weiter, dass er während eines Sonntagsausflugs mit seinen Eltern und der Schwester ein Schmetterlingshaus besucht hatte, das er absolut faszinierend fand. Da war er elf oder zwölf gewesen. Sehr überrascht war er darüber, wie viele verschiedene Arten es gab. Einer der Falter sah aus wie ein Schachbrett. Und einer wirkte im Ruhezustand wie eine graue uninteressante Motte. Doch als die vermeintliche Motte die Flügel ausbreitete, kam er aus dem Staunen nicht mehr heraus. Der Schmetterling verstecke seine Schönheit absichtlich, um Fressfeinde abzuwehren, hatte ihm ein Bediensteter erklärt, der sich über das Interesse des Jungen freute.

Je mehr Kilian sich mit der Artenvielfalt der Schmetterlinge beschäftigte, umso mehr faszinierte sie ihn. Auch die verschiedenen Stadien, die sie durchliefen von der Eiablage über die Verpuppung bis hin zum fertigen Imago, forderten immer wieder sein Staunen heraus. Unzählige Filme über dieses Phänomen hatte er sich angesehen. Einige Male konnte er dies miterleben, aber nie in der freien Natur. Das war ihm erstmals hier in den Winninger Weinbergen gelungen, an einem heißen sonnigen Tag. Zusammen mit Hannah hatte er beobachtet, wie sich vor ihren Augen weiße, gefleckte Flügel langsam aus der Puppe schälten und sich aufpumpten. Schließlich flatterte der Falter im Schwebeflug davon. Diese eleganten Flügelschläge. Das wunderschöne Aussehen. Rote, schwarzumrandete Augen auf weißer Seide. Was war ein Mensch gegen einen Schmetterling? Ein ziemlich hässlicher und plumper Genosse.

Mittlerweile war es Mitte Juli, was bedeutete, dass die Zeit des Apollofalters schon wieder zu Ende ging. Vielleicht sollte er doch noch einmal den Versuch unternehmen, sich an einer Uni zu bewerben. War es ihm nicht gelungen, ein vollkommen neues Leben anzufangen? Vielleicht war es eine Ironie des Schicksals, dass eine Vierzehnjährige ihm dazu verholfen hatte, an eine wie auch immer geartete Zukunft zu glauben, die er längst für sich abgeschrieben hatte. Hannah hatte ihm nicht nur Mut zugesprochen, sein Leben umzukrempeln. Diesem Mädchen hatte er Dinge anvertraut, die er nie vorher mit jemandem geteilt hatte. »Vertrauen ist wichtig, Andi«, hatte sie einmal zu ihm gesagt. Es klang zärtlich, wenn sie ihn bei seinem Kosenamen nannte, den sie ähnlich aussprach wie seine Mutter früher. Bevor sie sich zu ihm niederbeugte, um ihm einen Gute-Nacht-Kuss zu geben.

»Wir müssen uns aufeinander verlassen können«, hörte er Hannah mit verschwörerischer Miene flüstern. Ihre Geheimnisse waren gegen die seinen kindlich und klein. Aber ihre Enthüllungen hatten dazu geführt, dass er seinem Püppchen nach und nach ebenfalls Dinge anvertraute, die er bisher in den tiefsten Nischen seiner Seele versteckt hatte. Wundersamerweise zeigte sie für alles Verständnis. Sie kannte weder Vorurteile noch strafende Blicke, wenn er seine Fehler und Charakterschwächen vor ihr ausbreitete. »Du bist wie du bist«, hatte sie zu ihm gesagt und dabei die Lippen zu einem Luftkuss gespitzt. »Man muss sich so annehmen wie man ist. Was aber nicht heißt, dass man nicht an sich arbeiten sollte.« Dabei hatte sie ihm spitzbübisch zugezwinkert. Er hatte sich abgewöhnt, sich über solche Erwachsenensätze aus ihrem Mund zu wundern. Sie gehörten zu Hannah wie ihr kindlicher Körper und ihre kleinen süßen Brüstchen.

An sich arbeiten, was für ein großes Wort für einen harten, langwierigen Prozess. Der bedeutete, dass man einsah, was man für Fehler gemacht hatte. Nicht einfach wegschieben, wie er es gern gehandhabt hatte. Hingucken und Bessermachen, darauf kam es an. Das war es, was intelligente Menschen ausmachen sollte. Wenn da nicht immer das wilde Tier lauern würde. Das sich nicht um noch so kluge Erkenntnisse kümmerte.

Er stand auf. Seine kleine gescheite Hannah. Sie hatte ja so recht. Nicht nur Schmetterlinge durchlebten Metamorphosen. Auch der Mensch. Die Dinge waren zwar wie sie waren. Die Vergangenheit ließ sich nicht mehr korrigieren. Aber das hieß nicht, dass Veränderungen unmöglich sein sollten. Man durfte nur nicht den Glauben an sich verlieren.

Er nahm den kürzesten Weg zurück. Je mehr er sich dem Löwenhof näherte, umso mehr verflüchtigten sich seine positiven Gedanken. Die alte Lingat hatte ihn schon ein paar Mal so merkwürdig angesehen. Manchmal tauchte sie unvermittelt aus dem Nichts vor ihm auf und stellte sich herausfordernd vor ihn hin. Mit diesem wissenden Blick und einer rechthaberischen Miene. Ein Blick, der ihm bis ins Mark ging und ihm jeglichen Mut und jegliches Selbstvertrauen nahm. Und der ihn dazu aufforderte, darüber nachzudenken, ob es nicht doch besser wäre, so schnell wie möglich von hier zu verschwinden.

Als er fast unten angelangt war, glaubte er seinen Augen nicht zu trauen. Vor ihm schwebte ein Apollofalter. An dieser Stelle, so nah bei den Häusern, hatte er noch nie einen beobachtet. Aber es war wirklich ein Apollo mit charakteristischen orangeroten Flecken auf den Rückenflügeln. Beim genaueren Hinsehen erkannte er, dass es ein Weibchen war. Taumelnd fiel es vor ihm zu Boden, wo es hilflos mit den Flügeln schlug. Fasziniert beobachtete er den Todeskampf dieses wunderschönen Geschöpfes, das sich noch einmal um die eigene Achse drehte, bevor es mit letzten kraftlosen Flügelschlägen noch ein paar Mal zuckte, um dann reglos liegen zu bleiben.

Er bückte sich und hob den Schmetterling mit größter Vorsicht auf. Fast andächtig betrachtete er den toten Falter. Ein wunderschönes Exemplar, das dem ewigen Schlaf übergeben worden war. Er würde ihn mit auf den Löwenhof nehmen, um ihn zu präparieren. Bei seinem Anblick empfand er kein Bedauern. Das ist der Lauf der Dinge. Die Natur hat es so eingerichtet, dass nichts ewig währt. Apollofalter sind

Sommergäste auf dieser Erde. Die Zeitspanne eines jeglichen Lebewesens ist begrenzt. Es endet immer mit dem Tod. Welch banale Weisheit.

10

»Da hat einer gekotzt.« Frankenstein in seinem weißen Overall richtete sich auf. »Warst du das, Franca?«

Sie verrollte die Augen und hob die Schultern.

»Hab ich's mir doch gleich gedacht.« Er grinste. Franca und er waren schon ziemlich lange Kollegen. Da kannte man einander. Manchmal besser als einem lieb sein konnte.

Im zivilen Leben hieß der Kollege von der Spurensicherung Frank Stein. Mit seiner Größe und dem imposanten Äußeren, vor allem aber mit den schadhaften Zähnen und den eckigen Bewegungen erinnerte er ein wenig an das Filmmonster, was ihm seinen Spitznamen eingebracht hatte. Im Koblenzer Polizeipräsidium sprach man nur von ›Frankenstein‹, so sehr hatte sich jeder an diesen Namen gewöhnt. Schon seit Ewigkeiten wollte er seine Zähne richten lassen – zumindest sprach er immer davon. Was ihn davon abhielt, war die Angst vor dem Zahnarzt. Das hatte er Franca einmal in einer stillen Minute anvertraut.

»Viel zu schöne Landschaft, um zu sterben«, sagte er jetzt und sah hinunter ins Tal, wo gerade ein weißer, voll besetzter Ausflugsdampfer auf der Mosel in Richtung Koblenz fuhr. Franca folgte seinem Blick. Ein buntes, lichtdurchflutetes Bild aus einer heilen Welt bot sich da. Die dort unten ahnten nicht, dass hier oben ein Kind zu Tode gekommen war. Wie sollten sie auch?

Das Gelände war inzwischen abgesperrt. Vögel waren verscheucht und zahllose Eidechsen aufgeschreckt worden. Frankenstein und der lange Norbert in ihren weißen Anzügen stakten um den Heckenrosenbusch herum. Bückten sich ab und zu, um etwas einzusammeln und in ihren Plastiktüten zu verstauen.

»Wo genau hast du das Handy gefunden?«, wollte Frankenstein jetzt wissen.

Franca zeigte ihm die Stelle, wo er eines seiner Nummerntäfelchen in den Boden steckte. »So und jetzt leg das Handy schön wieder dahin, damit wir unsere Bildchen machen können.«

Der lange Norbert fotografierte. Ein burschikoser, hochaufgeschossener Typ mit einer Adlernase, die besonders im Profil bemerkenswert war. Neuerdings trug er die Haare millimeterkurz geschoren, auch der goldene Ring im rechten Ohrläppchen war noch etwas ungewohnt. Was einige Kollegen dazu verleitet hatte, zu frotzeln, er sei von der Schwulenfraktion. Franca wusste jedoch, dass Norbert eine neue Freundin hatte, mit der er händchenhaltend durch die Gegend lief. Und neue Freundinnen verleiten nun mal zur Typ-Veränderung.

Norbert fotografierte und fotografierte. Damit nichts vergessen wurde. Damit auch die winzigste Kleinigkeit im Detail eingefangen wurde. Fotos waren ein viel besseres Gedächtnis als das menschliche Hirn, das hatte sie schon öfter festgestellt. Als alles dokumentiert war, machten die Männer sich daran, das tote Mädchen mit Hilfe einer Heckenschere aus dem Gebüsch zu befreien.

»Ja, das ist die kleine Hannah Lingat«, sagte der Mann mit dem wilden Haar, der sich als Johannes Bick und ortsansässiger Winzer vorgestellt hatte. Seinen Hund hatte er in den Passat gesperrt, wo er weitertobte. »Also wenn ich irgendwie behilflich sein kann ...?« Mit hängenden Schultern und sichtlich angegriffen stand er da und trat von einem Bein auf das andere. Sein Adamsapfel bewegte sich heftig. Wieder und wieder hob er den Kopf. »Ich kann's nicht fassen. Das ist wirklich die Hannah. Die Tochter von der Marion.« Dann griff er sich mit beiden Händen an die Stirn, wie jemand, der unerträgliche Kopfschmerzen hat.

»Hubi?« Franca bedeutete ihm mit einer Kopfbewegung, sich um den Mann zu kümmern. Hinterhuber nickte.

»Kommen Sie mit mir«, sagte ihr Kollege zu Herrn Bick und fasste ihn behutsam am Arm.

Franca betrachtete das Mädchen. Sie lag jetzt auf einer Plastikplane vor dem Dornengestrüpp. Wieder sah sie eine Schrecksekunde lang ihre eigene Tochter dort liegen. Im nächsten Moment verbot sie sich, im Zusammenhang mit dieser Toten weiter an Georgina zu denken. Dieses Mädchen hatte mit ihr nichts gemeinsam. Lediglich die unausgewogenen Proportionen verwiesen auf ein ähnliches Alter. Nicht mehr richtig Kind und noch nicht ganz Frau.

Hannah musste hübsch gewesen sein. Jetzt hing ihr das blutverkrustete Haar ins Gesicht. Offenbar war nur der Hinterkopf verletzt. Ihr Körper sah unversehrt aus. Bis auf die Kratzer und Hautabschürfungen, die vom Sturz herunter von der Mauer in den Dornenbusch rührten.

So zart und schmal sah sie aus. So unschuldig. Unter dem dünnen roten Top zeichneten sich zwei winzige Brüste ab. Die weißen Shorts wiesen Schmutz- und Grasflecken auf. Die langen Beine steckten in kurzen weißen Söckchen und hellblauen Sportschuhen.

Auf den ersten Blick schien kein Sexualdelikt vorzuliegen. Vielleicht war alles nur ein Unfall. Sie sah hoch zu der Mauer, auf der jetzt Frankenstein und Norbert hin- und her gingen, die Augen suchend auf den Boden gerichtet. Norbert sah aus wie ein dürrer Storch auf einer Balancierstange. Jetzt bückte er sich und hob etwas auf, das wie ein Plastikdeckel aussah.

Hinterhuber war neben sie getreten. »Der arme Kerl ist ganz schön fertig«, sagte er und zeigte in Richtung des Passat.

Franca nickte. »Was denkst du, was passiert ist?«, fragte sie leise.

»Ich schätze, sie wurde von der Mauer gestoßen und fiel dann in die Dornenhecke.«

»Einen Unfall schließt du aus?«

Er hob die Schultern. »Es hat sich schon mal jemand das Genick gebrochen, als er beim Fensterputzen vom Küchenhocker fiel. Aber hast du nicht ihren Hinterkopf gesehen?« Hinterhuber kratzte sich am Kinn. Es gab ein schabendes Geräusch. »Also wenn du mich fragst, hat da einer kräftig nachgeholfen.«

Hinterhubers schickes rosa Hemd wies einen Riss am Ärmel auf. Sie alle hatten etliche Kratzer davon getragen.

»Wo habe ich dich denn eigentlich weggeholt?«, fragte Franca und dachte: Rosa steht dir nicht. Das hat was von einem Schweinchen.

»Was meinst du?« Wie aus weiter Ferne erreichte sie sein Blick.

»Dein Kaffee mit der Verwandtschaft. Lag was Besonderes an?«

»Unser Hochzeitstag«, sagte er. »Der siebte. Du kannst dir vorstellen, wie sehr sich Ingrid über deinen Anruf gefreut hat. Manchmal frag ich mich, ob ich den achten überhaupt noch erleben darf.« Er fuhr sich durch die dunklen Locken und lächelte gequält.

»Das tut mir leid«, sagte Franca. Obwohl es ihr nicht wirklich leid tat. Dieses Los teilte seine Ingrid mit vielen Polizistengattinnen. Da musste man extrem viel Verständnis aufbringen. So was wusste man, bevor man sich überlegte, einen Polizisten zu ehelichen.

Ehrgeizig war Hinterhuber sicher schon immer gewesen. Aber auch loyal. Mit einem warmen Gefühl dachte sie daran, dass er sie nie im Stich lassen würde. Und sie war nur eine Kollegin, keine Ehefrau. Vielleicht war sich diese Ingrid überhaupt nicht bewusst, was für einen Schatz sie sich da an Land gezogen hatte.

Frankenstein war etwas weiter in den oberhalb gelegenen Weinberg gedrungen. Jetzt bückte er sich. Verharrte in der Hocke.

»Hier, das ist interessant«, rief er Franca und Hinterhuber zu. Neugierig traten die beiden näher und sahen zu ihm hoch.

»Ein Schieferbrocken. An dem klebt Blut – und ein paar Haare.« Frankensteins Hände begleiteten gestenreich seine Rede. »Damit könnte er ihr den Schädel eingeschlagen haben. Allerdings ist die Spurenlage alles andere als eindeutig.«

»Und der umgestürzte Pfahl und die abgebrochenen Reben? Meiner Meinung nach sind das Kampfspuren«, ließ der lange Norbert verlauten, während er sich über den kurzgeschorenen Schädel strich.

Frankenstein hob die Schulter. »Spekulieren nutzt nix, das muss alles genau überprüft werden.«

Francas Blick wanderte zu der Dornenhecke. Kein schützendes Nest, in dem es sich gut schlafen lässt. Aus diesem Schlaf wachst du nicht mehr auf, kleine Hannah. Du bist in ein Niemandsland gefallen, nicht in einen weichen Schoß.

Aus den Augenwinkeln beobachtete Franca, wie das Mädchen in einen Zinksarg gelegt und durch die geöffnete Heckklappe des Leichenwagens geschoben wurde, der mittlerweile ebenfalls eingetroffen war.

Etwas in ihr weigerte sich standhaft, an ein Verbrechen zu glauben. Einem so jungen Kind durfte man so etwas einfach nicht antun. Obwohl sie durch ihre langjährige Arbeit nur allzu genau wusste, wozu Menschen imstande waren, klammerte sie sich an dem Gedanken fest, dass es in diesem Fall anders war. Es musste einfach eine Schwelle geben, die man nicht überschreiten durfte. Weil das Nachdenken über solch eine Tat Löcher in die Seele fraß. Besonders dann, wenn man eigene Kinder hatte. Ganz davon abgesehen wäre es für die Eltern wesentlich erträglicher zu wissen, die Tochter war nicht durch ein Verbrechen ums Leben gekommen, sondern durch einen unglücklichen Sturz.

Sicher würde sich bald herausstellen, dass der Schieferbrocken keine Mordwaffe war. Sie war abgerutscht, hatte im Fallen den Stützpflock umgeworfen und war dann den Hang hinabgerollt. Genau, so musste es gewesen sein. Ein Unfall, kein Mord.

Um das zu beweisen, musste Schritt für Schritt nachvollzogen werden, was geschehen war.

Zwei Männer, die die Absperrung passieren wollten, wurden von uniformierten Polizisten aufgehalten. Franca ging zu ihnen hin. Stellte ihnen die üblichen Fragen. »Wo kommen Sie her? Wo waren Sie in den letzten Stunden? Haben Sie etwas Ungewöhnliches bemerkt?«

Die beiden, offenbar Vater und Sohn, sahen sich ratlos an. Der Vater sprach gebrochen Deutsch. Der Sohn kannte allenfalls ein paar deutsch klingende Worte. Beide waren hager und trugen karierte Flanellhemden über ihren Jeans. Franca versuchte zu erklären, was passiert war. Auf den betretenen Gesichtern las sie ab, dass sie nicht viel verstanden von dem, was hier vorging.

»Wir nichts gesehen«, sagte der Ältere immer wieder mit Nachdruck. »Wir arbeiten. Dort in Weinberg. Nix gehört. Nix gesehen.«

Der andere sah sich immer wieder ängstlich um.

»Alles legal. Kein Ärger mit Polizei.«

»Wir sind nicht von der Ausländerbehörde«, sagte Franca. Wieder sah der Mann sie fragend an. »Schon gut«, meinte sie resigniert.

Es war wie bei den drei Affen. Nix gehört, nix gesehen,

nix sagen. Immer wieder dasselbe. Egal, ob man die deutsche Sprache beherrschte oder nicht.

Wie sie das hasste.

Endlich durfte Franca die Turnschuhe und Sportsocken ausziehen. Welche Wohltat für ihre heißen Füße. Barfuß lief sie durch den Flur. Das Lichtchen auf dem Anrufbeantworter blinkte. Georgina. Das war ganz sicher Georgina. Seit dem missglückten Ausflug zur Olympic Peninsula hatte sie sich regelmäßig sowohl bei ihrem Vater als auch bei ihrer Mutter gemeldet. Trotzdem hörte Franca nicht auf, sich um sie Sorgen zu machen. Besonders nach einem solchen Tag. In diesem Moment hätte sie Georgina am liebsten an sich gedrückt, wie sie dies oft getan hatte als sie noch ein süßes Baby war, dem man über die dunklen Löckchen streichen und auf dessen zarte Bäckchen man Küsse drücken konnte. Allerdings hatte Georgina schon ziemlich früh angefangen, zickig auf derlei Liebesbekundungen zu reagieren.

Franca schaltete den Anrufbeantworter ein. »Sonntag Abend, achtzehn Uhr siebzehn«, schnarrte die blecherne Automatenstimme, die von einer jugendlich-hellen Stimme abgelöst wurde. »Hi, Mammi. Ich bin's ... Hm, irgendwie echt blöd, dass ich mich jetzt andauernd bei dir und Papa melden soll. Also, hier ist der Rapport: Es geht mir gut. Debbie hat sich wieder eingekriegt. Ich hab versprochen, schön lieb und artig zu sein. Okay so?« Kurze Pause. Dann: «Kannst dich ja auch mal melden. Bist ja nie da. Also. Bye, Mammi.«

Bist ja nie da. Wie vertraut das klang. Und wie vorwurfsvoll. Mammi hatte Georgina sie nie genannt. Immer nur Mama. Na ja, so ein Auslands-Aufenthalt färbte ab. Sie musste lachen, als sie daran dachte, welches Kauderwelsch sie damals in Seattle gesprochen hatte. Weil David darauf bestand, besser Deutsch lernen zu wollen, unterhielten sie sich hauptsächlich in ihrer Sprache. Aber es blieb nicht aus, dass ab und zu amerikanische Brocken dazwischen rutschten. Sie seufzte. Was war sie verliebt gewesen in den gut aussehenden schwarzhäutigen Medizinstudenten! Wieso gingen solche Dinge nur immer vor der Zeit zu Ende? Ohne dass man genau erklären konnte, weshalb.

Auf einmal war ihr Bedürfnis übergroß, mit ihrer Tochter zu sprechen. Ihre Nähe zu spüren, zumindest ihre Stimme zu hören. Sie sah auf die Uhr. In Seattle war es jetzt elf Uhr morgens. Da müsste sie Glück haben, sie zu erwischen. Sie wählte Debbies Nummer. Kylie war dran. »Wait a moment, Auntie«, sagte sie. Im Hintergrund war Gemurmel zu hören. Dann sagte eine vertraute Stimme: »Hallo, Mammi!«

»Hallo, meine Süße. Du klingst, als ob du hier nebenan wärst.«

Georgina sagte nichts, Franca hörte nur ihren Atem. »Geht's dir auch wirklich gut, meine Kleine?«

»Klar«, antwortete ihre Tochter knapp. Sonst begann sie immer sofort loszusprudeln. »Moment.« Schritte zeigten an, dass sie sich beim Sprechen bewegte. Eine Tür schnappte zu. »So, jetzt bin ich in meinem Zimmer und wir können reden. Also, was willst du wissen?«

»Wie kommst du zurecht?«

»Gut.«

»Ich meine, mit Kylie und Debbie.«

»Kylie ist okay. Wir haben viel Spaß. Gestern haben wir Marshmellows gebraten. Hast du so was schon mal gegessen?«

»Gebratene Marshmellows?« Sofort hatte Franca den bitteren Geschmack von verbranntem Zuckerzeug auf der Zunge. Gleichzeitig sah sie junge, lachende Menschen um ein Lagerfeuer sitzen, die Stöckchen mit aufgespießten Marshmellows ins Feuer hielten. »Na ja. Nicht ganz mein Fall.« Sie hatte nie verstanden, wie so etwas auch nur irgendjemand schmecken konnte.

»Debbie mag sie auch nicht.« Es klang so wie: Erwachsene leben eben in einer anderen Welt.

»Was sagt Tante Debbie denn so? Hat sie euch euren Ausflug sehr übel genommen?«

Georgina lachte verhalten. »Na ja. Wie man's nimmt. Anfangs war sie stocksauer. Jetzt hat sie sich wieder einigermaßen eingekriegt. Ich hab ihr klar gemacht, dass ich mir von ihr nicht alles gefallen lasse. Vielleicht hat sie ja was kapiert.«

Franca konnte sich lebhaft vorstellen, wie Georgina gegen ihre Schwägerin angeredet hatte. Im Argumentieren war ihre Tochter schon immer ein Ass gewesen. Auf alles fiel ihr eine Ausrede ein. In Nullkommanichts konnte sie ihr Gegenüber mundtot machen. Diese Fähigkeit hatte nicht nur Franca des Öfteren zur Verzweiflung gebracht, sondern auch so manchen Lehrer.

»Inwiefern sollte sie was kapiert haben?«, wollte Franca wissen.

»Na, die hätte uns beide doch am liebsten ständig mit dem Babyphon überwacht. Kylie hat nie dagegen aufgemuckt. Jetzt erlaubt uns Debbie schon mal, bis halb zehn Uhr wegzugehen. Ist zwar auch nicht die Welt. Aber wenn man bedenkt, dass wir vorher immer um Acht auf der Matte stehen mussten ... Und wehe, wir kamen eine Sekunde später.«

Franca mochte dies nicht kommentieren.

»Mama?« Auf einmal kicherte Georgina. So wie früher. Wenn sie etwas beichten wollte.

»Ja?«

»Ich hab mir ein Tattoo machen lassen.«

Franca spürte die Provokation, die von diesen Worten ausging. Ruhig bleiben, mahnte sie sich. »Was ist es denn?«, fragte sie sachlich.

»Eine rote Rose. Dort, wo niemand sie sieht. Nur besondere Menschen.« Die Provokation ging weiter. Sie konnte den

Widerhall ihrer eigenen Worte hören. Schließlich hatte Franca ihrer Tochter oft genug erzählt, dass die tätowierte Schlange an ihrem Busen nur besondere Menschen sehen dürften.

»Und Kylie? Hat die auch eins?«, lenkte sie ab. Wenn, dann würde sie von Debbie aber was zu hören bekommen.

»Die hat sich nicht getraut.«

»Aber du hast dich getraut?«

»Ja. Klar.« Trotzig.

»Und. Was sagt Debbie zu deinem Tattoo?«

»Ich hab doch gesagt, nur besondere Menschen können die Rose sehen.«

»Sie weiß es also nicht?«

»Nein.«

»Na, dann ist doch alles okay.«

»Alles okay?« Das erklang nun ziemlich erstaunt. »Du schimpfst überhaupt nicht?«

»Sollte ich denn?«

»Na ja, Mütter schimpfen doch immer, wenn Töchter so was machen. Weil man es doch ein Leben lang behält.«

»Ich bin eben nicht wie andere Mütter.«

Georgina lachte auf. »Ja, ich weiß. Trotzdem.«

»Außerdem hab ich nicht vergessen, dass ich selbst ein Tattoo habe.«

»Schon. Aber du hast auch immer gesagt, so was würdest du nie wieder machen.«

»Nun ja, es ist eine Entscheidung, die du bewusst getroffen hast. Und du weißt ja, dass so was nicht mehr rückgängig zu machen ist. Immer und ewig wird jetzt eine rote Rose deinen süßen Po zieren.«

Georgina kicherte. »Du fällst aber auch auf alles herein.«

»Wieso?«

»Es ist doch nur eins von diesen abwaschbaren Tattoos. Ich wollte es bloß mal ausprobieren. Und hören, wie du drauf reagierst.«

»Jetzt bin ich aber doch erleichtert«, gab Franca ehrlich zu.

»Das hab ich mir gedacht. – Und wie läuft's bei dir so? Viel zu tun?«, erkundigte sich ihre höfliche Tochter.

»Nun ja, wie immer.« Sofort stand das Bild des toten Mädchens wieder vor ihren Augen. »Ich bin jedenfalls froh, dass es dir gut geht, Gina«, sagte sie weich. Im Stillen fügte sie hinzu: Ich bin heilfroh, dass du von Debbie behütet wirst, auch wenn sie es manchmal mit dem Beschützen übertreibt. Aber das ist immer noch besser als tödlich verletzt hinter irgendeinem Dornbusch zu liegen.

»Mama, du weißt, dass ich es nicht leiden kann, wenn du mich Gina nennst.« Der alte zickige Tonfall. Doch ihre Tochter schwenkte gleich wieder um. »Hier nennen mich alle Georgie. Das finde ich echt cool. Überhaupt, Amerika ist ein echt cooles Land. Die Leute sind alle so freundlich und nett.«

»Das freut mich. Diese Erfahrung hab ich übrigens auch gemacht. Dass die Amerikaner freundlich und nett sind.« Ganz im Gegensatz zu dem Bild, das man in Deutschland gern von ihnen malt.

»Mammi, ich hab dich lieb.«

»Ich dich auch, meine Süße. Lass es dir weiter gut gehen.«

»Ganz bestimmt.«

»Und ärgere die arme Debbie nicht allzu sehr.«

Ein kurzes Auflachen. Noch zwei Küsschen. Dann hatte sie aufgelegt. Ihre fünfzehnjährige Tochter war gut aufgehoben, sie wurde beschützt und geliebt. Franca brauchte sich keine Sorgen um sie zu machen. Wirklich nicht.

Sie duschte schnell und zog sich frische Sachen an. Dann fuhr sie zurück nach Winningen.

Den Angehörigen die schlimme Nachricht überbringen, sah sie als ihre Aufgabe an. Hinterhuber sollte wenigstens den Rest seines Hochzeitstages mit seiner Frau verbringen. Aber so wie sie war, in den Sportklamotten, hatte sie Hannahs Mutter nicht unter die Augen treten wollen. Herrn Bick und den Polen war eingeschärft worden, vorerst nichts auszuplaudern. Sie wusste, dass eine Nachricht wie diese sich in dem Dorf ausbreiten würde wie ein Lauffeuer.

Es war bereits dunkel, als sie vor dem Löwenhof hielt.

Nachdem Franca mehrmals den Türklopfer über dem messingfarbenen Löwenkopf betätigt hatte, erschien am Fenster die Gestalt einer Frau. »Komme gleich. Ganz kleinen Moment.« Im Inneren hörte man schwere Tritte. Dann wurde die Tür geöffnet. »Ja, bitte?« Die Frau machte ein freundliches Gesicht. Offensichtlich hatte sie tatsächlich nichts von dem Polizeieinsatz oben in den Weinbergen mitbekommen. Sie war groß und dick. Auf ihrer rechten Wange prangte ein auffälliges Feuermal, das sie mit Make-up zu überdecken versucht hatte.

»Frau Lingat?« Francas Mund war trocken. Sie hasste solche Momente. Weil sie sie so hilflos machten. »Marion Lingat?«

Die Frau schüttelte den Kopf. »Marion ist meine Schwester. Ich bin Irmtraud. Marion ist nicht im Haus.« Ihr Lächeln wurde unsicher. »Worum geht's denn? Vielleicht kann ich Ihnen ja auch weiterhelfen.«

»Mein Name ist Franca Mazzari. Dürfte ich einen Moment reinkommen?«

»Gern.« Sie drehte sich um und lief voraus. Während Franca ihr durch den schlecht beleuchteten Flur folgte, dachte sie: Was für ein furchtbares Sackkleid die anhat. Vielleicht würde sie nicht ganz so dick wirken, wenn sie sich vorteilhafter kleidete.

Sie nahmen im Wohnzimmer Platz. Ein Zimmer, das vollgestellt war mit dunklen Möbeln und aussah, als ob dort nie ein Mensch wohnte. So was hatte es in ihrem Elternhaus auch gegeben. Die gute Stube, die man nur benutzte, wenn Besuch kam. Auf einem runden Tisch lag eine Häkeldecke, darauf stand ein Strauß Lilien in einer silbernen Vase. Beim näheren Hinsehen erkannte Franca, dass es künstliche Lilien waren. Blumen, die keinen Dreck machten und deren Wasser man nicht auszutauschen brauchte. Blumen, die ewig lebten. Oder ewig tot waren. Je nachdem, aus welchem Blickwinkel man dies betrachtete.

Die dicke Frau sah immer noch freundlich abwartend aus.

»Frau Lingat. Ich bin von der Kriminalpolizei Koblenz.«

»Kripo?« Maßloses Erstaunen. »Aber was ... ist etwas passiert?« Sie runzelte die Stirn.

»Gibt es eine Möglichkeit, Ihre Schwester zu erreichen?«

Die dicke Frau ließ Franca nicht aus den Augen. »Sie sagt uns nie, wo sie ist.«

»Hat sie kein Handy?«

Irmgard Lingat schüttelte den Kopf.

»Wann wird sie ungefähr nach Hause kommen?«

Die Frau hob die runden Schultern. »Keine Ahnung. Vielleicht noch vor Mitternacht, vielleicht auch danach. Das kommt ganz drauf an.«

Franca räusperte sich. «Es tut mir sehr leid, Frau Lingat. Dann sind Sie die Erste, die es erfährt. Oben in den Weinbergen haben wir Ihre Nichte Hannah gefunden. Sie ist tot.«

»Wie?« Die Frau sah aus, als ob sie nicht recht verstünde. Sie lächelte. Es sah dümmlich aus. Als ob Franca etwas gesagt hätte, das sie in keiner Weise etwas anginge. »Wie meinen Sie das?«

»Hannah ist von einer Mauer hinunter in ein Gebüsch gestürzt. Wir wissen noch nicht genau, wie es passiert ist.«

»Nein«, sagte Irmtraud Lingat und zog die Augenbrauen zusammen. Ihr Doppelkinn zitterte. Auf einmal kam Leben in sie. »Nein. Das kann gar nicht sein. Hannah ist doch ...«

Sie schüttelte heftig den Kopf. Blinzelte. Überlegte wieder. »Sie meinen …?«

Langsam schien sie zu begreifen. Franca sah es an dem Entsetzen, das sich in ihren geweiteten Augen einnistete.

In diesem Moment klopfte es an der Tür. Ein älterer Herr kam herein. Die Frau stürzte sich auf ihn. »Hannah«, schrie sie. »Hannah. Unsere kleine Hannah«, während sie dem Mann in die Arme fiel. Er sah sichtlich verdutzt aus.

Die kreischende dicke Frau hing an ihm und er wusste offensichtlich nicht, wie ihm geschah. Unbeholfen hob er die Arme, hielt sie ein Stück hinter Frau Lingats Rücken in die Luft, als ob er nicht wagen würde, sie zu berühren. »Um Gottes Willen. Was ist denn mit Hannah?«

»Man hat sie oben in den Weinbergen gefunden. Tot.«

In diesem Augenblick ging eine Verwandlung mit dem Mann vor sich. »Nein!«, stieß er mit heiserer Stimme hervor. »Nein, nein.« Wie eine Formel wiederholte er das. »Neinneinnein.« Der Mann sah aus wie ein gehetztes Tier, das mitten im Lauf erstarrte. Tränen liefen ihm über die Wangen. Der gestutzte Schnurrbart über den farblosen Lippen zitterte. Von einer Sekunde zur anderen war er leichenblass geworden.

Der heult, dachte Franca. Ein ausgewachsener Mann, der sich die Augen ausheult. Und ich würde auch am liebsten heulen. Sicher ein naher Verwandter.

»Dürfte ich Sie nach Ihrem Namen fragen?«

Langsam fasste der Mann sich wieder. »Andreas Kilian. Ich bin Gast hier.«

Ein Gast? Und dann diese Bestürzung. Merkwürdig.

Er musste in Francas Gesicht gelesen haben. Und die richtigen Schlüsse gezogen haben. »Entschuldigen Sie, dass ich mich so habe gehen lassen«, sagte er steif. Sein Gesicht wirkte eingefallen. Das schüttere Haar hing in dünnen Strähnen herunter. Wie alt mochte er sein? Mitte Fünfzig? Oder bereits sechzig?

»Ich bin seit ein paar Wochen hier. Das Mädchen ist mir ans Herz gewachsen. Das trifft mich alles ... sehr.« Er kramte ein braun-weiß kariertes Stofftaschentuch aus seiner Hose und schnäuzte sich.

»Was ist passiert?«, erkundigte er sich. »Ein Unfall?«

»Wahrscheinlich ja.« Franca nickte. »Aber wir wissen es noch nicht mit Sicherheit. Wir haben das Gelände abgesperrt. Die Kollegen sind noch dabei, die Umgebung zu untersuchen.« Sie räusperte sich. »Wer von Ihnen hat Hannah zuletzt gesehen?«, fragte Franca und sah die dicke Frau an, die reglos mit hängenden Schultern dastand. Über die teigigen Wangen flossen Tränen. Ab und zu kam aus den Tiefen ein Schluchzer, der ihren mächtigen Körper zum Beben brachte.

»Sie hat mit uns allen zusammen Mittag gegessen«, sagte der Mann. »Nach dem Mittagessen bin ich mit ihr hoch in die Weinberge. Wir sind oft zusammen spazieren gegangen«, schob er sofort eine Erklärung nach, als wolle er durch die Beiläufigkeit dieser Bemerkung die darin enthaltene Brisanz entschärfen. »Unterwegs hat sie dann überraschend einen anderen Weg eingeschlagen. Sie sagte mir, dass sie sich noch mit jemandem treffen wollte. Im Brückstück. Worauf ich mich von ihr verabschiedete.«

»Sie wissen nicht zufällig, mit wem sie sich treffen wollte?«

Er schüttelte den Kopf. »Das hat sie mir nicht gesagt. Ich habe allerdings auch nicht danach gefragt. Sie war mir ja keine Rechenschaft schuldig.« Er strich sich über den Schnurrbart und warf Irmtraud Lingat einen Blick zu. Sein Mundwinkel zuckte.

»Wo genau haben Sie sich getrennt? Und wann war das?«

»Das muss so um zwei, halb drei gewesen sein. Wir sind zusammen durch den Domgarten gegangen. Am Heideberg hat sie sich dann verabschiedet.«

»Sind Sie danach direkt zurück zum Löwenhof gegangen?«

»Nein. Ich wollte mich noch ein wenig bewegen.« Er hatte eine sonore Stimme. Eine Tonlage, in der Onkel zu kleinen Kindern sprechen.

Franca ließ ihn nicht aus den Augen. »Hat Sie jemand gesehen?«

»Hören Sie auf!«, schrie Irmtraud Lingat mit einem Mal auf. Sie fasste sich an beide Schläfen. »Wieso reden Sie so mit ihm? Das hört sich ja an, als ob sie Herrn Kilian verdächtigen. Dabei sagten Sie doch, dass es ein Unfall war.«

»Es tut mir leid, wenn das so klingen sollte«, sagte Franca steif. »Bis jetzt ist weder erwiesen, dass es sich um einen Unfall handelt, noch dass es sich nicht um einen Unfall handelt. Wir müssen herausfinden, was genau Hannah in ihren letzten Lebensstunden unternommen hat. Und mit wem sie zusammen war. Erst dann können wir wissen, was passiert ist. Wenn Herr Kilian tatsächlich derjenige war, mit dem Hannah zuletzt zusammen war, dann sind solche Fragen einfach notwendig.«

Der Mann zeigte sich verständnisvoll. »Das verstehe ich vollkommen. Und wenn ich kann, helfe ich Ihnen selbstverständlich.«

»Hätten Sie ein Foto von Hannah? Ein möglichst aktuelles«, wandte sie sich an Irmtraud Lingat.

»Wir haben in letzter Zeit nicht so oft Fotos gemacht«, antwortete die Frau. »Ich weiß nicht, wann das letzte aufgenommen wurde.«

»Da kann ich Ihnen vielleicht aushelfen«, sagte der Mann zuvorkommend. »Ich habe bei meinen Exkursionen viel fotografiert und gefilmt. Weil Hannah mich oft dabei begleitet hat, ist sie auch manchmal mit drauf. Allerdings würde es ein wenig Zeit in Anspruch nehmen, die Bilder herauszusuchen. Ich habe nämlich sehr viel fotografiert. Aber bis morgen früh kann ich das gerne tun. Es handelt sich um digitale Aufnahmen. Die könnte ich Ihnen mailen.«

Seine übertriebene Hilfsbereitschaft wirkt fast so, als habe er ein schlechtes Gewissen, dachte Franca. »Was meinen Sie mit Exkursionen?«, erkundigte sie sich.

»Herr Kilian ist Schmetterlingsforscher«, erklärte die Dicke mit Stolz in der Stimme. »Er schreibt an einem Buch.«

»Dann sind Sie Biologe?«, wollte Franca wissen.

Er nickte.

»Wo sind Sie beschäftigt?« Bildete sie sich ein, dass er bei dieser Frage ein ganz klein wenig zusammenzuckte?

»An der Universität«, murmelte er.

»An welcher Universität?«

»Ich muss Mama Bescheid sagen.« Irmtraud fuhr sich über die Stirn. »Oh Gott, hoffentlich bekommt sie keinen Herzanfall.« Sie atmete schwer, riss die Arme hoch. Wie zwei lahme Flügel klappten sie wieder herunter. Auf einmal knickte die Frau um. Landete halb auf dem Sofa mit ausgebreiteten Armen und offenen Augen. Wie sie so da lag, erinnerte sie Franca an einen dicken braunen Käfer. Franca biss sich auf die Lippen. Sie konnte sich nicht helfen. Es war eher ein komisches als ein mitleiderregendes Bild.

»Was geht hier vor?« Eine ältere Dame stand in der Tür. Aufrecht wie ein Ausrufezeichen. Den Kopf mit dem schütteren rotbraun gefärbten Haar vorgestreckt. Lauernd wie ein Geier, der sich auf Aas stürzen will. »Kann mir das bitte mal jemand erklären?«

11

In den Fetthennenpolstern wimmelte es von schwarz behaarten Raupen. Mit einem kaum zu stillenden Hunger krochen sie durch die fleischigen nadelspitzen Blätter und fraßen und fraßen. Doch soviel sie sich auch einverleibten – satt waren sie noch lange nicht. Auf den Rücken trugen sie orange-gelbe Augen. Augen, die den Feind abschrecken sollten. Niemand störte die Raupen, während sie fraßen, sich häuteten und weiter fraßen. Als sie schließlich gesättigt waren, rollten sie sich zu dicken schwarzen Kugeln zusammen. Die Kugeln wiederum verwandelten sich in graue, unscheinbare Hüllen, aus denen schneeweiße Falter schlüpften. Fragile Wesen mit weißen, schwarzgepuderten Flügeln und orangeroten Flecken. All dies geschah im Zeitraffertempo, das die Zeiten ineinander fließen ließ. Ein kleiner Junge hielt ein Bilderbuch in der Hand. Auf bunten Seiten lächelten ihm Elfen mit menschlichen Gesichtern und Schmetterlingsflügeln entgegen. Und Fühlern so zart wie eine Daunenrispe.

»Du hast einen Wunsch frei«, flüsterte die Zauberfee dem Jungen zu. »Was immer du dir wünschst, ich werde es dir erfüllen.« In einer der Elfen erkannte er Hannah. Sie klimperte mit dichtbewimperten Lidern über aquamarinblauen Augen. Ihre kleine Zunge schnellte zwischen rosa Lippen hervor, eine zarte Hand schloss sich um die seine. Führte sie an ihren Körper. Lächelnd. »Komm doch«, flüsterte sie. »Ist es nicht das, was du dir wünschst?«

Das Bild zerstob. Im nächsten Moment waren ihre Augen tot. Leblos lag das Mädchen in seinen Armen. Voller Angst schüttelte er sie. Bedeckte ihr Gesicht mit Küssen. Hannah, Hannah, wach auf. Du sollst mich nicht so erschrecken! Wach doch bitte, bitte auf!

Jäh schnappte er nach Luft und fasste sich an die schmerzende Brust. Die Schlafanzugjacke war schweißnass. Sein Herz hämmerte wild. In seinem Kopf jagte eine Explosion die nächste.

Hannah, Hannah, hallte es wider. Ein schier unerträgliches Echo.

Gleichzeitig breitete sich dieses schreckliche Verstehen in ihm aus: Hannah ist tot. Nie wieder wirst du ihre Hand spüren. Nie wieder wirst du ihre Haut streicheln, ihren Mund küssen können. Diesen schrecklich süßen verheißungsvollen Mund.

Mit einem furchtbaren Engegefühl in der Brust lag er im Bett und starrte in die Dunkelheit. Die Hände um die Bettdecke gekrampft. Erinnerungen stürmten auf ihn ein, die ihn in ihrer Plastizität fast erdrückten. Seine erste Nacht in diesem Bett. Als er bemerkte, wie sich sein Glied zu regen begann, sobald er an Hannah dachte. Eine Erektion, ebenso angenehm wie schmerzhaft. Ein Druck, den er loswerden wollte. Schließlich setzte er sich auf. Ging im Zimmer umher. Als er den Vorhang zur Seite schob, sah er, dass draußen am nachtschwarzen Himmel ein kalter Mond hing.

Alles schien sich zu wiederholen.

Damals war er über den Gang hinüber auf die Toilette getappt. Ohne Licht zu machen, hatte er im Stehen gepinkelt. Zurück auf dem Flur lauschte er in die Stille. Hannahs Zimmer lag ein Stockwerk tiefer am Ende des Flurs. Bevor er sich richtig im Klaren über sein Tun war, schlich er bereits die Treppe hinunter. Das Holz knarrte. Er versuchte, so wenig Lärm wie möglich zu machen. Zögernd stand er vor ihrer Tür. Drückte vorsichtig die Klinke. Die Tür war nicht abgeschlossen.

Das Mondlicht schien zum Fenster herein und tauchte das Innere des Zimmers in ein diffuses Licht. Seine Augen hatten sich an die Dunkelheit gewöhnt. Er konnte ihre Silhouette sehen. Sie lag auf dem Bauch, das Haar verwuschelt auf das Kissen gebreitet. Die Bettdecke war halb heruntergerutscht. Sie trug nur ein kurzes Hemdchen. Darunter lugten ihre Pobacken hervor.

Es war einer jener Augenblicke, auf die er sein ganzes Leben lang gewartet zu haben schien. Der ihn für alles entschädigte. Das Blut stieg ihm in den Kopf. Er stand da, die Hand im Schritt. Fest auf sein Glied gepresst. Und wagte nicht, sich zu regen. Stundenlang hätte er so stehen können. Und auf das Bett starren, in dem sie lag. Sein kleines Püppchen mit den zarten Gliedern.

Hannah bewegte sich. Ein kleines schmatzendes Geräusch trat über ihre Lippen.

Urplötzlich tauchten orangegelbe Feueraugen aus der Dunkelheit auf. Augen, die ihn anstarrten. Augen, die ihn anklagten. Er löste sich aus seiner Erstarrung.

Schämst du dich nicht? Schämst du dich denn gar nicht?

Vorbei war der wundervolle Augenblick. Aus und vorbei. War er denn von allen guten Geistern verlassen? Hatte er noch alle sieben Sinne beisammen? Was, wenn Hannah aufwachte und ihn neben ihrem Bett stehen sah? Was, wenn ihn irgendjemand beobachtet hatte, wie er in ihrem Zimmer verschwunden war?

Leise zog er die Tür hinter sich zu. Wie ein geprügelter Hund schlich er den Gang entlang die Treppe hinauf in sein Zimmer. Legte sich ins Bett und deckte sich zu. Aber gegen die Bilder konnte er sich nicht wehren. Sobald er die Augen schloss, sah er sie wieder. Die runden nackten Pobacken. Das schlafende Gesicht. Den verheißungsvoll offenstehenden Herzmund.

Ein Gedankenfilm, der schmerzte. Auch, weil er sah, wie

sich ein schweres Gewicht auf dieses Zarte legte und ihren kleinen Körper zu erdrücken drohte.

Von draußen ertönte ein langgezogener Klageruf. Rollige Katzen im Liebeskampfgeschrei. Lang anhaltend und wehklagend. Im Tierreich war dies nichts Ungewöhnliches. Paarung und Kampf gehörten von jeher eng zusammen. Seine Finger tasteten zwischen den Beinen entlang. Mit dem Bild der schlafenden Hannah im Kopf gelang es ihm endlich, sich Erleichterung zu verschaffen. Das Gefühl, ihr nahe gewesen zu sein breitete sich in ihm aus. Danach war sein Kopf leer und er fiel in einen traumlosen Schlaf.

Nun war er hellwach.

Hannah. Kleine süße Hannah. Ein Echo und der verzerrte Nachhall eines Echos, das kein Ende nehmen wollte. Der Schmerz durchfuhr ihn wie ein Dolchstich. Man hatte ihre Leiche in den Weinbergen gefunden. Hinter einem dornigen Heckenrosenbusch. Mit zertrümmertem Schädel. Er spürte, wie sein Puls raste und wie seine Zunge am Gaumen klebte. Zusammen mit dem sich regenden Tier in seinem Inneren war auch das andere altbekannte Verlangen wieder gekommen. Der Drang, etwas Hochprozentiges trinken zu müssen. Auf der Stelle. Er versuchte, es zurückzudrängen, sich abzulenken. Er hasste diesen Menschen mit seinem furchtbaren Verlangen. Er hatte geglaubt, ihn besiegt zu haben. Doch er war lebendig in ihm wie eh.

Der misstrauische Blick dieser Polizistin war ihm nicht verborgen geblieben. Ein Blick, der ihm aus seinem früheren Leben nur allzu bekannt war. Ebenso wie die penetranten Fragen, die sie nicht müde wurde, herunterzubeten. Es war eine leicht durchschaubare Taktik, die ihn verunsichern sollte. Sie hielt sich für besonders schlau, diese Polizistin. Aber er war ihr nicht auf den Leim gegangen.

Und Irmchen, dieses einfältige Irmchen. Wie sie ihn verteidigt hatte. Das war etwas, was er dieser unsicheren Frau niemals zugetraut hätte. Regelrecht über sich hinausgewachsen war sie. Dabei wusste sie nichts. Gar nichts.

Er dachte, es sei eine gute Idee, der Polizistin die Bilder von Hannah anzubieten. Wie ein Terrier hatte sie sich an ihm festgebissen und immer wieder nachgebohrt. Keine Ruhe gegeben, bis er alle ihre Fragen beantwortet hatte. Er war ziemlich sicher, dass sie Erkundigungen über ihn einziehen würde. Zu dumm, dass er die Sache mit der Mainzer Uni erwähnt hatte. Er hätte etwas anderes sagen sollen. Dass er freiberuflich tätig war. So etwas war heutzutage für einen Mittfünfziger nicht ungewöhnlich. Aber das war ihm auf die Schnelle nicht eingefallen. Er fasste an seinen dröhnenden Kopf. Es war, als ob er die Schläge abbekommen hätte, die auf Hannahs Kopf niedergeprasselt waren.

Im Dunkeln tastete er nach dem Wecker auf dem Nachttisch und bediente die Zifferblattleuchte. Seinem Gefühl nach zu urteilen musste es mitten in der Nacht sein. Kurz nach vier Uhr. Er ließ sich zurück in die Kissen gleiten und wusste nicht, wie er den Rest der Nacht überstehen sollte. In seinem Mund war ein widerlicher Geschmack. Das Verlangen, den Schmerz zu betäuben, war unglaublich groß. Er spürte, wie ihm der Schweiß von neuem ausbrach und seinen zitternden Körper bedeckte. Und dieses Hämmern im Kopf wollte einfach nicht aufhören. Er sehnte sich nach gnädigen Geistern, die die schrecklichen Bilder in seinem Kopf verjagten. Er bemühte sich, die lebendige Hannah heraufzubeschwören. Sein Hirn war eine Festplatte. Nur die schönen Bilder wollte er abrufen. Da war sie! Ganz deutlich. Es erregte ihn, als er sie sah. Ihren schlanken Körper. Ihr unschuldiges Gesicht. Er sehnte sich nach den gestohlenen Augenblicken der letzten Wochen, nach den Empfindungen, die ihm sein Leben zurückgegeben hatten. Seine Lebendigkeit. Er hatte sich als Mensch gespürt. Als jemand, der begehrte.

Dem man vertraute. Nach all den Jahren der Erniedrigung und des Dahinvegetierens.

Die schönen Bilder reihten sich in seinem Kopf aneinander. Hannah, die neben ihm herlief. Die in den Himmel deutete und ihn fragte, was er aus den Wolken herauslas, die sich über ihnen bauschten und die Sonne verdeckten. Die ihn auf die Besonderheiten der Landschaft aufmerksam machte. Wie sie mit Stolz in der Stimme Namen von seltenen Pflanzen und Tieren aufzählte, die in der sonnenbeschienenen Terrassenlandschaft der Untermosel heimisch waren. Zippammer, Sattelschrecke, Smaragdeidechse. Nicht zu vergessen die Feinde des Apollofalters: Sichelwanze und Springspinne. Manchmal war es ihm geradezu unheimlich, wie unglaublich viel sie in ihrem kleinen Köpfchen gespeichert hatte. Und dann fiel ihm ein, wie viel sie sich noch vom Leben erhofft hatte.

Ihr Berufswunsch war noch nicht ganz ausgeprägt gewesen. Nicht nur die Biologie, auch die moderne Medizin hatte sie fasziniert.

»Es gibt so vieles, das mich interessiert«, hatte sie gesagt. »Es muss toll sein, Menschen zu heilen, die sehr krank sind. Vielleicht hat man dann ein Heilmittel gegen denKrebs gefunden, wenn ich mit dem Studium fertig bin.«

Wie sie auf das Thema Krebs komme, wollte er wissen. Ob sie damit Erfahrung habe?

Sie nickte ernst. »Außer Irmchen hatte ich noch eine Tante. Edelgard. Die mittlere Schwester. Sie hat gemalt. Hauptsächlich Landschaften. Von ihr stammen die Bilder in deinem Zimmer.« Hannah senkte die Stimme. »Vor ungefähr zwei Jahren ist sie an Krebs gestorben. Viel zu jung.«

»Das tut mir leid.«

»Mir auch.« Sie nickte ein paar Mal. Über ihren Augen lag ein Schleier. »Ich hab sie sehr gemocht, die Tante Edelgard. Sie konnte nicht nur malen, sondern auch wunderschöne Geschichten erzählen. Schade, dass sie sie nie aufgeschrieben hat. Jetzt sind sie für immer verloren. Ich hab oft bei ihr gesessen, als sie schon sehr krank war und kaum noch aufstehen konnte. Das war eine schlimme Zeit. Wie oft habe ich mir gewünscht, ich könnte ihr helfen. Abrakadabra – zack, ist sie wieder gesund. Wie der Zauberer im Märchen. Das wäre toll gewesen. Leider hat es nicht geklappt. Manchmal ertappe ich mich noch immer dabei, wenn ich denke: Das erzähle ich Tante Edelgard. Und im gleichen Augenblick fällt mir dann ein, dass sie ja gar nicht mehr da ist.«

Damals hatte er genau verstanden, was sie meinte. Und heute wusste er es noch besser. Nun, da Hannah nicht mehr da war.

Manchmal hatte er das Gefühl gehabt, in ihren Kopf kriechen zu können. Sie waren sich so nah gewesen, wie sich zwei Menschen nur sein können.

»Hat deine Tante auch bei euch auf dem Weingut gelebt?«, hatte er Hannah gefragt

»Nein«, sie schüttelte den Kopf. »Sie hat unten im Dorf gewohnt. In der Nähe der Kirche. Mein Onkel und meine Cousinen wohnen noch da. Aber zu denen habe ich nicht so einen guten Kontakt.«

Er sah Hannah, wie sie einem Apollofalter nachhaschte. Wie sie eins wurde mit der Fee aus seinen Kinderbüchern. Diesem fragilen Wesen aus einer anderen Welt.

Das Tier in ihm rumorte. Gab keine Ruhe. An Schlafen war nicht zu denken. Er stand auf und schaltete den Laptop ein. Gab das Passwort ein. Verband seine Filmkamera mit dem Laptop und starrte auf den Bildschirm. Das Gerät surrte. Reihte Bilder aneinander.

Schnurgerade Rebzeilen hoch über der Mosel. Terrassen wie angeklebte Schwalbennester auf steil abfallenden Felshängen. Der Lärm eines Flugzeugs hoch oben am Himmel. Bevor Hannah ins Bild tritt, hört man ihr helles Lachen. Ein jungmädchenhaftes Giggeln. Dann ist sie da. Lachend.

Unbeschwert. Sie trägt Jeans und Turnschuhe. Giggelt wieder, wehrt ab. Schneidet Grimassen, streckt die Zunge heraus. Dreht ihm eine Nase.

Dann hört man sie sprechen. »Ach, lass das doch.« Sie sieht verlegen aus. Ein lebendiges Mädchen. Ein lebendiges vierzehnjähriges Mädchen.

Ihr ovales Kindergesicht erscheint in Großaufnahme. Er schaltet auf Zeitlupe. Ein Lidschlag ihrer dichtbewimperten Augen. Wie der Flügelschlag eines Schmetterlings. Fast kann er die Poren ihrer Haut sehen. Eine reine Haut ohne jeden Pubertätspickel. Und ohne jede Schminke. Der zarte Hals. Das flirrende Licht in ihrem Haar. Die glänzenden Lippen, die sich langsam zu einem Kussmund formen. Der ihm gilt.

Schnitt.

Jetzt streicht sie sich die Haare aus dem Gesicht. Lockiges zimtfarbenes Haar, das sie zu zwei Zöpfchen geflochten hat, aus denen sich dünne Strähnchen lösen. Die wehen ihr ins Gesicht. Sanft gerundete Schulterflügel, nur von einem schmalen Träger ihres Hemdchens bedeckt. Im Ohrläppchen trägt sie einen kleinen goldenen Stecker, in dem sich ein Sonnenstrahl verfängt. Bei diesen Aufnahmen hat sie sich unbeobachtet gefühlt. Sie haben einen ganz besonderen Reiz. Ihre Zunge schnellt hervor. Streift über die Lippen. Befeuchtet sie.

Sie hatte ihm von einem Jungen erzählt, der sie hartnäckig umschwärmte. Jemand aus ihrer Klasse, von dem sie aber nichts wollte. »Ich mag ihn schon. Als Freund. Aber nicht so ...« Ernsthaftigkeit in der Stimme. »Ich brauche jemanden, mit dem ich mich unterhalten kann. Richtig unterhalten, meine ich. So wie mit dir.« Dann hatte sie ihn, Kilian, angesehen.

Er drückte auf »Standbild«.

Hannah sieht ihm in die Augen. Halb lächelnd, halb fragend. Ein sehnsüchtiger Blick. Er starrt ihr Bild an. So lange, bis er es nicht mehr ertragen kann. Er lässt die Taste wieder los. Hannah löst sich aus der Erstarrung. Ist wieder lebendig. Ein junges Mädchen, das kichert und lacht.

»Der Stein ist ganz warm. Fühl mal, wie der Schiefer die Sonne speichert.« Sie neigt den Kopf. Ein Zöpfchen berührt die sanft gerundete Schulter.

Schnitt.

Dann eine Aufnahme von hinten. Wie sie läuft. Wiegende Schritte. Das leise schlappende Geräusch ihrer Zehenschuhe. Flip-Flops. So nennt sie die Schuhe. Sein Objektiv ist auf ihre Hinterbacken gerichtet.

Schnitt.

Sie trägt einen pinkfarbenen Bikini. Das Oberteil flach, der Po rund. Sie liegt im Garten auf einer Decke und sonnt sich. Ruhend in sich, eingesponnen in ihre eigene Welt. Sie merkt nicht, dass sie gefilmt wird.

Damals setzte sein Atem aus, als er zur Kamera griff. Auch jetzt hält er wieder den Atem an. Er weiß, was kommt. Auf der nächsten Bildfolge hat sie das Bikinioberteil abgestreift. Dann sieht sie ihn an. Den Kopf geneigt, mit diesem lockenden Blick. Das kleine Biest. Sie wusste genau, was ihr entblößter Oberkörper in ihm auslöste. Keine Angst, sagen ihre Augen. Das ist unser Geheimnis. Unser süßes kleines Geheimnis.

Diese Bilder wird er niemandem zeigen. Sie sind sein Eigentum. Sie gehören ihm. Und sie gehen niemanden etwas an.

Gebannt sieht er auf den kleinen Nabel, der sich in den flachen Bauch drückt, das winzige Höschen darunter.

Mimikry, denkt er. Nicht nur Schmetterlinge beherrschen die Kunst der Verstellung. Die sie einnehmen, wenn sie nicht gefressen werden wollen.

Abbruch. Schwarzes Geflimmer.

Der Zauber war verflogen. In die schier unerträglichen

Gefühle von Lust und Gier mischte sich der Schrecken der Erkenntnis, dass das die letzten Zeugnisse von der lebenden Hannah waren. Es wird keine weiteren Bilder mehr geben. Er schaltete den Laptop wieder aus. Legte sich zurück ins Bett.

Unruhig wälzte er sich in den Laken. Erinnerte sich an eine ferne Bedrohung. Etwas, das sie erwähnt hatte. Etwas, das mit Vertrauen zu tun hatte.

Das Tagebuch!, schoss es ihm plötzlich durch den Kopf. Irgendwann hatte sie erwähnt, dass sie Tagebuch führte. Und dass er da öfter vorkäme. Aber sie habe es gut versteckt. Er könne ihr vertrauen. Dabei hatte sie verschmitzt gelacht.

Was, wenn sie alles aufgeschrieben hat? Vielleicht hatte diese Polizistin das Tagebuch bereits gefunden. Schließlich hatte sie Irmchen darum gebeten, einen Blick in Hannahs Zimmer werfen zu dürfen. Aber dann hätte ihn diese Frau Mazzari doch sofort befragt. So wie die aussah, ließ sie so schnell nicht locker.

Panik erfasste ihn. Er musste Hannahs Tagebuch finden! Hastig stand er wieder auf. Ging hinaus in den Flur. Alles war ruhig. Leise schlich er hinunter bis vor Hannahs Zimmer. Sah sich vorsichtig um. Es war kein Siegel angebracht, wie er erst befürchtet hatte. Die Klinke gab nach. Das Zimmer war unverschlossen. Es sah so aus, als ob Hannah jeden Moment zurückkäme, um in ihr Bett zu schlüpfen.

Im Schein der kleinen Nachttischleuchte begann er, die Schubladen ihrer Kommode aufzuziehen. Wie ein Einbrecher kam er sich vor. Einer, der unerlaubt Dinge durchwühlte. Im Grunde genommen war es auch so. Da lag ihre Unterwäsche auf kleinen Stapeln. Winzige Höschen. Mit Blümchen- und Tieraufdrucken. Er tastete sich durch jede Schublade. Achtete darauf, nicht allzu viel Unordnung zu machen.

In der Kommode war es nicht. Er öffnete ihren Kleiderschrank. Unzählige beklebte Schuhkästen standen auf dem

Innenboden. Einen nach dem anderen nahm er heraus. Ein ganzes Mädchenleben fiel ihm entgegen. Fotos, Zettelchen, Schulhefte. Plüschige Schlüsselanhänger. Davon hatte sie eine größere Sammlung. Zeitungsausschnitte. Krimskrams.

Ein Tagebuch war hier nicht zu finden. Einer der Schuhkästen war beklebt mit glänzenden roten Herzen. Er hob den Deckel an. Mehrere vertrocknete Rosen lagen darin, die zwischen seinen Händen zerbröselten. Ein Stapel eng beschriebener Blätter. Es war nicht Hannahs Schrift. Flüchtig überflog er die Zeilen. Kindliche Liebesbriefe von irgendeinem Bärchen. Er legte sie wieder in die Schachtel zurück.

Seine Hände zuckten. Wühlten weiter, gruben. Langsam wurde er ungeduldig. Irgendwo musste dieses verdammte Buch doch sein! Etwas fiel dumpf zu Boden. Erschrocken hielt er inne. Lauschte in das dämmerige Zimmer.

Schließlich räumte er alles wieder zurück in den Schrank und setzte sich auf das Bett. Wo, verdammt noch mal, würde ein junges Mädchen sein Tagebuch verstecken? Er musste es unbedingt finden. Bevor es in die Hände dieser Polizistin fiel.

12

Egal wie früh Franca das Büro betrat, Hinterhuber war schon da. Geschniegelt mit einem seiner glattgebügelten Hemden und seiner unvermeidlichen Krawatte mit dem aufgestickten Edelweiß saß er am Computer und schaute konzentriert auf den Bildschirm. Seine Finger schlugen auf die Tastatur ein.

Als sie die Tür hinter sich schloss, sah er kurz auf und lächelte ihr zu.

Sie gähnte. Es war spät geworden in der vorigen Nacht. Sie wollte es sich nicht nehmen lassen, Marion Lingat persönlich die Todesnachricht zu überbringen. Während sie warteten, hatten Irmtraud Lingat und deren Mutter einiges über das Mädchen erzählt. Nett sei sie gewesen. Fröhlich. Hilfsbereit. Und überhaupt keine Probleme habe es mit ihr gegeben. Keine typische Pubertierende wie andere Mädchen in ihrem Alter. Darüber waren sich Tante und Großmutter einig. Beiden ging alles sehr nahe, sie schienen in besonderer Weise an Hannah gehangen zu haben.

Kurz vor eins kam Marion schließlich nach Hause. Beschwipst und in bester Laune trat sie zur Tür herein. Völlig arglos. Lächelnd und mit fragendem Gesichtsausdruck hatte sie auf die versammelten Personen gestarrt. Dann war sie bleich geworden wie die Wand. Hatte sich nur noch mühsam aufrecht gehalten. Kein Wort kam mehr über ihre Lippen. Weder schluchzte noch weinte sie. In dem Moment, als sie vom Tod ihrer Tochter erfuhr, war ihr Gesicht zu einer Maske erstarrt. Unheimlich war das. Franca lief es noch jetzt eiskalt den Rücken hinunter, als sie daran dachte.

»Irgendwas Neues?«, fragte sie Hinterhuber.

»Bis jetzt noch nicht. Außer, dass der Chef schon seit Stunden auf einen detaillierten Bericht wartet.«

Sie lachte. »Das ist in der Tat nichts Neues. Von den Technikern ist noch nichts gekommen?«

»Franca. Es ist Montag Morgen.«

»Hätte ja sein können.«

Als sie an ihm vorbeiging, um sich einen Espresso aufzusetzen, wehte ihr ein merkwürdiger Duft entgegen. Sie schnupperte. Orchideen oder Wildrosen. Jedenfalls süßlich.

»Wonach riecht es denn hier?«, fragte sie.

»Wieso?« Er sah vom Bildschirm hoch.

»Kommt das etwa von deinen Kakteen?«

Hinterhuber widmete sich mit Leidenschaft seiner Kakteensammlung. Zu Hause hatte er etliche entsorgen müssen, weil sie überhand nahmen. Nun zierte eine beträchtliche Galerie die beiden schmalen Fensterbänke ihres gemeinsamen Büros. Auch auf den Schränken standen einige Töpfe.

Auf ihre Frage, was er an diesen Dingern denn fände, hatte er lächelnd geantwortet: »Sie sind eine sehr treffende Symbolik für das Leben. Genügsam. Und wenn man ihnen ab und zu einen Tropfen Wasser gibt, blühen sie richtig auf.«

»Man darf ihnen nur nicht zu nahe gekommen«, hatte sie geantwortet. »Dann hat man die Finger voller pieksender Stacheln.«

»Tss, deine botanischen Kenntnisse«, sagte er jetzt.

Mit gekräuselter Nase näherte sie sich ihm. »Hey, das bist ja du. Wo kommst du denn her? Aus einem Siamesischen Männerpuff?«

Er verzog die Lippen. »Woher weißt du denn, wie es in einem Siamesischen Männerpuff riecht?«

»Dann gib mir eine Erklärung für deine ausgefallene Duftnote.« Sie füllte Wasser und Kaffeepulver in die kleine Espressomaschine, die sie kürzlich angeschafft hatte. Dazu zwei Espressotassen aus edlem Porzellan. Die in der Hand zu halten war ein vollkommen anderes Gefühl als die braungeriffelten Plastikbecher aus dem Automaten, an denen sie sich regelmäßig die Finger verbrannte. Ganz davon abgesehen, dass der Geschmack nicht zu vergleichen war. Hinterhuber trank weder Espresso noch Kaffee. Nur gesunden Tee mit exotischen Namen, von dem er zahlreiche unterschiedliche Beutelsorten in seinem Fach hortete.

»Mein Duschgel war alle und da hab ich halt das von Ingrid genommen«, nuschelte er, während er seine Computer-Tastatur betätigte und den Druckerbefehl eingab. Als er Francas grinsendes Gesicht sah, fragte er: »Riecht es wirklich so schlimm?«

Der Drucker ratterte.

»Na ja.«

»Dann musst du mich eben jetzt duftend ertragen.« Er nahm die Blätter aus dem Drucker und reichte sie ihr. »Also. Hier ist schon mal mein Bericht. Du kannst deinen Senf ja noch dazugeben.«

Sie begann zu lesen. Das Alter der getöteten Hannah Lingat betrug vierzehn Jahre. Diese Tatsache hatte sie einigermaßen verwundert. Sie hätte das Mädchen von der Größe und Statur her höchstens auf zwölf geschätzt.

Es folgte der mutmaßliche Ablauf des Geschehens. So, wie Frankenstein es ihnen erklärt hatte: Jemand musste Hannah mit einem größeren Schieferbrocken den Kopf zertrümmert haben. Die Frage, ob sie unglücklich auf den Stein gefallen und den Abhang hinuntergerollt war, wurde erst gar nicht gestellt.

»Du glaubst also nicht an einen Unfall?«, fragte sie. Nur um sicher zu gehen.

»Alles spricht für diesen Ablauf. Ich hab mich noch mal

eingehend mit Frankenstein unterhalten. Der Schieferbrocken lag zu weit weg, als dass sie da drauf gefallen sein könnte. Den muss der Täter nach der Tat zwischen die Reben geschleudert haben.«

»Der Hang ist aber sehr abschüssig. Es könnte doch sein ...«

»Ich weiß, warum du dich so gegen ein Verbrechen wehrst«, unterbrach er sie leise. »Deine Tochter ist ähnlich alt wie dieses Mädchen. Da müssen sich einem solche Parallelen geradezu aufdrängen. Ein Unfall wäre leichter zu ertragen, nicht wahr?«

Sie sah kurz hoch, Erstaunen im Blick. Manchmal war es beängstigend, wie sehr sie dieser Mann durchschaute.

»Aber alles spricht dafür, dass es kein Unfall war. Ich denke, du solltest dich dieser Tatsache stellen, Franca. Damit wir schnell und gezielt nach dem Täter fahnden können.«

»Du hast ja recht«, murmelte sie und widmete sich weiter seinem Bericht.

Die dünne Faktenlage war aufgeführt. Die Zeugenaussagen des Winzers Johannes Bick und der polnischen Arbeiter Pawel und Marek Bilowski. Wie sie später erfahren hatte, waren die beiden als Saisonarbeiter auf dem Löwenhof engagiert. Hinterhuber hatte alles akribisch aufgeführt.

»Die Befragung der polnischen Arbeiter war schwierig und ging schleppend vonstatten«, hatte er geschrieben. In ihren Augen war da gar nichts vonstatten gegangen. Die hatten doch immer wieder betont, dass sie nix gesehen und nix gehört hatten. Sie wollten noch nicht einmal zugeben, dass sie Hannah gekannt hatten.

Franca dachte daran, wie sie mit Hinterhuber während ihrer kritischen Annäherungsphase ein paar Mal heftig über das Berichte schreiben aneinander geraten waren. Stets hatte er versucht, diese ungeliebte Arbeit auf sie abzuwälzen. Mit der Begründung, schon in der Schule habe er es gehasst,

Aufsätze zu schreiben. Als sie darauf einging, weil ihr das Berichte schreiben nicht viel ausmachte, hatte er sich über ein paar Rechtschreibfehler und ihre Ausdrucksweise mokiert. Dabei fielen ein paar weniger nette Worte, bis irgendwann die Fronten geklärt waren.

So schlecht wie er immer tat, konnten seine Aufsätze gar nicht gewesen sein. An seinen Berichten gab es meist so gut wie nichts zu mäkeln. Sie waren in einem ansprechenden Deutsch verfasst und fehlerfrei.

Bis jeder den anderen akzeptierte wie er war, war ein langer und allmählich stattfindender Prozess gewesen, bei dem es durchaus noch den einen oder anderen Rückschlag gegeben hatte. Aber zumindest hatten beide den guten Willen gezeigt, es miteinander zu versuchen.

Bernhard Hinterhuber war ein Akribiker, der es sehr genau nahm mit allem, was er tat. Franca, die solche nebensächlichen Dinge wie Ordnung halten nicht ganz so wichtig nahm, fühlte sich von diesem Ausbund an Korrektheit öfter bedroht und prangerte einige Male laut und vernehmlich die Buchhaltermentalität ihres Kollegen an. Insgeheim aber bewunderte sie, wie er es schaffte, jedes Mal vor Feierabend seinen Schreibtisch aufgeräumt zu hinterlassen. Sie selbst schmiss oft Papierhaufen und Akten aufeinander, in der Hoffnung, sie irgendwann sortieren zu können. Manchmal ließ dieser Vorsatz lange auf sich warten und der Haufen wuchs und wuchs und nahm bedrohliche Dimensionen an, bis sie sich endlich seiner erbarmte. Das Ergebnis war nie der Rede wert. Sie schaffte es einfach nicht, einen Stapel komplett abzutragen.

Ihr Chaos war ihm suspekt, das wusste sie. Sie behauptete stets, gut damit leben zu können. Was in ihrem Code hieß: »Ich habe eingesehen, dass ich gegen diese Papierhaufen machtlos bin. Sie sind einfach stärker als ich.« Wenn sie allerdings allzu oft seinem verständnislosen Blick jenseits des Schreibtisches begegnete, konnte es durchaus vorkommen, dass sie die Aufräumwut überfiel. Manchmal schämte sie sich dann, was sich bei diesen Attacken alles fand, das man besser einfach verschwinden ließ.

Im Stehen trank sie ihren Espresso. Die Büroräume der zentralen Kriminalinspektion, das K11, befanden sich in der dritten Etage des Polizeipräsidiums am Moselring. Ihr Blick wanderte hoch zur weitläufigen Anlage der Festung Ehrenbreitstein, die auf dem Felsen thronte. Jedes Mal, wenn sie aus dem Fenster sah, dachte sie daran, dass sie sich noch immer nicht »Den ewigen Soldaten« angesehen hatte, eine interessante und oft lange im voraus ausgebuchte szenische Führung mit einem Schauspieler.

Dann setzte sie sich an ihren Computer, um ihre E-Mails zu checken. Dieser Kilian hatte tatsächlich Wort gehalten und zwei Fotos von Hannah Lingat geschickt. Damit hatte sie nicht gerechnet. Noch immer wusste sie nicht so recht, was sie von ihm halten sollte. So merkwürdig, wie der sich benommen hatte.

Das Mädchen sah sie an. Goldbraune Zöpfchen rechts und links. Eine kleine stupsige Nase. Die Zähne makellos. Sie lachte, dass es einem das Herz erwärmte. Mit einem schelmischen Funkeln in den Augen.

Franca starrte auf das Foto. Es war eine schöne Aufnahme. Keine, die ein Amateur geschossen hatte. Hier war ein ganz besonderer Augenblick eingefangen. Je länger sie das Bild betrachtete, umso irritierter wurde sie.

»Hubi«, sagte sie. »Guck dir doch das hier mal an.«

Hinterhuber saß inzwischen vor einem Stapel aufgeschlagener Mappen. »Wieso? Was ist?«

»Komm doch mal, bitte.« Sie blieb auf ihrem Stuhl sitzen und starrte weiter auf den Monitor. Er stand auf und ging um die beiden Schreibtische herum, die wie zwei überdimensionale Bauklötze mit den Rücken zueinander gestellt waren.

Obwohl es keinen sichtbaren Zwischenraum gab, waren sie deutlich voneinander abgegrenzt.

»Oh!« Er stieß einen kleinen Pfiff aus. »Die sieht aber niedlich aus.«

»Sah«, verbesserte sie scharf. »Ich darf dich daran erinnern, dass sie auf den Bildern, die wir sonst noch von ihr haben, nicht ganz so niedlich aussieht.«

»Man wird ja wohl noch sagen dürfen was man denkt«, antwortete er in beleidigtem Tonfall. »Was wolltest du denn überhaupt von mir, wenn du nicht an meiner Meinung interessiert bist?«

»Ich wollte wissen, was dieses Foto auf dich für einen Eindruck macht. Abgesehen von deinem bisherigen Kommentar.«

Souverän ging er zur Tagesordnung über. »Ich sehe ein Mädchen, von dem ich weiß, dass es bereits vierzehn Jahre alt ist, das aber eher wie zwölf aussieht. Es wirkt wie jemand, der Eindruck auf den Fotografen machen will. Sie schaut ziemlich kokett. Und er hat Erfahrung mit dem Fotografieren.«

»Genau.« Das war auch ihr Gefühl gewesen. »Sie posiert. Fotomodelle gucken manchmal so.«

»Da hätte sie durchaus Chancen gehabt. In ein paar Jahren, ich meine ... wenn sie die erlebt hätte.« Er kratzte sich am Kopf. Offenbar war ihm bewusst geworden, was er gesagt hatte.

Franca ging nicht darauf ein. Ein Gedanke hatte sich in ihrem Kopf festgesetzt, den sie weiter verfolgen wollte.

»Ich wette, davon gibt es eine ganze Serie. Und dieser Kilian hat dieses hier speziell für uns ausgewählt.« Sie streifte Hinterhuber mit kurzem Blick. »Vielleicht, weil er uns damit etwas mitteilen will?«

»Wer ist Kilian?«

»Ein Gast, der seit fünf Wochen auf dem Löwenhof lebt.

Und der auf mich einen merkwürdigen Eindruck gemacht hat.«

»Inwiefern?«

Sie berichtete ihm von dem Beileidsbesuch bei Hannahs Familie am gestrigen Abend. Und dass Kilian bei der Todesnachricht in Tränen ausgebrochen war.

»Jetzt sieh dir doch bitte auch noch dieses Foto an.« Sie klickte auf den anderen Anhang, den Kilian mit seiner Mail geschickt hatte. Ein vollkommen anderer Gesichtsausdruck. Eine Profilaufnahme. Ebenfalls sehr schmeichelhaft. Dem Lichteinfall nach musste es am Abend aufgenommen worden sein. Hannah hatte träumerisch den Blick in die Ferne gerichtet, auf ihrem Haar lag ein rötlicher Glanz. »Hier weiß sie nicht, dass sie fotografiert wird. Sie wirkt viel unschuldiger.«

»Genau.«

»Und? Was schließt du jetzt daraus?«

Sie klickte hin und her. Schließlich hatte sie die beiden Fotos nebeneinander auf dem Bildschirm.

»Entweder hatte der Fotograf einen ausgesprochen guten Blick für Wirkung. Oder er war in sein Objekt verliebt.«

»Verliebt? Hast du nicht gerade gesagt, der Mann ist über fünfzig?«

Schon wieder diese Zahl, die wie ein Damoklesschwert über ihr schwebte. Als ob man sich mit Fünfzig jenseits von Gut und Böse befände. »Du kannst dich wieder setzen«, sagte sie und griff kurz entschlossen nach dem Telefonhörer.

»Also, manchmal hast du eine Art«, murmelte er.

Sie suchte die Nummer der Mainzer Universität heraus und ließ sich mit dem Fachbereich Biologie verbinden. Doch dort ging niemand ans Telefon.

Sie stand auf und schob Hinterhuber den Zettel mit der Nummer hin. »Kilian sagte, er sei als Biologe an der Mainzer Uni beschäftigt. Rufst du da nachher mal an und erkundigst dich nach ihm?«

Er warf einen kurzen Blick auf den Zettel und nickte. »Und was machst du?«

»Ich will mich mal an Hannahs Schule umhören.«

»In Ordnung«, sagte er.

In der Tür drehte sie sich noch mal um. »Du hattest übrigens recht mit deiner Vermutung«, sagte sie.

»Was meinst du?« Er sah sie verständnislos an.

»Na, dass es mir lieber gewesen wäre, wir hätten es hier mit einem Unfall zu tun. Ich muss aufpassen, dass ich mich in solchen Dingen nicht von persönlichen Empfindungen leiten lasse.« Sie zuckte die Schultern. »Ist wohl 'ne typisch weibliche Veranlagung.«

»Ich finde es nicht verkehrt, die Dinge aus verschiedenen Perspektiven zu betrachten«, antwortete er. »Das erweitert den Horizont. Und macht mehrere Ermittlungsansätze möglich.«

»Tja dann.« Lächelnd schloss sie die Tür. Früher, als sie noch mit David zusammen war, hätte sie sich eine solche Betrachtungsweise der Dinge gewünscht. Dass man zwei unterschiedliche Ansichten gleichwertig nebeneinander stehen ließ. Doch allzu oft hatte David »typisch weiblich« mit »minderwertig« gleichgesetzt. Jedenfalls hatte sie das so empfunden.

13

Er stand auf, ging hinüber ins Bad und trank aus dem Zahnputzglas einen Schluck Wasser. Als er seinem Anblick im Spiegel begegnete, drehte er angewidert den Kopf weg. So hatte er schon lange nicht mehr ausgesehen. So abgehalftert. So verlebt. Mit stoppeligem Bart und rot geschwollenen Tränensäcken unter den Augen. Pfui Teufel!

Er spuckte das Wasser, das nach Pfefferminze schmeckte, ins Becken.

Dann schlurfte er zurück in sein Zimmer. Unten im Haus ging eine Tür. Da fiel sein Blick wieder auf das kleine Büchlein, das er unter Hannahs Matratze gefunden hatte. Zwischen Lattenrost und Spannbetttuch hatte es gelegen. Kein besonders originelles Versteck. Darauf hätte er eher kommen können.

Die ganze Nacht hatte er darin gelesen. Durch die Zeilen von Hannahs Jungmädchenschrift leuchteten ihm einzelne Bilder entgegen. Erkenntnisse. Träume. Sehnsüchte. Vieles von ihren Gedanken war ihm vertraut. Doch manches offenbarte ihm eine ganz andere Hannah als die, die er kannte. Die Kleine hatte nicht nur einen klugen Kopf, sondern auch eine ziemlich lebhafte Phantasie. Im letzten Drittel stand das, was er befürchtet hatte. Etwas, das ihn Kopf und Kragen kosten konnte.

Es war gut, dass er dieses Buch gefunden hatte. Niemandem durfte es in die Hände fallen. Die Stellen, die ihn betrafen, hatte er herausgerissen und vorsorglich vernichtet. Obwohl es ihm in der Seele wehgetan hatte. Aber es war besser so.

Das Büchlein versteckte er zwischen der Schmutzwäsche in seiner Reisetasche. Dann ging er nach unten. Irmchen hantierte bereits in der Küche. Von den anderen war noch nichts zu sehen.

»Hallo?«, rief er und klopfte an die Küchentür. Kauend stand sie vor dem Schrank. Ihr konnte offenbar so schnell nichts den Appetit verschlagen. Trotzdem: Sie sah schrecklich aus. Ihr Gesicht war verquollen. Die Haut in verschiedenen Rosatönen marmoriert. Das Feuermal hatte sie heute nicht überschminkt, es blühte wie eine offene Wunde.

»Guten Morgen, Herr Kilian. Das Frühstück wie immer?«, fragte sie mit zittriger Stimme. Ihre Lippen bebten.

»Nur Kaffee, bitte.« Er würde nichts anderes herunterbringen.

Sie nickte und begann, mit der Kaffeemaschine zu hantieren. Im Esszimmer lag die Rhein-Zeitung aufgeschlagen auf dem Tisch. »Mädchen tot in den Weinbergen gefunden«, lautete die Überschrift.

Er setzte sich, zog die Zeitung zu sich und las den Artikel. Es stand nicht mehr drin als er bereits wusste.

Irmchen kam aus der Küche. Auf dem Tablett balancierte sie Kaffeetasse, Kännchen und Milch. Seit er ihr gesagt hatte, dass er keinen Zucker nahm, ließ sie das Zuckerdöschen weg. Er sah noch, wie ihre Hand heftig zu zittern begann, dann war es auch schon passiert. Das Geschirr flog auf den Boden und zerbrach in tausend Scherben. Schnell bildete sich auf dem Parkett eine braune Lache.

Irmchen heulte auf. Es klang wie das Jaulen eines getretenen Hundes. Er wusste nicht, ob sie sich verbrüht oder geschnitten hatte. Mit hängenden Schultern ging sie in die Hocke und betrachtete die Bescherung am Boden. Ihr Heulen ging in ein Wimmern über.

Er stand auf und bemühte sich, nett zu sein. Legte ihr einen Arm um die Schulter und wollte ihr aufhelfen. Im selben Moment, als ihm bewusst wurde, dass dies nicht die richtige Geste war, klammerte sie sich an ihn wie eine Ertrinkende und heulte seine Hemdbrust nass. Unschlüssig stand er da. Hob die Arme und ließ sie wieder fallen. »Sch … sch …«, flüsterte er, wie eine Mutter, die ihr Baby zu beruhigen versuchte. Er wollte sie nicht streicheln. Das nun doch nicht.

Ihm war nicht verborgen geblieben, dass Irmchen ihn von Anfang an länger und intensiver betrachtet hatte als es üblich war. Jedes Mal, wenn ihre Augen sich trafen, wandte sie sich wie ertappt von ihm ab. Nur selten hatte sie sich getraut, seinem Blick standzuhalten. Dann umspielte ein scheues Lächeln ihre Lippen. Er war bewusst und manchmal vielleicht auch etwas barsch über ihre unbeholfenen Flirtversuche hinweggegangen. Sie sollte sich in keiner Weise von ihm ermuntert fühlen. Aber vielleicht hatte sie dennoch alles, was er getan oder unterlassen hatte, in einer für sie schmeichelnden Art interpretiert. Ihm war ihr Verhalten zwar etwas unangenehm gewesen, aber so lange sie ihm nicht näher auf die Pelle rückte, kümmerte er sich nicht weiter darum.

Irmchen war eine jener Frauen, die sich stets im Hintergrund hielten und die man nicht bemerken würde, würden sie nicht durch ihr Gewicht auffallen. Zusätzlich kam bei ihr noch dieses unschöne Feuermal hinzu, das ihr Gesicht dominierte. Wenn sie nicht da war, fehlte etwas, aber das war weniger auf ihre Person bezogen, sondern auf ihre Kochkünste. Die waren in der Tat außergewöhnlich. Und die ausführlich zu loben, war ihm nie schwer gefallen.

Nun stand sie da, in sich zusammen gesunken, und kramte umständlich in den Tiefen ihres Sackkleides nach einem Taschentuch. Höflich reichte er ihr sein sauberes Stofftaschentuch, das sie gewaschen und gebügelt hatte. Sie nahm es dankbar an und schnäuzte sich. Dann bückten sie sich, um gemeinsam das Malheur zu beseitigen. Auf Augenhöhe hockten sie sich gegenüber.

»Ich koche schnell einen neuen Kaffee«, sagte sie, während sie die Scherben zusammenfegte. Es kam ihm vor, als wäre sie dankbar für den Aufschub. Es klirrte, als sie die Scherben in den Abfall warf.

Er musste nicht lange warten. Übervorsichtig mit beiden Händen hielt sie jetzt das Tablett, damit es nicht wieder herunterfiel. Es gelang ihr, alles wohlbehalten auf dem Tisch abzustellen. Als sie ihm eingießen wollte, berührte er kurz ihre zitternde Hand. »Ich mach das schon. Danke, Irmchen.«

Nachdem sie ihn mehrmals aufgefordert hatte, sie Irmchen zu nennen, wie jeder im Haus, hatte er es schließlich getan. »Wollen Sie sich einen Moment zu mir setzen?«

Sie strich sich über das Haar. Er sah, dass ihr Kleid einen Fleck hatte. Stets trug sie sackartige Gewänder, von denen sie vielleicht hoffte, dass ihre üppige Figur darunter nicht allzu deutlich abgezeichnet wurde. Allerdings genügte das, was man ahnen konnte, als Abschreckung vollauf. Jedenfalls für ihn.

Sie zog einen Stuhl zurück und ließ sich darauf fallen. »Sie war wie meine eigene Tochter. Jedes Mal, wenn die Tür aufgeht, denke ich, sie kommt herein. Ich kann es einfach nicht verstehen.« Ihr Doppelkinn zitterte. Gleich würden die Tränen aufs Neue fließen.

»Mir geht es genauso. Ich habe sie zwar nicht so lange gekannt wie Sie, aber sie ist mir in der kurzen Zeit sehr ans Herz gewachsen. Sie war so ...« *Vorsicht, Kilian, nichts Falsches sagen!* » ... nett«, ergänzte er. »Richtig nett.«

»Ja, das war sie.« Irmchens Lächeln schimmerte feucht. »Sie hatte so eine herzliche, überschwängliche Art. Sobald sie zur Tür hereinkam, waren alle guter Laune. Sogar auf Mutter hat das manchmal abgefärbt.« Sie wischte sich über die Augen. »Dabei hätten Sie sie erleben sollen, als Marion schwanger war. Da war hier der Teufel los. Mutter hat sich angestellt, als ob wir noch im Mittelalter wären. Eine schwangere Tochter und kein Mann weit und breit.« Irmchen begann, sich in der Vergangenheit zu verlieren. »Aber als das Kind erst mal da war, da hat sie es verhätschelt und verwöhnt. Wie das immer so ist.« Sie presste die Lippen zusammen, bis sie unsichtbar waren.

»Wer ist denn Hannahs Vater?«, fragte er.

»Marion hat es uns nie erzählt.« Irmchen sah ihn an. »Ich nehme an, es ist jemand aus dem Dorf. Jemand, der verheiratet ist. Und ich nehme an, dass sie ihn immer noch trifft. Aber Genaues weiß ich wirklich nicht.«

»Aha.« Das erstaunte ihn. Er hatte sich oft mit Hannah über ihren Vater unterhalten. Den sie nicht kannte. Und den sie in ein wunderschönes Phantasiebild gepresst hatte, das sie glühend verehrte. Dass es jemand aus dem Dorf sein könnte, ahnte sie nicht. Jedenfalls hatte sie dies ihm gegenüber nicht geäußert.

»Und wie kommen Sie darauf? Ich meine, dass es jemand aus dem Dorf sein könnte?«

»Ich hab Marion einmal beobachtet«, sagte Irmchen. »Und ich hab sie danach zur Rede gestellt. Aber sie hat alles abgestritten. In dieser Hinsicht ist sie genauso ein Sturkopf wie unser Vater einer war.« Sie hob den Kopf. »Aber natürlich hat sie ein Recht darauf zu leben wie sie es will.« Irmchens Stimme nahm einen überraschend festen Tonfall an. »Auch wenn dieses Leben vielleicht nicht jedem gefällt.«

»Da bin ich ganz Ihrer Meinung«, bestätigte er.

Erneut fing Irmchens Doppelkinn an zu zittern. »Unsere Kleine fehlt mir so schrecklich. Ihre fröhliche Art. Ihre Umarmungen.« Ein Beben lief durch Irmchens schweren Körper. »Ich bin an allem schuld«, schluchzte sie. »Ich ganz allein.« Sie verbarg ihren Kopf in den Händen.

Er horchte auf. »Wie meinen Sie das?«, fragte er.

»Ich war es doch, die sie hoch geschickt hat ins Brückstück. Sie sollte nach der Ausbildung der Trauben sehen. Wenn ich sie nicht hochgeschickt hätte, wäre sie vielleicht noch am Leben.«

»Es ist ganz bestimmt nicht Ihre Schuld«, redete er beruhigend auf sie ein. »Niemand hat das voraussehen können.« Er nahm einen Schluck Kaffee. Er schmeckte bitter. Ganz entgegen Irmchens sonstiger Art, Kaffee zu brühen.

Er beobachtete, wie sie mit ihrem dicken Finger Muster auf die Tischdecke malte. Wie sie sich immer wieder nervös durch das Haar fuhr, das keine Frisur mehr war, sondern ein aufgeplusterter Wust von unordentlich gebändigten Locken, mit dem halbherzigen Versuch, eine Farbe gegen das Grau zu setzen.

Mit einem Mal verspürte er den dringenden Wunsch wegzufahren. Weit weg zu flüchten. Irgendwohin, wo ihn niemand kannte.

»Irmchen, glauben Sie, ich könnte mir für heute eines Ihrer Autos ausleihen?«, fragte er.

Sie hob den Kopf und sah ihn erstaunt an. Noch nie hat er einen derartigen Wunsch geäußert. Er ist ein Gast, der lange genug anwesend ist, dass man einander kennt. Und vertraut. So hoffte er zumindest.

Sie nickte. »Sie können den Toyota haben. Ich glaube nicht, dass den heute jemand braucht. Und wenn, haben wir ja immer noch den Geländewagen«, sagte sie und übergab ihm Schlüssel und Papiere. »Wissen Sie schon, wann Sie wieder zurück sein werden?«

Er hob die Schultern. »Ich werde mich beeilen«, sagte er und vermied, ihr dabei ins Gesicht zu sehen.

Wenig später rückte er den Sitz des Toyota zurecht und drehte den Rückspiegel in Position, bevor er den Zündschlüssel ins

Schloss steckte. Wie ein Känguru machte der Wagen einen Satz nach vorn. Der Motor erstarb. Gut, dass das Auto unten an der Straße stand und nicht vor dem Hoftor. Ihm war der Schweiß ausgebrochen. Mit seinem karierten Taschentuch wischte er sich über die Stirn. Dann sah er sich um und hoffte, dass niemand seinen Fehlstart bemerkt hatte. Besonders der Alten wollte er nicht begegnen. Wie die ihm immer hinterher sah. Er konnte sich gut vorstellen, wie sie Irmchen die Hölle heiß machte, weil sie ihm den Wagen ausgeliehen hatte. Aber was ging es ihn an? Er hatte aufgehört, diese Familie mit ihren schwelenden Konflikten analysieren zu wollen. Familie, er schnaubte. Die Lingats waren ein schönes Beispiel von Zwangsgemeinschaft. Jeder von ihnen hätte theoretisch die Möglichkeit, auszubrechen. Aber keiner tat es. Der Teufel wusste, warum. Vielleicht brauchten sie dies. Das tägliche Drama. Die unterschwelligen Vorwürfe. Die mehr oder weniger offen ausgesprochenen Vorhaltungen. Vielleicht war es das, was ihrem Leben einen Sinn verlieh.

Er versuchte ein zweites Mal, den Wagen zu starten. Diesmal trat er vorsichtig auf das Kupplungspedal, legte den Gang ein und ließ die Kupplung langsam los. Gemächlich rollte der Wagen den asphaltierten Weg entlang. Er konzentrierte sich auf das Fahren und fuhr in gemäßigter Geschwindigkeit durch die engen Straßen des Ortes, die von üppig wucherndem Weinlaub überspannt waren. Erschrocken trat er auf die Bremse, als plötzlich ein Traktor aus einer Seitengasse hervortuckerte. Der Fahrer fuhr einfach weiter und beachtete ihn gar nicht.

Kilian atmete durch. Nach ein paar hundert Metern fühlte er sich ein wenig sicherer. Als die Straße sich gabelte, zögerte er. Kurz entschlossen setzte er den Blinker nach links und fuhr die August-Horch-Straße hinauf. Passierte den Ortsausgang und fuhr einem neuen Ziel entgegen.

14

Sie hatte vergessen, dass der Geräuschpegel einer Schule derart hoch war. Franca kämpfte sich durch einzelne Grüppchen, in denen Schüler standen und sie neugierig beäugten. Im Gedränge wurde sie von einem kleinen Knirps angerempelt. Sie entschuldigte sich. Er schaute sie nur abschätzend an.

In einer Ecke wurde geraucht. Die Schüler, die dort in einem Grüppchen zusammen standen, trugen vorwiegend schwarz. Hatten Piercings in Nasenlöchern und in Augenbrauen und starrten sie mit provokantem Gesichtsausdruck an. *Was will diese Tussi denn hier?*, meinte sie in deren Augen zu lesen.

»Kann mir jemand sagen, wo ich die Direktorin finde?«, fragte sie aufs Geratewohl.

Ein blasser, schlaksiger Junge mit einer Zigarette in der Hand wies vage in eine Richtung.

»Da hinten meinst du?« Sie schaute skeptisch. Als sie sich auf die Zehenspitzen stellte, sah sie über zahlreiche Schülerköpfe hinweg, wie dort eine ältere Dame gerade einen Streit zwischen einem gedrungenen, türkisch aussehenden Jungen und einem schmächtigen, hochaufgeschossenen Deutschen schlichtete. Beide mochten um die sechzehn, siebzehn Jahre alt sein. Sie bahnte sich einen Weg durch die Schüler.

»Sofort entschuldigst du dich, Mehmet«, hörte sie die Direktorin in resolutem Ton sagen. »So geht's einfach nicht. Wir sind hier nicht im wilden Kurdistan, merk dir das ein für allemal.«

Die beiden Kampfhähne standen sich inmitten eines Pulks von Schülern gegenüber. In Mehmets Augen lag ein tückisches Glitzern. Die Fäuste hatte er weiter in Boxermanier geballt. Der schmächtige Blonde hielt die Arme in Abwehrhaltung vor seinem Brustkorb.

Mehmet war einen Kopf kleiner als sein hellblonder Mitschüler, den er attackierte. Unwillkürlich fühlte Franca sich bei seinem Anblick an ihren Vater erinnert. Der kleine Italiener, wie er hinter seinem Rücken genannt wurde, und seine brennende Sehnsucht, groß zu sein. Sich diese Größe mit Hilfe von Boxhandschuhen erkämpfen zu wollen. Erst viel später hatte Franca diese Zusammenhänge verstanden.

»Muss ich's noch Mal sagen?« Der Ton der Direktorin war durchdringend scharf. Ein Ton, der an knirschendes Glas erinnerte. »Oder hättest du lieber eine saftige Strafarbeit?«

Schließlich ließ Mehmet die Fäuste sinken und murmelte etwas, das mit einigem guten Willen als Entschuldigung zu identifizieren war. Die umstehenden Schüler traten einige Schritte zur Seite.

»Was ist passiert?«, wollte Franca wissen.

»Entschuldigung?« Die Direktorin sah sie mit zusammengekniffenen Augen an. In ihren grauen Augen lag ein überheblicher Ausdruck. Die Herrin der Legion, dachte Franca. Siegessicher, selbstbewusst. Den Feind abwehrend. Sie trug ein rotes Leinenkleid, darüber einen schwarzen Blazer. Das graumelierte Haar hatte sie aufgesteckt.

»Frau Bongartz?« Franca zog ihren Ausweis aus der Jeanstasche. »Mein Name ist Mazzari.«

Die Frau warf einen Blick auf das Plastikkärtchen. Ihr Gesichtsausdruck wechselte zu plötzlichem Erkennen. »Kommen Sie doch bitte mit in mein Büro. – Und ihr zwei«, wandte sie sich nochmals an die beiden Streithähne, die in respektvollem Abstand einander gegenüber standen, »Ihr vertragt euch jetzt wieder, ist das klar?«

Verhaltenes Gekicher der Umstehenden war die Folge.

Durchdringend verkündete eine Klingel das Ende der Pause.

»Ich verlasse mich auf euch.« Sie machte eine scheuchende Handbewegung.

»Gibt es solche Auseinandersetzungen öfter?«, wollte Franca wissen, als sie zwischen Schülerscharen hindurch hinter der Direktorin her ging. Klack klack, machten die Absätze ihrer hochhackigen Schuhe.

Die Direktorin drehte sich um. »Ab und zu schon. Aber nicht sehr oft. Ich hab meine Schäfchen gut im Griff.« Sie lachte. Es war eigentlich ein freundliches Lachen. Die Frau hielt ihr die Tür auf. Franca bemerkte, dass sie große Hände hatte. Die Fingernägel waren in ähnlichem Rotton wie das Leinenkleid lackiert. Sie stiegen die Treppe hoch, bis Frau Bongartz endlich die Tür zu einem Büro öffnete. »Bitteschön, nehmen Sie Platz.« Die Direktorin setzte sich ihr am Schreibtisch gegenüber.

»Sie sind wegen Hannah Lingat gekommen, nehme ich an. Man hat uns bereits informiert.«

Franca nickte.

»Das ist für uns alle unfassbar, dass das Mädchen tot ist.« Die Direktorin hatte die Hände gefaltet. Daumen und Zeigefinger spielten mit einem Brillantring, den Franca eine Spur zu groß und zu protzig fand. »Was ist denn genau passiert? Uns wurde lediglich mitgeteilt, dass sie tot in den Weinbergen aufgefunden wurde.«

»Vor einer Mauer unter einem Heckenrosenstrauch«, bestätigte Franca. »Dort lag sie mit zertrümmertem Schädel. Anfangs war nicht ganz klar, ob es sich um einen Unfall handelte oder ob Gewalt mit im Spiel war. Aber inzwischen deutet alles auf ein Verbrechen hin.«

Die Direktorin gab ein Geräusch von sich, das wie das Platzen eines Luftballons klang und hielt sich die Hand vor den Mund. Dann fasste sie sich wieder. »Welche Anhaltspunkte haben Sie für eine Gewalttat?«

»Die Untersuchungen sind noch nicht abgeschlossen«, gab Franca zu. »Das wird auch noch eine Weile dauern. Momentan versuchen wir uns ein Bild zu machen, was für ein Mensch Hannah war und mit wem sie befreundet war. Deshalb bin ich hier.«

»Natürlich ist es auch in unserem Interesse, dass die Umstände genauestens geklärt werden. Sie können mit meiner vollen Unterstützung rechnen«, sagte die Direktorin. »Wenn es sich tatsächlich um einen Mordfall handelt, dann wäre dies der erste an unserer Schule.« Sie schüttelte den Kopf. »Eigentlich undenkbar, dass man diesem Mädchen etwas antun konnte. Hannah war äußerst beliebt. Nicht nur eine sehr gute Schülerin, sondern auch ein fröhliches Kind, immer gut drauf. Ich kann mir beim besten Willen nicht vorstellen, wieso sich jemand an diesem Mädchen vergreifen konnte.«

Franca dachte an den eben gesehenen Zweikampf im Schulhof. »Halten Sie es für möglich, dass einer Ihrer Schüler eine derartige Gewalttat begangen haben könnte?«

Die Direktorin schaute sie durchdringend an. »Nein. Und zwar ein ganz klares Nein!«

»Was macht Sie denn so sicher?« Franca bekam eine Ahnung, wie man sich als Schülerin hier an dieser Schule fühlen musste, Auge in Auge mit der obersten Feldherrin.

»Sie meinen, wegen der negativen Berichterstattung in der Presse über die heutigen Schüler?« Wieder spielte sie mit ihrem Ring. Franca sah, dass der Lack am rechten Zeigefinger ein ganz klein wenig abgeblättert war. Ein winziger Riss in der ansonsten perfekten Fassade. »Dann glauben Sie auch, dass sämtliche Lehrer Faulenzer sind, die ihren Beruf einzig und allein wegen der langen Ferien ausüben?«

Unangenehm ertappt wich Franca ihrem Blick aus.

Die Direktorin lachte. »Es ist immer wieder interessant zu beobachten, wie sehr die Medien unser aller Meinungsbild prägen. Doch um auf ihre Frage zurückzukommen: Sehen Sie, Schüler haben sich immer geprügelt, zu allen Zeiten. Das ist nichts Neues. Die Gewalt an den Schulen ist nicht größer geworden. Auch wenn uns die Medien ein anderes Bild vorgaukeln wollen. Mein Kollegium und ich versuchen den Kindern und Jugendlichen zu vermitteln – und wie ich meine, erfolgreich zu vermitteln – dass Miteinander reden und Zuhören in jedem Fall besser ist als draufhauen. Draufhauen tun die Dummen und die Primitiven, die sich nicht artikulieren können. Und dumm und primitiv will verständlicherweise niemand sein.« Ein schmerzliches Lächeln erschien auf ihrem Gesicht. »Hannah war übrigens besonders gut im Argumentieren. Die wusste auch dann noch einen draufzusetzen, wenn wir Lehrer mit unserem Latein so ziemlich am Ende waren.«

Franca dachte an Georgina. Ihre Tochter und Hannah hatten wohl doch so einiges gemein. Auch Georgina hatte durch ihr Mundwerk manchen Lehrer zur Verzweiflung gebracht.

»Unterrichten Sie auch selbst?«

»Ja. Deutsch und Englisch. In Deutsch war ich Hannahs Lehrerin.« Die Direktorin legte ihre Hände gegeneinander. Eigentlich hat sie Bauernhände, dachte Franca, grobe Hände, denen sie mit Brillantring und roten Nägeln den Anschein von Eleganz geben will.

»Ihre Beiträge waren manchmal ganz erstaunlich. Obwohl sie körperlich nicht so weit entwickelt war, war sie sehr reif. Von einer tiefen Einsicht in die Dinge durchdrungen, wenn Sie verstehen, was ich meine. Sie war eine große Bereicherung für die Klasse. Sie wird uns allen sehr fehlen.« Die Direktorin hob die Hände und senkte ein wenig den Kopf. »Außerdem war sie ein äußerst gewissenhaftes

Mädchen. Den meisten ihrer Mitschüler geistig überlegen. Aber das hat sie nicht raushängen lassen. Sie wurde von allen akzeptiert. Auch bewundert, das ganz sicher. Weil sie sich für alle gleichermaßen einsetzte, wurde sie immer wieder zur Klassensprecherin gewählt. Ungerechtigkeit konnte sie überhaupt nicht ertragen. Wenn jemandem ihrer Meinung nach Unrecht zugefügt wurde, konnte sie sehr entschieden auftreten. Dann hat sie sich regelrecht ins Zeug gelegt. Ich erinnere mich besonders an eine Zeugnisdiskussion. Hannah hat nicht eher locker gelassen, bis die Schülerin, um die es ging, eine bessere Note in ihrem Zeugnis stehen hatte.« Wieder erschien ein kurzes Aufblitzen in ihren Augen. »Ja, so war sie.«

»Das hört sich ja nach einem ganz erstaunlichen Mädchen an«, bemerkte Franca. »Und sie hatte wirklich keine Feinde? Oder Neider?«

Die Direktorin schüttelte den Kopf. »Feinde ganz sicher nicht. Neider vielleicht schon eher. Hannah war intelligent. Dadurch war sie manchen aus der Klasse überlegen. Den Jungs war das natürlich nicht so ganz geheuer, obwohl sie irgendwie ihre Nähe gesucht haben. Jungs mögen das nicht gern, wenn die Mädchen schlauer sind als sie.« Sie sah Franca verständnisheischend an.

Franca lachte. »Daran ändert sich auch wenig, wenn die Jungs erst mal erwachsen sind.« Sie wurde wieder ernst. »Und jemand wie dieser Mehmet draußen? Trauen Sie ihm eine Gewalttat zu?«

»Sie meinen, weil er Türke ist?«, sagte Frau Bongartz in scharfem Tonfall.

»Nicht weil er Türke ist. Sondern weil ich weiß, wie türkische Mütter ihre Söhne erziehen. In der Regel mit wenig Respekt vor dem anderen Geschlecht.« Franca wusste, dass sie sich mit solchen Äußerungen unbeliebt machen konnte. Aber im Laufe ihrer Arbeit war sie mit zu vielen Türken in

Berührung gekommen. Diese Begegnungen hatten ihr Toleranzverständnis im Wesentlichen geprägt.

»Manche türkischen Jungs mögen vielleicht etwas zuviel Temperament haben. Aber auch hier muss ich ganz entschieden vor Vorurteilen und Klischees warnen.«

»Das ist ganz in meinem Sinne. Aber es beantwortet nicht meine Frage.«

»Die Antwort lautet weiterhin ganz klar: Nein. Ausnahmslos. Keiner meiner Schüler wäre meiner Meinung nach zu einem Mord in der Lage.«

»Mord ist ein sehr großes Wort.« Franca faltete die Hände, legte das Kinn darauf und sah der Direktorin in die Augen. »Mal anders gefragt: Wenn Sie da unten auf dem Schulhof nicht dazwischen gegangen wären, wäre da vielleicht etwas Schlimmeres passiert?«

»Frau Mazzari, hören Sie auf zu theoretisieren. So kommen wir doch keinen Schritt weiter.« Eine steile Unmutsfalte stand zwischen den Augenbrauen der Direktorin.

Es war das gesamte Wesen dieser Frau, das Franca zum Widerspruch reizte. »In meinem Beruf muss man alle Eventualitäten andenken. Auch das unmöglich scheinende.« Franca lächelte. »Glauben Sie mir, ich erlebe immer wieder, wie einfach manchmal die Dinge sind. Erschreckend einfach. Männer erschlagen Frauen, weil sie ihnen nicht zu Willen sind. Jungs fühlen sich gekränkt, weil sie von einem Mädchen eine Abfuhr erhalten haben.«

»Ich wiederhole mich ungern, Frau Mazzari: Eine derartige Gewalttat ist an unserer Schule undenkbar.«

Ach komm, du fürchtest doch nur um den guten Ruf deiner Schule, dachte Franca und erhob sich. »Könnten wir in Hannahs Klasse gehen? Ich würde mich gern mit ihren Mitschülern unterhalten.« Sie sah durch das kleine Bürofenster hinaus auf den Schulhof, der jetzt verwaist dalag.

Die Direktorin warf einen Blick auf die Uhr. Dann nahm

sie den Stundenplan zur Hand. »Die Neun hat gerade Biologie-Unterricht. Wenn Sie mitkommen wollen?« Die Direktorin griff nach einem Schlüsselbund. »Die Biologieräume sind da hinten im Anbau.«

Zielstrebig lief sie vor Franca her. Die hochhackigen Absatzschuhe machten auf dem gefliesten Boden ziemlichen Lärm. Im Gegensatz zu Francas Mokassins.

Die Direktorin klopfte kurz an eine der Türen, die vom Flur abgingen, und trat ein. Die Schüler – vielleicht fünfundzwanzig, darunter mehr Mädchen als Jungen – drehten allesamt die Köpfe und sahen ihr neugierig entgegen.

»Ich darf euch Hauptkommissarin Mazzari von der Kripo Koblenz vorstellen.« Franca sah sich in dem Raum um. Es war ein heller, moderner Raum. An den Wänden standen Vitrinen, in denen verschiedene Schädel und Skelettteile aufbewahrt wurden. An der Tafel war eine Zeichnung, die ihr wenig sagte. Sie konnte sich lebhaft daran erinnern, wie sie sich damals in solch einem Klassenraum gefühlt hatte. Biologie hatte nicht gerade zu ihren Lieblingsfächern gehört.

»Wie ihr euch denken könnt, ist sie wegen Hannahs Tod hier und möchte euch ein paar Fragen stellen. Bitte, Frau Mazzari.«

Die Biologielehrerin kam auf Franca zu und gab ihr die Hand. »Frau Weidmann«, stellte die Direktorin sie vor.

Die Lehrerin war noch ziemlich jung. Schmal, blond und nicht besonders groß wirkte sie eher wie eine Schülerin als eine Lehrerin. Ihr glattes Gesicht sah traurig aus. »Wir haben gerade von Hannah gesprochen. Niemand kann es so richtig fassen.«

»Ich denke, ich kann Sie jetzt allein lassen?« Frau Bongartz sah Franca fragend an. Franca nickte.

»Falls Sie noch weitere Auskünfte brauchen, ich bin in meinem Büro.«

»Danke, Frau Bongartz«, rief ihr Franca hinterher.

»Es ist so furchtbar«, sagte Frau Weidmann. »Hannah war meine beste Schülerin. Immer aufmerksam. Immer interessiert. Sie hinterlässt eine wahnsinnige Lücke.« Die Lehrerin schluckte.

»Man hat mir bereits berichtet, dass sie eine sehr gute Schülerin war«, sagte Franca und sah über die Köpfe der Jungen und Mädchen. Manche saßen zusammengesunken da, andere wiederum sahen sie mit offener Neugier an. »Mit wem von euch war Hannah enger befreundet?«

»Sie hat sich mit allen gut verstanden«, antwortete Frau Weidmann. »Jedenfalls hatte sie mit niemandem Streit, falls Sie auf so etwas hinauswollen. – Kathrin hier war ihre beste Freundin.« Die Lehrerin zeigte auf ein blondes Mädchen mit ungewöhnlichen, etwas schräg stehenden Katzenaugen. Bei der Nennung ihres Namens zuckte sie zusammen und betrachtete Franca mit verschüchtertem Blick.

»Hannah, Kathrin, Nick und Marcus arbeiten an einem gemeinsamen Forschungsprojekt, mit dem sie sich bei einem Wettbewerb beteiligen wollen. Ich betreue diese Arbeitsgruppe.«

»Wer sind Marcus und Nick?«

Zwei Jungs zeigten auf. Einer groß und schlaksig und ziemlich gut aussehend. Die glatten, dunkelblonden Haare hingen ihm bis tief in die Stirn und bedeckten teilweise seine Augen. Er schien noch keine Rasur nötig zu haben. Sein Gesicht erinnerte Franca an Leonardo DiCaprio in »Titanic«. Einer der wenigen Filme, bei denen sie geheult hatte. Nicht wegen Leonardo DiCaprio – der war ihr zu milchbubihaft – und auch nicht wegen der drallen Kate Winslet, die proportionsmäßig überhaupt nicht zu Leonardo passte, wie sie fand, sondern wegen dieses Gefühls, mit dem sie das Kino verließ. Das Gefühl, Anteil an einer ganz großen Liebe gehabt zu haben. Gleichzeitig hatte sie sich über sich selbst geärgert, weil ihr klar wurde: Man hat mich manipuliert. Und ich bin drauf reingefallen. Meine Tränen waren von Schauspielern und Regisseur gewollt. Diese Tatsache ärgerte sie am meisten: dass sie, wie alle verheulten Kinogängerinnen neben ihr, den Kalkulationen der Filmemacher auf den Leim gegangen war. Und das, obwohl ihr Verstand dies voll durchblickte.

Der andere Junge, Nick, hatte viele Pickel und eine dieser modernen Frisuren, die in der Mitte zusammentrafen und einen Kamm bildeten. Wie bei einem Hahn. Franca konnte sich nicht helfen, es sah irgendwie lächerlich aus. Auf seiner Oberlippe spross ein spärliches Bärtchen. Er wirkte verschüchtert, während der Blonde sie neugierig aus hellen Augen betrachtete.

Der mit dem Hahnenkamm also war Nick. Der Anrufer auf Hannahs Handy, der sofort wieder aufgelegt hatte, nachdem er merkte, dass es nicht Hannah war, mit der er sprach.

»Könnte ich mich mit euch dreien mal unterhalten?«, fragte sie.

Die Angesprochenen schauten sich nach ihrer Lehrerin um, zuckten mit den Schultern und erhoben sich. Marcus, der DiCaprio-Typ, war der größte. Nick reichte ihm nur bis zur Schulter. Sowohl die Jungs als auch das Mädchen trugen Jeans und T-Shirts.

»Gibt es einen Raum, in dem wir ungestört sind?«

»Im Klassenraum ist zur Zeit niemand«, sagte Frau Weidmann. »Nick, zeigst du Frau Mazzari den Weg?«

Mit hängenden Schultern ging der Junge voraus. Kathrins und Nicks Jeans waren an den Rändern ausgefranst. Die von Marcus schienen kaum getragen. Überhaupt wirkte er gepflegter als der andere Junge. Erst ging es ein paar Treppen hoch, dann wieder einige Stufen hinunter durch einen langen Flur hindurch. Die Sohlen ihrer Turnschuhe quietschten auf dem Fußbodenbelag. Schließlich traten sie in einen leeren Klassenraum.

»Würdet ihr euch bitte so setzen wie während des Unterrichts?«, bat Franca die Jugendlichen.

Das Mädchen nahm in der ersten Reihe Platz. Die beiden Jungs saßen etwas weiter hinten. Ziemlich weit voneinander entfernt.

»Wo war Hannahs Platz?«, wollte Franca wissen.

»Hier.« Kathrin wies auf den Stuhl neben sich.

»Nennt mir doch bitte eure vollständigen Namen, euer Alter und eure Wohnorte.« Sie hatte ihren kleinen Notizblock gezückt.

»Kathrin Mertens, fünfzehn Jahre, aus Koblenz.«

»Marcus Rehberg, sechzehn Jahre, ich wohne in Güls.«

Hinterhuber kam ebenfalls aus Güls.

»Und wie heißt du mit Nachnamen, Nick?«, fragte sie den anderen Jungen.

»Lehmann«, sagte er. »Ich bin auch fünfzehn Jahre alt und wohne in Winningen.«

»Dann war Hannah mit ihren vierzehn Jahren die Jüngste in eurer Gruppe«, konstatierte Franca, während sie Nick fixierte. »Du hast versucht, Hannah am Sonntag anzurufen, stimmt's?«

Der Junge starrte auf seine Fingernägel. Sie waren nicht ganz sauber. Dann sah er unsicher hoch. Sein zerknirschter Gesichtsausruck passte nicht so recht zu der progressiven Hahnenkammfrisur. Schließlich nickte er.

»Du kannst dir sicher denken, dass ich es war, die den Anruf entgegen genommen hat.«

»Da war sie schon tot, nicht wahr?« Endlich schaute der Junge sie an. Sein Blick flackerte. In seinen Augen stand Panik. Er sah aus wie ein Tier, das sich plötzlich in einer Falle wähnte, und am liebsten aufspringen und weglaufen würde.

Franca ließ ihn nicht aus den Augen. »Warum hast du denn aufgelegt?«

Er blickte um sich, erst zu Kathrin, dann zu Marcus. Schließlich hob er die Schultern. »Ich war erschrocken.« Er kratzte sich hinterm Ohr. »Ich hatte vorher ein paar Mal versucht, sie anzurufen. Wir hatten noch was miteinander zu besprechen. Doch sie ging nicht ran. Als ich dann Hannahs Nummer auf dem Display sah, hab ich mich gefreut, dass sie zurückgerufen hat. Dann war jemand anders dran. Damit hatte ich nicht gerechnet.«

»Du hast dich also gefreut über ihren Anruf.« Franca nickte. »War es denn so ungewöhnlich, dass sie zurückgerufen hat?«

»Nun ja«, druckste er. Wieder hob er die schmächtigen Schultern. Spielte nervös mit seinem dünnen Oberlippenbart. Franca wartete und behielt auch die beiden anderen im Blick. Kathrin hatte den Kopf gesenkt und schien gar nicht mitzubekommen, worum es ging.

»Warum gibst du denn nicht zu, dass du ihr nachgelaufen bist? Dass du sie regelrecht bedrängt hast. Und dass sie dir eine Abfuhr nach der anderen erteilt hat?« In Marcus' hellen Augen lag ein merkwürdiger Ausdruck. Franca bemerkte, dass er einen leichten Silberblick hatte.

»Marcus, das stimmt doch so nicht!« Kathrin war aus ihrer Lethargie erwacht und drehte sich zu ihrem Klassenkameraden um. »Was redest du denn da für einen Stuss?«

Um Marcus' Lippen spielte ein mokantes Lächeln, das Lächeln des Wissenden.

»Es stimmt schon. Marcus hat recht. Ich wollte Hannah gern zur Freundin«, gab Nick zögerlich zu. »Aber sie hat mich nur als Kumpel und so gesehen. Na ja, ich hätte es schon lieber anders gehabt. Aber besser so als gar keinen Kontakt.«

»Habt ihr euch regelmäßig getroffen?«

Er nickte. »Wir arbeiten am gleichen Projekt und sind beide aus dem gleichen Ort. Da läuft man sich zwangsläufig über den Weg. In letzter Zeit waren wir allerdings nicht mehr oft zusammen. Und wenn wir verabredet waren, kam es vor, dass sie einfach abgesagt hat. Oft erst in allerletzter Minute.«

»Und das hat dich geärgert?«

»Na ja, glücklich war ich nicht.«

»Mir ging's genauso mit ihr«, stimmte Kathrin nickend zu. »Früher, da waren Hannah und ich viel zusammen. Nicht nur wegen unseres Projekts.«

»Was war das genau für ein Projekt?«

»Wir haben die Vegetation der Winninger Weinbergterrassen untersucht. Durch die Jahreszeiten hindurch. Dort in den Steillagen findet sich ein ganz eigener Mikrokosmos mit vielen seltenen Tier- und Pflanzenarten«, erklärte Marcus.

»Aber seit dieser Andi auf dem Löwenhof wohnt, hat sich Hannah für unser Projekt nicht mehr richtig interessiert«, ergänzte Kathrin.

Franca horchte auf. »Sie nannte Herrn Kilian Andi?«

Kathrin nickte. »Sie hat mal gesagt, dass er so wäre, wie sie sich ihren Vater vorstellte.«

Franca stutzte. »Wusste sie denn nicht, wer ihr Vater ist?«

Kathrin schüttelte den Kopf. »Ihre Mutter hat sich geweigert, ihr das zu sagen. Angeblich wissen auch ihre Tante und ihre Großmutter nicht, wer ihr Vater ist. Aber das kann ich eigentlich gar nicht glauben. Die wohnen doch beieinander. Da kriegt man doch mit, wenn eine Frau eine Liebschaft hat. Zumal in so einem Dorf.«

»Wenn ihr mich fragt, dann hatte Hannah für diesen Typ keine Vatergefühle, sondern Gefühle ganz anderer Art.« Marcus verzog hämisch das Gesicht. Mit einem Mal sah er gar nicht mehr so hübsch aus.

»Quatsch. Das glaub ich nicht«, meinte Kathrin entrüstet. »Doch nicht so ein Steinzeittyp. Hast du dem mal ins Gesicht gesehen? Diese knittrige Haut? Und diese Tränensäcke?« Sie schüttelte sich. »Also, du kannst mir alles erzählen, aber an einer solchen Geschmacksverirrung hat Hannah bestimmt nicht gelitten.«

»Und wieso hat sie sich dann nur noch mit ihm rumgetrieben?«, meinte Marcus. »Na ja, vielleicht hatte er ja innere Werte«, fügte er süffisant hinzu.

Franca fühlte sich unangenehm berührt. So sprach also die Jugend über einen Mann in mittleren Jahren. Sie hörte den dreien noch ein Weilchen aufmerksam zu.

»Habt ihr irgendeine Vermutung, wer für Hannahs Tod verantwortlich sein könnte?« Noch bevor sie die Frage gestellt hatte, wusste sie bereits die Antwort.

»Fragen Sie doch mal diesen Andi«, sagte Marcus geradeheraus.

Kathrin nickte. »Ich könnte mir auch vorstellen, dass er was damit zu tun hat. Sie war ja fast nur noch mit dem zusammen.«

»Und du, Nick? Was glaubst du?«

Nick sah auf. Er wirkte, als ob er von einer Trance zurückkehrte ins Hier und Jetzt. »Ich weiß es nicht«, sagte er leise und hob die mageren Schultern. Urplötzlich brach er in ein herzzerreißendes Weinen aus. Es sah schlimm aus. Ein schlaksiger, halbwüchsiger Junge, pickelig und mit Hahnenkammfrisur, der laut schluchzte und dem ungehindert Tränenbäche die Wangen hinunter liefen.

15

Noch war das Fahren ungewohnt. Aber es machte ihm zunehmend Spaß. Er hatte nie wirklich den Führerschein vermisst, dahin, wo er wollte, kam er mit Bussen oder Bahn. Notfalls auch mit dem Fahrrad. Doch heute hatte ihn der Drang befallen, wegzufahren. Weg von allem. Irgendwohin.

Er sah, dass nur noch wenig Benzin im Tank war und fuhr die nächste Tankstelle an. Im Verkaufsraum stachen ihm die verschiedenen Alkoholika geradezu ins Auge. Er konnte nicht widerstehen, einige Schnapsfläschchen zu kaufen.

Wie selbstverständlich steckte sie der Verkäufer in eine Plastiktüte und reichte sie ihm. Zögernd griff er danach. Der Verkäufer, ein junger Mann mit Ziegenbärtchen, nannte Kilian den Preis und achtete nicht weiter auf ihn.

Er verstaute die Tüte auf dem Rücksitz des Toyota, außer Reichweite. Dort klackten sie aneinander, sobald er in eine Kurve fuhr.

Als die ersten Häuser von Koblenz auftauchten, dachte er daran, dass es fünf Wochen her war, seit er hier mit dem Zug angekommen war. In einem endlosen Gewirr türmten sich Straßenzüge übereinander, führten in Schleifen über Brücken oder verschwanden in Tunnel. Oben auf dem Berg thronte die trutzige Burganlage. Festung Ehrenbreitstein. Vielleicht sollte er dort hinauffahren. Bedrängt von den Autokolonnen dicht neben ihm hielt er sich krampfhaft rechts. Versuchte, sich nach jedem Fahrbahnwechsel aufs Neue zurechtzufinden und wusste doch nicht so genau, wo er gerade war. Als er über eine Brücke fuhr, hatte er vollends die Orientierung verloren. In welcher Richtung war er denn jetzt unterwegs? Das nächste Straßenschild, das er wahrnahm, verwies auf Rüdesheim. Nun ja, fuhr er also nach Rüdesheim.

Der Name der Stadt am Rhein löste Erinnerungsbilder aus. Seine Gedanken wanderten zurück zu einem der obligatorischen Sonntagsausflüge, die er aus tiefstem Herzen verabscheute. Viel lieber als das Genöle seiner Schwester und die ewigen Zurechtweisungen seiner Eltern anzuhören, hätte er sich mit einem seiner dickleibigen Naturbücher zurückgezogen und sich in die Betrachtung von Tieren und Pflanzen vertieft. Das war eine Welt, die ihn faszinierte und der er sich gern widmete. Diese Sonntagsausflüge hingegen waren vollkommen uninteressant in seinen Augen. Hinzu kam, dass Liane sich jedes Mal unmöglich benahm und ständig auf ihren Vorteil bedacht war. Noch ein Grund mehr, sich zu drücken. Doch es gab kein Pardon, die Eltern bestanden darauf, dass er mitkam. Weil Mutter endlich die Drosselgasse sehen wollte, von der sie schon so viel gehört hatte.

Seine Schwester wollte unbedingt vorn sitzen. Mit stoischer Penetranz nölte sie, ihr werde hinten schlecht. Ob es ihnen lieber sei, wenn sie das Auto voll kotzt? Dieser Aussage ließ sie effektvolle Würgegeräusche folgen, von denen sich die Eltern auch noch beeindrucken ließen. Vater fuhr ruckartig bremsend an den Seitenrand, Mutter krauchte schimpfend nach hinten auf den engen Rücksitz des VW-Käfer, und Liane hatte wieder mal erreicht, was sie wollte: Vorn neben ihrem geliebten Vater zu sitzen, den sie mit einem winzigen Augenaufschlag um den Finger wickeln konnte. Als sie sich zu ihrem Bruder umdrehte, sah er den unverhohlenen Triumph in ihren Augen. Gleichzeitig hatte er eine Lehre fürs Leben gelernt. Das nächste Mal würde er zu Hause bleiben. Fieber, Durchfall, Unwohlsein.

Irgendeine vorgetäuschte Krankheit würden sie ihm schon abnehmen. Er musste sich nur so überzeugend benehmen wie Liane, dann würden sie auch ihm glauben.

Die Drosselgasse war eine Ansammlung von Gastwirtschaften, Weinlokalen und Souvenirläden. In jedem Schaufenster der gleiche Kitsch. Unlustig schlurfte er über die holprigen Pflastersteine. Es ärgerte ihn, dass er in der engen Gasse ständig irgendwelchen Touristenströmen ausweichen musste.

»Guck mal, wie süß!« Seine Schwester zeigte auf einen blauen Plastikfernseher. »Was man da drin wohl sehen kann?«

Gelangweilt sah er in das vollgestopfte Schaufenster. Warum Liane so etwas süß fand, würde ihm ewig ein Rätsel bleiben. Plötzlich erregte ein Satz Messer seine Aufmerksamkeit, der an der Seite des Schaufensters aufgereiht war. Fasziniert betrachtete er die verschiedenartigen Messer. Taschenmesser, Jagdmesser mit Horngriffen, die in Scheiden steckten. Armeemesser, die man festgeschnallt am Arm unsichtbar unter dem Hemdsärmel tragen konnte.

»Mir gefallen diese Teller gut«, hörte er seine Mutter sagen. Sie deutete auf das buntbemalte Porzellan, das es in allen Ausführungen gab, von setzkastenwinzig bis gartenzwerggroß. Auf jedem der Stücke prangte die Aufschrift »Rüdesheim am Rhein«. Vater fand die Schilder mit den Sprüchen witzig, die zwischen all dem Krimskrams aufgehängt waren. »Wenn's Arscherl brummt, ist's Herzerl g'sund«. Der hatte es ihm besonders angetan.

Alle zusammen gingen sie in den Laden. Mutter wollte ein richtiges Souvenir – eins, das uns immer an diesen schönen Ausflug erinnert, wie sie sagte. Ein Teller mit geschwungenem Goldrand, Rüdesheim-Ansicht und Inschrift sollte es sein. Vater kaufte den Teller, das Spruchbild und den blauen Spielzeug-Fernseher, den Liane unbedingt haben wollte, und der für beide Kinder gedacht war. Wenn man durch das Guckloch sah und auf den weißen Knopf drückte, erschienen im stetigen Wechsel von einem unsichtbaren Licht angestrahlte Ansichten vom Rhein. Burg Katz. Der Mäuseturm in Bingen. Das Niederwalddenkmal. Weinberge, durch die eine Seilbahn führt. Andreas' sehnsüchtige Blicke galten weiterhin den Messern. Davon hätte er gern eines gehabt. Aber gesagt hatte er nichts.

Das Spruchbild wurde zu Hause ins Klo gehängt. Der Plastikfernseher versank bald in der großen Spielzeugkiste und der Rüdesheim-Teller zierte jahrelang die Wand über dem Küchenschrank. Als er eines Tages herunter fiel, weil sich der Aufhänger gelöst hatte, warf man die Scherben ohne großes Bedauern in den Abfall.

Hinten auf dem Rücksitz klackerten die Fläschchen. Merkwürdig, dass ihm jetzt all diese Dinge einfielen, an die er jahrelang nicht gedacht hatte.

Er war bereits ein gutes Stück durch das enge Mittelrheintal mit seinen steil aufragenden Hängen gefahren. Der nächste Ort, den er passierte, war Braubach. Er bog auf einen Parkplatz ein, der direkt am Rhein lag, um sich ein wenig die Beine zu vertreten.

Auf einer Bank saßen zwei Mädchen in Hannahs Alter. Sie hatten die Köpfe einander zugeneigt. Lachten. Tuschelten miteinander in seliger Vertrautheit. Er schluckte hart und schlenderte an ihnen vorbei.

Als er vorüber war, drehte er den Kopf und schaute zurück. Noch immer saßen die Mädchen eng beieinander. Die eine lachte gerade, schüttelte kokett den Kopf und strich sich dabei das Haar zurück. Eine Bewegung, die er oft bei Hannah gesehen hatte. Dann hatte er gedacht, dass sie genau wusste, welche Gefühle sie mit solchen Gesten in ihm weckte. Das Bild verschwamm vor seinen Augen. Er sah Hannah dort auf der Bank sitzen. Sie winkte ihm zu. »Komm her zu mir«, rief sie spielerisch. »Nun komm schon. Worauf wartest du denn?«

Sofort folgte das Entsetzen. Die Fassungslosigkeit. Das Nichtverstehen können. Sein Herzschlag stolperte. Etwas in seinem Inneren krampfte sich schmerzhaft zusammen. Hannah, hallte es in seinem Kopf. Ein nicht mehr verstummendes Echo. Hannah Hannah Hannah. Was ist bloß passiert?

16

Hinterhuber hatte den Telefonhörer zwischen Ohr und Schulter geklemmt und notierte etwas auf einen Zettel, als sie ins Büro zurückkam. Sein Bayernjanker hing hinter ihm über der Stuhllehne.

»Vielen Dank, Frau Nachtigall, ich denke, dass uns diese Auskunft ziemlich weiterhilft.« Er legte auf. Neben dem Computer stand ein Becher, aus dem das Ende eines Teebeutels baumelte.

»Mit wem hast du denn gerade geflirtet?« Franca gönnte sich den zweiten Espresso für diesen Tag und naschte ein Bacio. Baci, das waren Schokolade-Nuss-Bällchen, die nach ihrer Kindheit schmeckten. Damals, als ihr Vater den kleinen Delikatessenladen in der Entenpfuhlgasse führte, gehörten Baci, die wörtlich übersetzt »Küsschen« hießen, mit zum Sortiment. Und wenn die kleine Francesca besonders lieb war, durfte sie in die blaue Dose mit den Silbersternen greifen und eines von den Baci naschen. Sie mochte sie nicht nur wegen der Schokolade, sondern sie war jedes Mal begierig auf die Sprüche gewesen, die im Einwickelpapier steckten. Diese Neugier war geblieben.

Sie entrollte die sternenbedruckte Silberfolie und strich das darin liegende Pergamentpapier mit dem blaugedruckten Spruch glatt. *»Love me, when I deserve it least, as that is when I'll need it most«*, stand dort in italienischer und englischer Sprache. Zugeordnet wurde der Spruch einem »anonimo«.

Sie lächelte, nahm den Spruch und warf ihn samt Sternchenpapier in den Abfall. Die gelben Jalousien vor dem Bürofenster waren halb heruntergelassen. Ein Sonnenstrahl traf die gemalte Sonne oberhalb von Rosina Wachtmeisters Katze. Obwohl die Fenster gekippt waren, war es im Büro unerträglich heiß. Eine Temperatur, die die zahlreichen Kakteen auf dem Fensterbrett offensichtlich liebten. An einem der Stacheldinger konnte sie zwei zartrosa Knospenblüten ausmachen, die halb geöffnet waren. Sah schon irgendwie hübsch aus.

»Ein sehr ergiebiger Flirt.« Hinterhuber lachte. »Du wirst staunen: Dieser Kilian war zwar wirklich mal an der Mainzer Uni beschäftigt. Aber das ist lange her. Man hat ihn gefeuert.«

Sie hatte gerade die Tasse an den Mund gehoben. Ohne zu trinken, setzte sie sie wieder ab. »Ach.«

»Zuerst haben sie sich geziert und wollten mir keine telefonische Auskunft geben. Aber dann bin ich an eine redselige Studentin geraten. Und die hat gezwitschert.«

»Frau Nachtigall.«

»Du sagst es.« Hinterhubers Augen hinter der Goldrandbrille funkelten belustigt. »Und jetzt halt dich fest: Vordergründig hat man diesen Kilian wegen seines Alkoholproblems geschasst, das er nicht mehr im Griff hatte. Wenn er nüchtern war, war er wohl ein ruhiger und angenehmer Zeitgenosse. Aber im Suff hat er sich schon mal an kleine Mädchen herangemacht. Und das scheint ihm letztendlich das Genick gebrochen zu haben.«

»Kleine Mädchen«, murmelte Franca und nahm einen Schluck. »Ich nehme an, so alt wie Hannah?«

»Etwas jünger.«

»Ich meine, so alt wie Hannah wirkte.«

Es war immer wieder dasselbe. Egal, ob sie einen angesehenen Beruf ausübten oder Ungelernte waren. Mit Intelligenz hatte eine pädophile Neigung wohl wenig zu tun. Sie war in allen Schichten und Berufssparten zu finden. Und es war ein Problem, das fast ausschließlich Männer betraf. Nur ganz wenige Missbrauchsdelikte von Frauen waren ihr bekannt. Sie sah diesen Kilian vor sich. Wie er in Tränen ausgebrochen war. Und wie sie in diesem Moment auch noch Mitleid empfunden hatte. Dann, als sie erfahren hatte, dass er lediglich ein Gast war, war ihr dieses Gebaren reichlich merkwürdig vorgekommen.

Sie seufzte tief. Hatte sie es nicht gesagt? Manchmal waren die Dinge einfach. Erschreckend einfach.

»Ich denke, wir sollten uns schleunigst mit diesem Kilian unterhalten. Frankensteins Bericht ist übrigens auch schon da.« Hinterhuber wies auf Francas Schreibtisch. Oben auf einem nicht sehr ordentlichen Stapel lag ein blauer Hefter. »Einen Unfall schließt er zu hundert Prozent aus. Jetzt hast du's schriftlich.«

Franca nahm den Hefter in die Hand und überflog die einzelnen Blätter. Der Sachverhalt wurde so dargestellt, dass Hannah sich bei Tatausübung im Weinberg oberhalb der Mauer befunden haben musste. Etliche abgeknickte Reben und ein umgestürzter Pfahl deuteten auf mögliche Kampfspuren. Der Täter hatte mehrfach mit dem Schieferbrocken auf ihren Hinterkopf eingeschlagen. Daraufhin war sie auf dem abschüssigen Gelände gestürzt und von der Mauerkrone herunter hinter den Heckenrosenbusch gefallen. Den Stein, an dem Haare und Blut des Opfers klebten, hatte der Täter weit von sich geschleudert.

»Gibt's denn irgendwas an dem Stein, das auf den Täter verweist? Fingerabdrücke kann man ja wohl vergessen, oder?« Sie wusste, dass sich Steine denkbar schlecht als Spurenträger eignen. Auf deren Oberfläche ist der Nachweis von Papillarlinien so gut wie unmöglich. Wenn überhaupt etwas erkennbar ist, dann nur verwischte Muster. Als Indizien völlig unbrauchbar.

»Am meisten verspricht sich Frankenstein von dem

Obduktionsergebnis. Schlagfläche und Eindrücke des Steins stimmen jedenfalls mit der Art der Verletzungen überein.«

»Dann bräuchten wir also nur noch nachzuweisen, dass dieser Kilian der Täter ist. Oder wie siehst du das?«

Er wiegte den Kopf. »Ich habe meinen Beruf nie als Quizspiel angesehen. Vielleicht ergibt ja auch die Auswertung der Anrufe auf ihrem Handy noch einen anderen möglichen Ansatz.«

Sie hob die Augenbrauen.

»Dann haben die noch so ein merkwürdiges Plastikteil gefunden, das sie nicht recht einordnen können.«

»Was denn für ein Plastikteil?«

»Sieht aus wie ein Deckel mit Luftlöchern. Und da ist ein Griffteil dran. Na ja, es muss ja nicht unbedingt etwas mit dem Verbrechen zu tun haben.«

»Ich finde, wir sollten uns jetzt erst mal diesem Kilian widmen.«

Franca griff nach dem Autoschlüssel und warf ihn Hinterhuber zu.

»Vielleicht hast du ja recht und wir sind wirklich an einen verkappten Humbert Humbert geraten«, meinte Hinterhuber, während er den Dienstwagen, einen Opel Vectra, am Moselufer entlang lenkte. »Fragt sich nur, warum er dann sein Objekt der Begierde umgebracht hat.«

Franca sah ihn verständnislos an. »Humbert Humbert? Wer soll das denn sein?«

Er legte den Kopf schräg. »Hast du nie ›Lolita‹ gelesen?«

»Äh ... nein.«

»Das ist aber eine echte Bildungslücke.«

Sie fühlte sich ertappt. Das Buch stand zwar bei ihr zu Hause auf dem Regal, wo es seit Jahren verstaubte. Eine Buchclubausgabe. Sie sah sogar das Cover vor sich. Ein

Mädchengesicht mit einer herzförmigen Sonnenbrille auf der Nase. Zwischen den Lippen steckte lasziv ein rosaroter Lolli. ›Lolita‹ war eines von vielen Büchern, in das sie nie hineingeschaut hatte. Die Mitgliedschaft im Buchclub hatte sie irgendwann gekündigt. Weil sie nur selten zum Lesen kam.

»Ziemlich aufschlussreich, was so einen alten Knacker mit Jungmädchenneigungen betrifft. Und natürlich nicht zu vergleichen mit den primitiven Typen, die sich kleine Mädchen in Thailand oder sonst wo kaufen. Eher der feinsinnige Intellektuelle, aber deshalb nicht minder gefährlich. Humbert Humbert tut alles, um in Lolitas Nähe zu sein. Er heiratet sogar ihre Mutter, obwohl er sie verachtet. Die kommt dann auch noch bei einem Unfall ums Leben, den er verschuldet hat. Danach hat er die Kleine endlich für sich. Aber diese Lolita ist auch nicht ganz ohne. Ein richtiges Biest. Sie heizt ihm mächtig ein mit ihrem koketten Klein-Mädchen-Getue.« Hinterhuber wandte den Kopf. »Und du hast wirklich noch nie was von ›Lolita‹ gehört?«

»Ach hör doch auf, den Oberlehrer zu spielen«, erwiderte sie ärgerlich. »Klar kenne ich ›Lolita‹. Steht zu Hause auf meinem Regal. Und den Film hab ich auch mal gesehen. Nur war mir im Moment entfallen, worum es da genau ging.« Nach einer Weile fragte sie: »Kannst du mir mal sagen, wieso so etwas Weltliteratur wird? Kinderschänder werden doch sogar unter Kriminellen als das Allerletzte betrachtet.«

Er hob die Schultern. »Das musst du nicht mich fragen. Ingrid könnte dir da schon eher Auskunft geben. Sie hat Literaturwissenschaft studiert. Sie sagt immer, gute Literatur spiegelt das Leben und lässt uns Erfahrungen in Büchern machen, die wir sonst nicht machen würden.«

»So, sagt sie«, erwiderte Franca gereizt. Nur zu gern hätte sie hinzugefügt: »Deine Ingrid ist wohl eine ganz Schlaue.« Doch diesen Kommentar verkniff sie sich im letzten Moment.

Sie konnte sich absolut nicht vorstellen, welche lebenswichtigen Erfahrungen sie bei der Lektüre von ›Lolita‹ hätte machen können.

»Ich kann jedenfalls solche alten Säcke nicht begreifen, die sich an Kindern vergreifen. Das Verständnis dafür wird mir ewig fremd bleiben. Da hilft auch keine noch so feinsinnige Literatur.«

Als sie das Ortsschild von Güls, Hinterhubers Wohnort, passierten, fühlte sie sich wieder an das Gespräch in Hannahs Klassenzimmer erinnert. »Übrigens einer der Schüler, die ich befragt habe, stammt aus Güls«, sagte sie.

»Wie ist sein Name?«, wollte er wissen.

»Marcus Rehberg.«

Er nickte. »Ja. Der wohnt bei uns in der Nachbarschaft. Hübscher Bursche, nicht wahr?«

Franca unterließ es, Hinterhuber mitzuteilen, dass dieser Marcus sie an Leonardo DiCaprio erinnerte. Dazu würde Hubi ganz sicher wieder etwas Spitzfindiges einfallen.

»So wie ich gehört habe, ist das der Schwarm aller Gülser Mädchen.« Hinterhuber grinste.

Vielleicht warst du ja früher mal der Schwarm aller bayrischen Mädchen, dachte sie.

Sie hatten Winningen erreicht und passierten die Unterführung. Auf dem Platz rund um den Brunnen und vor dem frisch renovierten Spital, einer Vinothek, herrschte Hochbetrieb. Sämtliche Sitzplätze der verschiedenen Gastronomiebetriebe waren besetzt. Hinterhuber bahnte sich mit dem Vectra vorsichtig einen Weg durch das Menschengewimmel und fuhr die bucklige Straße entlang bis hinaus zum Löwenhof. Franca stieg aus. Durch das offenstehende Tor drang Gemurmel in einer fremden Sprache. Wahrscheinlich die polnischen Arbeiter, dachte Franca. Sie ging die hohe Treppe nach oben und betätigte den Türklopfer.

Aus einem der Fenster duftete es verführerisch. Franca

spürte, dass sie Hunger hatte. Sie hätte besser in der Kantine noch einen Happen essen sollen.

»Denk dran: Noch wissen wir überhaupt nichts. Taktik eins ist angebracht. Nur Vortasten«, sagte Hinterhuber mit einem merkwürdigen Unterton.

»Für wen hältst du mich denn?«, erwiderte sie ärgerlich. Wer gab denn hier die Richtlinien vor? Das klang ja ganz danach, als ob Hinterhuber ihr das Ruder aus der Hand nehmen wollte. Warte nur, Bürschchen, dachte sie. Das haben schon ganz andere versucht. Noch bin ich hier der Boss.

»Ich meine nur, weil ich mir gut vorstellen kann, dass dich dieser Fall in besonderem Maße berührt. Wenn man eigene Kinder hat, verliert man bei diesem Thema leicht den objektiven Blick.«

»Sag mal, was ...?«

Franca verstummte mitten im Satz, als Irmtraud Lingat die Tür öffnete. Ein kleines Lächeln des Erkennens huschte über ihr großflächiges Gesicht mit dem markanten Feuermal.

»Ich hoffe, wir stören nicht«, sagte Franca. »Dies ist mein Kollege, Herr Hinterhuber.« Mister Oberschlau, dachte sie grimmig, während sie der großen, kräftigen Frau mit liebenswürdiger Miene die Hand gab. »Wir hätten noch ein paar Fragen.«

»Wir sind gerade beim Essen. Aber das ist schon in Ordnung. Kommen Sie nur mit.« Sie vollführte eine einladende Geste. Franca und Hinterhuber folgten ihr. Immer weiter dem verführerischen Essensgeruch entgegen. Hoffentlich verrät mich mein Magen nicht, dachte Franca noch, als der bereits laut und vernehmlich knurrte.

»Sie können gerne mitessen. Es ist genug da«, sagte Irmtraud Lingat lächelnd, während sie das Esszimmer betraten. »Ich koche immer reichlich.«

»Ach, nein, danke«, sagte Franca tapfer. Das ging ja wohl nicht an, dass sie sich hier verköstigen ließen.

»Also, ich würde nicht nein sagen.« Hinterhuber sah Franca auffordernd an. »Wenn man so nett eingeladen wird.«

»Aber gern. Und Sie, Frau Kommissarin, haben Sie es sich jetzt auch anders überlegt?«

Franca gab sich geschlagen. »Danke, das ist sehr nett. Und wenn der Kollege ...« Ihr war es trotzdem ein wenig peinlich. Schließlich waren sie aus einem unangenehmen Grund hierher gekommen.

»Nehmen Sie doch einfach Platz.« Irmtraud Lingat schickte sich an, zwei weitere Teller und Gläser aus dem Schrank zu nehmen.

Marion und die ältere Frau Lingat saßen bereits am Tisch. Marion sah blass aus. Bei ihrem Eintreten hatte sie kaum aufgesehen. Vor ihr stand ein Teller, in dem sie lustlos herumstocherte. Daneben ein halb volles Weinglas.

»Es gibt Rieslingschnitzel und Spätzle. Bitteschön.« Irmtraud Lingat reichte Franca einen wohlgefüllten Teller. »Einen Schluck Wein dazu?«

»Nein, danke«, sagten Franca und Hinterhuber unisono. »Das nun wirklich nicht«, fügte Franca hinzu.

»Verstehe, Sie sind ja im Dienst.« Irmtraud lächelte verständnisvoll und goss jedem von ihnen ein Glas Mineralwasser ein.

»Für mich bitte nur Spätzle mit Soße. Kein Fleisch, wenn's geht«, bat Hinterhuber.

Vielleicht war es doch keine so schlechte Idee, zusammen mit der Familie Mittag zu essen. Da konnte man relativ locker auf das eigentliche Anliegen zu sprechen kommen. Satte Menschen führten andere Gespräche als hungrige. Diese einfache Weisheit galt auch für Kriminalpolizisten.

Franca begann zu essen und war überrascht. Es schmeckte irgendwie vertraut und dennoch eine Spur exotisch. Eine

Komponente, die sie nicht kannte und die dem Gericht eine besondere Note gab. Das Fleisch zerging auf der Zunge. Hubi, da lässt du dir aber was ganz Besonderes entgehen, dachte sie. Eine Soße ohne Fleisch ist wie ein Zirkuspferd ohne Federbusch. Dieses Gericht war ein purer sinnlicher Genuss. Sagenhaft. Und so etwas Außergewöhnliches bekam man nun in einem einfachen Winzerhaushalt aufgetischt.

»Sagen Sie«, wandte sie sich an Irmtraud Lingat. »Wo haben Sie denn so gut kochen gelernt? Das schmeckt ja wie in einem Gourmet-Restaurant.«

Die Angesprochene lächelte geschmeichelt und wollte gerade zu einer Antwort ansetzen, als ihre Mutter ihr das Wort abschnitt.

»Haben Sie den Mörder meiner Enkelin gefasst?«, kam es scharf vom oberen Tischende.

Bereits bei ihrem ersten Besuch auf dem Löwenhof war Franca die Verhärmtheit der alten Frau aufgefallen. Menschen, die viel durchgemacht hatten, legten solche Verhaltensweisen an den Tag, sagte ihre Lebenserfahrung. Frau Lingat senior gehörte offenbar zu den Menschen, die nicht zeigen wollen, wie nahe ihnen die Dinge gehen.

»War es wirklich kein Unfall?«, fragte Irmtraud.

»Inzwischen können wir ziemlich sicher davon ausgehen, dass es kein Unfall war«, antwortete Hinterhuber.

»Aber das heißt ja …« Irmtraud Lingats Augen weiteten sich. Sie sprach nicht aus, was es hieß.

»Momentan versuchen wir, Hannahs letzte Lebensstunden zu rekonstruieren und einen genauen Zeitplan zu erstellen«, erläuterte Franca und hoffte, dass dies diplomatisch genug war in Hinterhubers Augen. »Waren Sie beim Mittagessen alle beisammen?« Franca sah in die Runde. Nur Irmtraud Lingat nickte, die anderen beiden Frauen zeigten keine Reaktion.

»War auch Herr Kilian mit am Tisch?«

Irmtrauds Augen wanderten unruhig hin und her. Marion saß apathisch da und blickte starr auf ihren Teller.

»Ja, er hat wie immer mit uns zu Mittag gegessen«, sagte die alte Frau Lingat. Es klang so, als ob das eine Tatsache war, die ihr absolut nicht passte.

»Nach dem Essen ist Hannah dann zusammen mit Herrn Kilian in die Weinberge gegangen. Ist das richtig?«

»Ich habe ihr gesagt, dass sie hoch zum Brückstück gehen soll«, sagte Irmtraud leise. »Hannah sollte den Entwicklungsstand der Trauben kontrollieren und nachsehen, ob alles in Ordnung ist.«

»Gab es einen besonderen Grund, dass Herr Kilian Hannah begleitet hat?«

Irmtraud hob die Schultern. »Die beiden gingen oft miteinander in die Weinberge. Das ist doch nicht verwerflich, oder?«

Franca ignorierte den Einwand. »Wir hätten ganz gern Herrn Kilian bei diesem Gespräch dabei. Ist er nicht hier?«

»Der hat sich bis jetzt noch nicht blicken lassen«, zischte die alte Frau Lingat. »Dafür wird er schon seine Gründe haben.«

»Er ist heute morgen mit dem Toyota weggefahren«, meinte Irmtraud mit unsicherer Miene. »Er hatte wohl etwas Dringendes zu erledigen.«

»Du willst doch nicht etwa sagen, dass du ihm unser Auto überlassen hast?«, fuhr die Alte ihre Tochter an. Ihr rechtes Auge begann zu zucken.

»Er wohnt doch schon so lange bei uns«, erwiderte Irmtraud hilflos. »Ich dachte, es ist in Ordnung ...«

»Es ist vollkommen in Ordnung, Irmchen.« Es war das erste Mal, dass Marion sich an dem Gespräch beteiligte. Sie bedachte ihre Mutter mit einem warnenden Blick. »Der Toyota ist auf mich zugelassen. Und es gibt überhaupt keinen Grund, weshalb ihn sich Herr Kilian nicht ausleihen dürfte.«

Welch harmonische Klänge, dachte Franca. »Wissen Sie denn, wo er hingefahren ist?«, wandte sie sich an Irmtraud.

Sie schüttelte den Kopf. »Das hat er nicht gesagt.«

»Wann wollte er zurückkommen?« Sie tauschte mit Hinterhuber einen Blick.

»Das weiß ich leider auch nicht.«

»Hm, das ist aber sehr schade.«

»Der ist einfach mit dem Toyota weggefahren«, murmelte die alte Frau Lingat vor sich hin. Es klang fassungslos.

Francas Kopfhaut zog sich zusammen. Unter ihrer Schädeldecke begann es zu rotieren. Es war klar, dass sie nicht die einzige am Tisch war, die einen Verdacht gegen Kilian hegte.

»Dürfte ich mal einen Blick in sein Zimmer werfen?«, fragte Franca.

»Ich verstehe nicht?« Irmtrauds Gesichtsausdruck war etwas dümmlich. »Ich meine, wozu sollte das gut sein? Wir achten die Privatsphäre unserer Gäste. Wollen Sie nicht warten, bis Herr Kilian wiederkommt? Dann kann er selbst entscheiden, ob er Ihnen sein Zimmer zeigen will.«

»Sie glauben auch, dass er es getan hat, nicht wahr?«, kam es hart vom oberen Ende des Tisches. Eine Frage, die an Franca und Hinterhuber gerichtet war. »Und jetzt hat er sich aus dem Staub gemacht. Genau so habe ich mir das gedacht.«

»Um Gottes Willen, Mutter«, rief Irmtraud aufgebracht. »Wie kannst du denn so etwas sagen? Herr Kilian war immer zuvorkommend und hat sich nie etwas zuschulden kommen lassen. Ein durch und durch anständiger Mensch. Ich verstehe überhaupt nicht, wie man solch eine Ungeheuerlichkeit auch nur denken kann.«

Aufmerksam hörte Franca dieser vehementen Verteidigungsrede zu.

»So? Und wieso ist er immer um Hannah herumscharwenzelt? Wie eine Klette hat er sich an sie dran gehängt. Es ist kein Tag vergangen, an dem die beiden nicht die Köpfe zusammengesteckt haben«, geiferte die Alte. »Weiß der Teufel, was er mit ihr in den Weinbergen getrieben hat. So wie er sie immer angestiert hat. Mir war er von Anfang an nicht geheuer. Aber auf mich wollte ja niemand hören.«

»Aber Mutter, du kannst doch nicht ...« Irmtraud kam nicht dazu, den Satz zu beenden. »Irmchen, halte du dich bloß zurück«, fiel ihr die Mutter ins Wort. »Dass du in dieses Subjekt vergafft bist, ist hier niemandem entgangen. Aber dieser Mensch hat deine Arglosigkeit schamlos ausgenutzt. Und du warst so dumm, das noch nicht mal zu merken.«

Die Dicke wurde puterrot im Gesicht. Ihr Doppelkinn bebte. Ihre Haut verfärbte sich. Das Mal auf ihrer Wange sah merkwürdig aus. Wie eine Feuerstelle, die sich entzündet hatte und ihr Gesicht überloderte.

Franca sah von einem zum anderen. Und dann betrachtete sie Hinterhuber. Harmonische Familienverhältnisse, schien sein Blick zu sagen. Hier ist wohl keiner dem anderen grün.

Die Alte stand abrupt auf. »Ich habe dem nichts mehr hinzuzufügen«, sagte sie. Eine Tür wurde geräuschvoll zugezogen.

Irmtraud erhob sich schweigend und trug das Geschirr hinaus. Die einzige, die sitzen blieb, war Marion. Sie hob ihr Weinglas und nahm einen großen Schluck.

»Prost Mahlzeit«, sagte sie. Ihr entfuhr ein kleiner Rülpser. Schnell hielt sie sich die Hand vor den Mund und versuchte zu lächeln. Dabei sah sie furchtbar unglücklich aus.

»Wie geht es Ihnen?«, fragte Franca leise.

Marion mied ihren Blick und starrte weiterhin schweigend vor sich hin. »Wie es einem so geht, wenn das einzige Kind gestorben ist«, sagte sie schließlich. Sie sprach schleppend. Als ob ihr das Sprechen Mühe bereitete. Wahrscheinlich bedingt durch den Alkohol.

»Wie ist Ihre Meinung über Herrn Kilian?«, fragte Hinterhuber. »Denken Sie auch so wie Ihre Mutter?«

»Ich denke nie wie meine Mutter. Schon aus Prinzip nicht.« Wieder hob sie ihr Glas und trank einen großen Schluck.

Franca warf Hinterhuber einen schnellen Blick zu. Er bedeutete ihr, dass es wohl nicht mehr viel Sinn hatte, Marion in diesem Zustand weiter zu befragen. Wein in sich zu schütten war wahrscheinlich ihre Art der Trauerbewältigung.

Marion setzte hart ihr Weinglas auf der Tischplatte ab. »Wenn Sie es unbedingt wissen wollen: Ich fühle mich beschissen. Einfach nur beschissen.« Sie versuchte einen zynischen Ton, was ihr aber nicht gelang. Das Zittern in ihrer Stimme konnte sie nicht unterdrücken. Die Waffe der Sensiblen, wenn sie eine Mauer um sich ziehen wollen, dachte Franca. Wenn sie die Wirklichkeit nicht mehr ertragen können. Zumindest darin waren sich Mutter und Tochter ähnlich.

»Ich kann verstehen, was Sie fühlen«, sagte Franca leise. »Ich habe auch eine Tochter. Ungefähr in dem Alter von Hannah. Ich glaube, ich würde durchdrehen, wenn man ihr etwas antun würde.«

Marion sah sie unter halb gesenkten, geschwollenen Lidern an. »So. Sie meinen also, Sie könnten mich verstehen. Aber vergessen Sie nicht, dass Ihr Kind lebt und meines tot ist. Das ist ein zwar kleiner, aber feiner Unterschied.«

Marion drehte ein wenig den Kopf und sah an Franca vorbei. Fixierte irgendeinen Punkt hinter ihr. Plötzlich begann ihr Kinn zu zittern und eine dicke Träne lief ihr über die Wange. »Ich kann mir einfach nicht vorstellen, wer Hannah dies angetan haben soll«, brach es aus ihr hervor. »Jeder hat mir zu meiner Tochter gratuliert und gesagt, wie stolz ich auf sie sein könne. Sie war manierlich, hübsch, klug, hilfsbereit. Es gab einfach keinen Grund, ihr den Schädel einzuschlagen und sie hinter eine Hecke zu werfen. Keinen Grund ...« Nun heulte sie. Endlich. Das war besser zu ertragen als der aufgesetzte Zynismus vorher. Eine ganze Weile weinte sie vor sich hin, unterbrochen von einigen leisen Schluchzern. Dann stand sie auf, suchte ein Taschentuch und schnäuzte sich.

»Wissen Sie, was ich in den letzten Tagen oft gedacht habe? Man lebt vor sich hin und schuftet und schuftet. Nie ist Zeit für ein Gespräch. Immer geht die Arbeit vor. Und trotzdem ist es nie genug, was man tut. Obwohl man sich abhetzt wie blöd, bleibt viel zu vieles unerledigt. Aber wenigstens ist die Familie vollzählig. Keiner fehlt. Keiner ist krank. Allen geht es soweit gut. Und dann, plötzlich, von einem Tag auf den anderen, ist einer davon nicht mehr da. Ein Kind, das vorher ganz selbstverständlich bei uns war, fehlt. Das ist es, was ich einfach nicht begreifen kann.« Geräuschvoll zog sie Luft durch die Nase. »Dort in diesen Sessel hat sie sich immer gelümmelt. Wie oft hab ich sie getadelt, weil sie die Schuhe anließ. Ich könnte mich ohrfeigen, wenn ich daran denke, was ich Hannah manchmal für einen Scheiß vorgeworfen habe. Und wie selten ich ihr gesagt habe, was für ein tolles Mädchen sie ist. Und jetzt ist es dafür zu spät.« Mit der bloßen Hand wischte sie sich über das Gesicht. »Ich wollte immer eine bessere Mutter sein, als es meine Mutter für mich war. Egal, wie ich mich auch angestrengt habe, nie konnte ich es ihr recht machen«, stieß sie hervor. »Und dann hab ich bei Hannah die gleichen Fehler gemacht.« Sie zog die Nase hoch. Wie ein Kind kam sie Franca jetzt vor. Ein verängstigtes kleines Kind. »Mutter hat immer nur kritisiert. Ein Lob kam so gut wie nie über ihre Lippen. Und wenn ihr was nicht in den Kram gepasst hat, dann hat sie sich in eine andere Welt zurückgezogen und irgendeine Krankheit vorgeschützt. Dabei kenne ich keinen gesünderen und robusteren Menschen als Mutter. Aber es ist ja so viel einfacher zu flüchten, als sich mit den Tatsachen auseinander zu setzen.« Ihre Worte waren voller Bitterkeit. »Und jetzt fängt sie auch noch an, Herrn Kilian zu verdächtigen. Sie kann offenbar nicht anders als mit Gott und der Welt hadern. Wenn Sie mich fragen: Meine Mutter hat ein massives Problem mit Männern. Das verstellt ihr den Blick auf die Realität. Bis jetzt hat sie noch jeden vergrault, der auch nur annähernd Anstalten machte, an einer von uns interessiert zu sein.«

»Sie meinen also, dass Herr Kilian über jeden Verdacht erhaben ist?«, äußerte Franca mit hörbarer Skepsis.

Marion Lingat sah sie mit ihrem verheulten Gesicht an. Es sah zum Gotterbarmen aus. »Ich kann mir nicht vorstellen, dass er Hannah auch nur ein Haar gekrümmt hat. Er hat sich rührend um sie gekümmert. Und Hannah hat voller Begeisterung von ihm gesprochen. Es ist schon richtig, dass die beiden oft zusammen waren. Aber mein Gott, er war für Hannah ein Vaterersatz. Das kann man doch verstehen. Schließlich musste sie ohne Vater aufwachsen.«

Franca erinnerte sich an das Gespräch mit den Schülern. Die behauptet hatten, Hannah wisse nicht, wer ihr Vater sei. »Was für eine Beziehung hatte Ihre Tochter zu ihrem leiblichen Vater?«

Marions Blick traf sie wie ein Speerstich. »Überhaupt keine«, stieß sie hervor.

»Wollen Sie damit sagen, Hannah wusste nicht, wer ihr Vater ist?«, fragte Hinterhuber.

»Das geht niemanden etwas an. Und es spielt absolut keine Rolle.« Von ihrer vorherigen Offenheit war nichts mehr zu spüren.

Franca merkte, dass sie mit dieser Frage in ein Wespennest gestochen hatten.

»War es einer jener Männer, die Ihrer Mutter nicht gut genug waren?«, fragte sie nach einer Weile.

»Ausnahmsweise nicht.« Marion lachte böse. »Dafür hat sie mir während der Schwangerschaft das Leben zur Hölle gemacht.«

»Aber später hat sie Hannah schon akzeptiert, als sie da war, oder?«, fragte Franca.

»Ja. Natürlich.« Es klang unwirsch. »Aber es hat ziemlich lange gedauert, bis sie das Kind zum ersten Mal auf den Arm genommen hat.« Marion biss sich auf die Lippen. »Ich habe sie öfter beobachtet, früher, wenn sie am Bettchen der Kleinen stand. Da war ein Ausdruck in ihrem Gesicht, den ich selten bei ihr gesehen habe. So weich und liebevoll. Ich frage mich nur, warum sie diese Seite ihres Wesens immer vor uns versteckt hat.« Marion fuhr sich erneut über die Augen. Dann wandte sie Franca ihr Gesicht zu, in dem sich so viel Verletztheit spiegelte.

»Glauben Sie nicht, dass Hannah ihr genauso fehlt wie Ihnen?«, fragte Franca leise.

Marion hob die Schultern. »Aber warum spricht sie denn nicht mit mir darüber?«, sagte sie mit zitternder Stimme. »Warum gibt sie mir das Gefühl, ich hätte nicht richtig auf meine Tochter aufgepasst? Warum?«

17

Bilderfolgen flackerten durch seinen Kopf. Warfen Schatten und Schatten von Schatten. Ein schwarzweißes Geflimmere wie in alten Filmen.

Er dachte an Hannahs anmutige Bewegungen, wie die Schwingen eines Schmetterlings, so hatte sie die Hände bewegt, wenn sie sich durchs Haar fuhr. Flattrig und leicht. Und manchmal hatte sie ihn dabei angeschaut wie ein aus dem Nest gefallenes Vögelchen. Mit diesem hungrigen Blick. »Nimm mich in deine Arme«, sagten ihre aquamarinblauen Augen, in denen er zu ertrinken glaubte. »Sei mein Freund. Sei mein Vater. Sei der Mensch, der nie für mich da war. Komm her zu mir.« Und dann, nachdrücklicher: »Hab mich lieb! Bitte, bitte hab mich lieb.«

Dieses bettelnde Lächeln unter gesenkten, langbewimperten Lidern hatte ihm fast den Verstand geraubt. Heute glaubte er, dass sie es bewusst eingesetzt hatte. Einfach, weil sie die Wirkung ihrer Blicke auf ihn erkunden wollte. Testen, wie weit sie gehen konnte. Es fiel ihr offenbar leicht, die kokette Verführerin im nächsten Augenblick gegen das unschuldige Kind zu tauschen. Manchmal gelang es ihr auch, beides miteinander zu vermischen. Die Kindfrau. Schamlos verschämt. Ihn lockend und sofort wieder auf die Finger klopfend. Vielleicht war es das, was ihren Reiz ausmachte. Dass er nie genau wusste, woran er bei ihr war. Welche Rolle sie gerade spielte.

Die Sehnsucht nach ihr war übermächtig. Der Drang, die übrige Welt auszublenden. Was ging das die anderen an? Was? Viel zu lange hatte er mit sich gekämpft. Eine schier unmenschliche Kraftanstrengung hatte das gekostet.

»Komm her zu mir!«

War das nicht eine deutliche Aufforderung?

Anderen die Schuld geben, das hast du schon immer gut gekonnt!

Er zuckte zusammen. Wer hatte das zu ihm gesagt? War es seine Mutter gewesen oder Edith, seine Frau. Eine liebe, anständige Frau, die lange zugeschaut hatte, bis sie das Leben mit ihm nicht mehr aushielt. Wie sie sagte. Zugeschaut habe sie und zugedeckt und sich ewig entschuldigt. Für Vorkommnisse, die ihr Mann zu verantworten hatte. Wenn er wieder mal im Suff heimgetorkelt war, am Morgen unfähig aufzustehen, hatte sie entschuldigende Telefonate geführt. »Mein Mann fühlt sich nicht gut. Nein, nichts Schlimmes. Ich denke, morgen ist er wieder auf den Beinen.«

Verkatert wie er war, wankte er aus dem Schlafzimmer und wagte nicht, ihr ins Gesicht zu sehen. Weil er den Vorwurf darin nicht ertragen konnte. Diesen Vorwurf, dass das Leben mit ihm eine Qual war. Sie halte diese Lügen und Vertuschungen nicht mehr aus, rief sie ihm mit überkippender Stimme hinterher. Bis sie eines Tages ihre Drohung wahrmachte und einfach nicht mehr da war.

Ich bin ein Säufer, ein Nichtsnutz, ein Versager. Hinter mir liegt ein verpfuschtes, versoffenes Leben.

Wie lange es gedauert hatte, bis er sich dies endlich selbst eingestehen konnte. Bis er endlich aufwachte aus seinem Tran und merkte, dass alles verloren war. Dass er ganz unten angekommen war. Tiefer konnte man nicht mehr fallen. Und es war niemand da, der schützend die Hand über ihn hielt. Als ihm das so richtig zu Bewusstsein gekommen war, hatte er sich endlich hochgerappelt. Und tatsächlich keinen Tropfen mehr getrunken.

Eine unsägliche Kraftanstrengung. Wie oft war er versucht gewesen, wieder zur Flasche zu greifen. Doch er hatte widerstanden. Er war seinem Vorsatz treu geblieben, keinen Alkohol mehr anzurühren. Es war ihm gelungen, aus eigener Kraft wieder hochzukommen. Zurückzukehren in die Normalität. In ein Leben voller kleiner Wunder, das so viele Überraschungen für ihn bereithielt. Wie stolz war er da auf sich gewesen.

Er besann sich sogar wieder auf seine alten, jahrelang vernachlässigten Leidenschaften, dem Lesen der Klassiker. Und dem Beobachten von Schmetterlingen. Er setzte sich neue Ziele.

Willst du das wirklich alles wieder aufs Spiel setzen?

Die Gedanken rumorten in seinem Kopf. Drängten an die Oberfläche. Er war überzeugt gewesen, es stünde in seiner Macht, die Zeit anzuhalten. Hier in diesem Niemandsland. Wie blöd war er eigentlich zu glauben, dass man mit Mitte Fünfzig noch einmal von vorn anfangen konnte?

Die Vergangenheit kann man nicht verleugnen. Sie holt dich überall ein.

Schämst du dich nicht?

Das Echo dieser Worte würde ihn überall hin verfolgen.

Schämst du dich denn gar nicht?

Er versuchte, die Gedanken wegzudrängen, die sein Inneres zu vergiften drohten. Mechanisch setzte er einen Fuß vor den anderen und ging den Uferweg entlang. Irgendwann kehrte er um und schlenderte den gleichen Weg zurück. Die Gedanken waren noch die gleichen wie vorher. Immer wieder spülte etwas von ihrer zerstörerischen Substanz an die Oberfläche.

Er bemerkte, dass die beiden Mädchen verwundert zu ihm herüber sahen. Vielleicht hatte er laut gesprochen oder gar aufgeschluchzt. Nach nichts war ihm so sehr zumute wie nach Heulen. Nach den-Kopf-in-den-Sand-stecken. Er schluckte hart. Die Zunge klebte ihm am Gaumen fest.

Er brauchte unbedingt etwas zu trinken.

Der Drang ließ sich nicht länger zurückhalten. Er riss die

Tür des Toyota auf, griff in die Plastiktüte und schraubte zitternd den Verschluss des kleinen Fläschchens ab, sich bereits in diesem Augenblick den folgenden Genuss vorstellend. Gierig setzte er das Glas an die Lippen und trank. Als die Flüssigkeit die Kehle hinunterrann, war es ihm, als trinke er Nektar, süßen, vergessenmachenden Nektar. Er schluckte und schluckte, bis das Fläschchen leer war. Beruhigt sah er, dass noch viele Fläschchen da waren. Er brauchte keine Angst zu haben. Der Stoff würde ihm so schnell nicht ausgehen. Langsam begann er sich besser zu fühlen. Der Alkohol brannte in seinem Magen und wärmte ihn von innen. Ein angenehmes, vergessenes Gefühl. Er schraubte ein neues Fläschchen auf, setzte es an die Lippen. Beim Trinken begannen die Gedanken zu leuchten. Alles, was vorher trüb und dunkel war, erhielt jetzt einen überirdischen Glanz.

Wie hatte er dieses Gefühl vermisst. Diese beruhigende Wohligkeit. Ein Gefühl, das ihm Kraft verlieh und ihn selbstsicher machte. Das die Angst von ihm fernhielt und alles Negative verdrängte. Mit der Flasche in der Hand war die Welt in einen gnädigen Schleier gehüllt. Es gab keine Sorgen mehr. Keine Selbstvorwürfe und keinen Selbsthass.

Du bist kein Schwein, du hast nichts falsch gemacht. Die anderen sind die Schweine. Doch nicht du!

Beschwingt setzte er sich hinter das Steuer. Die Plastiktüte mit den Fläschchen hatte er mit nach vorn genommen. Immer wieder warf er einen Blick auf den Beifahrersitz, wie um sich zu vergewissern, dass sie noch da war. Seine Medizin, sein Lebenselixier, sein Aqua Vitae.

Jetzt fühlte er sich stark genug, dem gesamten Lingat-Clan gegenüberzutreten. Er war bereit, den Kampf aufzunehmen. Er würde ihnen erzählen, wie es wirklich war. Dass ihn keine Schuld traf. Und auch diese Klugscheißerin von Polizistin würde er zu überzeugen wissen.

Den Rhein entlang fuhr er zurück nach Koblenz. Unterwegs hielt er nochmals an einer Tankstelle, um sich zu stärken und um Nachschub zu besorgen. Ein Lächeln umspielte seine Lippen. Das Siegerlächeln.

Er wehrte sich nicht mehr gegen die einstürmenden Bilder. Mit angehaltenem Atem sah er zu, wie Hannahs schmaler Körper sich an den seinen drängte. »Andi!«, flüsterte sie zärtlich und umarmte ihn. Schmiegte sich eng an ihn. Ihr Mund, ganz nah dem seinen, flüsterte heiser: »Komm!«

Eine Melodie drängte sich in seinen Kopf. Ein Lied, das sein Vater früher im Männerchor gesungen hatte. *Die Gedanken sind frei*, begann er leise zu summen. *Wer kann sie erraten?* Nach und nach fiel ihm wieder der gesamte Text ein. Als ob sich in ihm eine Wahrheit Bahn gebrochen hätte. *Sie fliegen vorbei. Wie nächtliche Schatten. Kein Mensch kann sie wissen, kein Jäger erschießen. Es bleibet dabei: Die Gedanken sind frei.*

Mit Schwung trat er aufs Gas. Früher war er viel mit dem Auto unterwegs gewesen. Das Fahren war ein ebenso gutes Gefühl wie das Trinken und wie dieses ein lang vermisstes. Er fühlte sich großartig. Die Welt gehörte ihm. Was machte er sich Sorgen?

Seine Stimme wurde lauter, tönender. *Ich denk', was ich will und was mich beglücket, doch alles in der Still', und wie es sich schicket. Mein Wunsch, mein Begehren kann niemand verwehren ...*

Er begann zu lachen. Es war zu komisch. Dann hörte er die böse Hexe. Eine dunkle Stimme von ganz tief innen. *Schämst du dich nicht? Schämst du dich denn gar nicht?*

Das Stakkato des Echos hämmerte in seinem Kopf. In seinen Hirnwindungen. Es hörte nicht auf. Hallte und widerhallte und zersprang an seinem Schädel. Ein Gedankengeschlingere. Wie Fahren auf einer Achterbahn. »Doucement«, sagte er. »Doucement.« So hatten früher die Alten gesagt.

In dem Dorf, in dem er aufgewachsen war. Nicht weit von der französischen Grenze. Sachte, sachte. Alles gar nicht so schlimm. Alles unter Kontrolle. Ich hab alles unter Kontrolle. Egal, ob hoch oder runter. Das Leben ist eine Achterbahn. Da muss man durch. Am besten mit einem Lied auf den Lippen.

Plötzlich hörte er fremde Töne. Es war nicht sein eigener Gesang, es kam von außerhalb. Eine sirrende Melodie, die an- und abschwoll. Wie bei einer eierigen Langspielplatte. Da war jemand bei ihm im Auto. Der auf ihn einsprach.

Mach doch mal jemand diese schreckliche Musik aus.

Wer hat das gesagt? Er will den Stimmen zurufen, sie sollen still sein mit ihrem nervigen Gequatsche. Mit Nachdruck fuchtelt er durch die Luft, macht scheuchende Bewegungen. Der Wagen beginnt zu schlingern. Nein, nicht ins Wasser! Bist du verrückt? Doch nicht in den Rhein! Er reißt das Lenkrad herum. Sieht vor sich eine Mauer. Steine, die fest aufeinandersitzen ... *meine Gedanken zerreißen die Schranken und Mauern entzwei ...* Die Mauer fliegt auf ihn zu. Schnell, immer schneller. Das Lenkrad! Du musst gegenlenken!

Es ist alles so schrecklich klar. Er weiß genau, was er tun soll. Und er tut doch das Falsche.

Verdammt, dachte er noch, verdammt. Er ahnte den hässlichen Aufprall Bruchteile von Sekunden früher, bevor er ihn hörte. Dann war alles dunkel und still.

18

»Was meinst du, sollen wir die Fahndung nach Kilian rausgeben?«, fragte Franca, als sie durch Winningens holprige Gässchen fuhren.

Hinterhuber schüttelte den Kopf. »Ich hab das Gefühl, den sehen wir bald wieder.«

»Du glaubst also nicht, dass er sich abgesetzt hat?«

»Hätte er dann alle seine Sachen dagelassen? Offenbar hat er ja noch nicht mal Wäsche zum Wechseln mitgenommen. Warte mal ab, der taucht spätestens gegen Abend wieder auf. Dann werden uns die Lingats sofort Bescheid geben.«

Sie hatten Marion Lingat angeboten, einen Polizeipsychologen vorbei zu schicken, doch sie hatte entschieden abgelehnt. Sie käme alleine klar, so wie sie immer alleine klar gekommen sei, sagte sie.

»Ich würde ganz gern noch Mal am Tatort vorbei fahren«, sagte Franca.

»Okay.« Hinterhuber bog nach links ab und lenkte den Wagen die August-Horch-Straße hinauf. Hinter dem Ort bog er rechts Richtung Flugplatz ein und fuhr den asphaltierten Weg entlang bis hin zur Polizeiabsperrung.

Es sah so harmlos aus. Nur das Absperrband war ein Indikator, dass hier etwas Schreckliches passiert war. War es wirklich erst ein paar Tage her, dass sie hier unter einem Bilderbuchhimmel gewalkt war? Und dann das tote Mädchen gefunden hatte. Es kam ihr vor wie in einem anderen Leben.

Franca stieg die schmalen Steinstufen hoch, die in den nächst höher gelegenen Weinberg führten, der den Lingats gehörte. Sie sah sich die Rebstöcke genauer an. Die Trauben waren erbsengroß und genau so grün wie die Hülsenfrüchte. Ein paar der Reben waren geknickt. Das waren sicher nicht nur Kampfspuren, sondern Frankenstein und seinen Leuten zu verdanken, die zwischen den schieferbedeckten Zeilen nach brauchbaren Spuren gesucht hatten. Fußspuren ließen sich auf solchem Gelände wohl kaum sichern. Sie richtete sich auf und versuchte, den Ort auf sich wirken zu lassen.

Was hatte sich hier am vergangenen Sonntag abgespielt? Nach dem Essen war Hannah mit Kilian zu einem Rundgang in die Weinberge aufgebrochen. Das hatte er am Tattag bestätigt. Allerdings hatte er behauptet, dass er sich unterwegs von Hannah getrennt habe, weil sie allein in das Brückstück gehen wollte. Ziemlich dünn, diese Behauptung. Und ein Alibi hatte er sicher ebenfalls keines für diese Zeit vorzuweisen. Den ärztlichen Angaben zufolge musste Hannah zwischen zwei und drei Uhr am Sonntag Nachmittag ermordet worden sein. Um halb vier hatte Franca sie gefunden.

Bei jedem Schritt, den sie vorwärts ging, bewegte sich die Geröllschicht unter ihren Füßen. Hier gab es Fossilien aus der Devon-Zeit, das hatte sie auf einer der Informationstafeln gelesen.

Sie bückte sich und hob einen Schieferbrocken auf. Daneben auf dem Boden lag etwas. Etwas, das nicht hierher gehörte. Ein zusammengeknülltes Herrentaschentuch. Weiß und braun kariert.

Sie sah sich nach ihrem Kollegen um. Er war unten geblieben und stand vor dem Heckenrosenbusch.

»Hubi, kommst du mal?«

»Was ist denn?«, rief er zu ihr hoch.

»Hier liegt ein Herrentaschentuch.«

Sofort kam er die Treppenstufen herauf. Sie zeigte mit der Fußspitze auf das Tuch. Es sah neu aus. Jedenfalls nicht so, als ob es schon sehr lange dort läge.

»Merkwürdig«, sagte er und kratzte sich am Kopf. »Die Spurensicherung findet doch sonst alles. Frankenstein ist geradezu berühmt für seine Zuverlässigkeit.«

»Ich wundere mich ja auch.« Sie griff in ihre Tasche, nahm einen Plastikbeutel heraus und klaubte das Taschentuch auf, ohne es zu berühren.

Ein Motorengeräusch war zu hören. Ein Geländewagen kam den schmalen Wirtschaftsweg herauf und hielt genau vor der Hecke. Die Tür öffnete sich. Mühsam stieg eine schmale, gebückte Gestalt aus, die sich suchend umsah. Dabei hielt sie die Hand schützend über die Augen.

»Das ist die alte Lingat«, raunte Franca Hinterhuber zu. »Was will die denn hier oben?«

Die Frau schickte sich an, die schmalen Steinstufen hochzusteigen.

»Warten Sie, Frau Lingat, wir kommen runter«, rief Franca.

Frau Lingat blieb vor dem Heckenrosenbusch stehen, dessen sattgrüne Blätter in der Sonne glänzten. Sie schien nicht überrascht, Franca und Hinterhuber an diesem Ort zu begegnen. »Hier hat man also unsere Kleine umgebracht«, sagte sie kopfschüttelnd. Das schüttere rotbraune Haar stand unordentlich ab. Es sah kränklich aus. Strohig und abgebrochen. Vom andauernden Färben. Vielleicht auch von zu vielen Dauerwellen. Oder von zu vielen Sorgen.

Sie legte ihre Hände wie zum Gebet zusammen und hob den Kopf in den Himmel, der von Wolkenschlieren durchzogen war. »Ich verstehe die Welt nicht mehr. Woran soll man denn noch glauben? Woran? Da rackert man sich ab und zieht drei Kinder groß. Eines stirbt vor der Zeit. Und jetzt vergreift sich auch noch so cin Monster an unserer Kleinen ...« Die letzten Worte flüsterte sie.

Franca sah, dass ihr Tränen die faltigen Wangen hinunterrollten. Marions Worte fielen ihr ein. Dass ihre Mutter ihre Gefühle nicht zeigen konnte. Jedoch in diesem Moment erlebte sie einen anderen Menschen. Eine alte Frau, die unendlich litt.

»Ist Herr Kilian inzwischen zurückgekommen?«, fragte Hinterhuber nüchtern.

Frau Lingat sah auf. Ihr Gesichtsausdruck wirkte, als ob sie Hinterhuber erst jetzt wahrnähme. Dann presste sie die Lippen aufeinander und schüttelte den Kopf. »Ich weiß nicht, ob der sich jemals traut, zurückzukommen. Wenn er Hannah auf dem Gewissen hat, dann Gnade ihm Gott.« Energisch schüttelte sie die Faust.

19

Da war ein Summen in seinem Kopf. Ein Rauschen und Singen. Ein heller sirrender Leitton, der stetig an- und abschwoll und sich mit schwächeren Untertönen vermischte. In seinem Schädel war ein Auf und Ab von disharmonischen Klängen, wie von einem defekten Synthesizer produziert. Bis in die hintersten Hirnwindungen breiteten sich diese Untöne aus und ließen seine gesamte Schädeldecke anschwellen. Vorsichtig öffnete er die Augen. Er lag in einem Bett. Zugedeckt mit einem weißen Laken. Direkt über ihm flackerte bläuliches Neonlicht. Sonst war es dunkel in dem Zimmer. Er drehte den Kopf. Eine Bewegung, die er sofort bereute. Eine Schmerzwelle durchraste seinen Körper. Er glaubte, gleich würde seine Schädeldecke aufspringen und platzen.

Er hörte ein stetiges Ticken. An seiner Hand befanden sich dünne Schläuche.

Man hatte ihn angekettet.

Nadeln piekSten in seine Haut, wenn er sich bewegte.

Wo war er nur? Was war das hier? Das Jenseits? Die Hölle? Sein Mund war wie ausgedörrt. Sein Hirn ein schlingerndes Gespinst, in dem es rauschte und dröhnte. Er bewegte die Lippen, verspürte Durst. Schrecklichen Durst. Gleichzeitig fühlte er sich zittrig und schwach.

Da war noch eine Person in dem Zimmer. Er bemerkte ihre Anwesenheit. »Trinken«, flüsterte er, »... trinken.« Doch er wusste nicht, ob ein Ton zwischen seinen trockenen Lippen hervorgedrungen war.

»Na, sind wir wieder wach?«, durchdrang eine burschikose weibliche Stimme das Rauschen und Sirren in seinem Hirn. Ein Huschen, das einen leisen Windhauch produzierte. Das Geräusch von Gummisohlen auf Kunststoffboden. Er hörte das leise Gluckern von Flüssigkeit. Kurz darauf wurde ihm ein Porzellanschnabel hingehalten. Er spitzte die Lippen. Die Gier schien ihn schier zu überwältigen.

»Ganz langsam. Nicht so hastig«, sagte die Schwester.

Er schluckte. Verzog den Mund. Das war nicht der Geschmack, den er erhofft hatte. Das war nicht das Getränk, das das Zittern besänftigte.

»Was Richtiges«, krächzte er.

»Hören Sie, mein Lieber, das hier ist was Richtiges.« Der Stimme, die vorher so besänftigend geklungen hatte, war deutlicher Ärger beigemischt. »Wenn Sie Alkohol meinen, dann sind Sie bei mir gerade richtig.«

Die Worte weckten etwas auf in seinem Kopf. Stießen auf Widerstand. Alkohol. Wieso Alkohol? Hatte er sich nicht geschworen, nie wieder Alkohol zu trinken? In welchem Leben war das gewesen?

Er versuchte zurückzudenken. Sich zu erinnern. Doch da war nur ein undurchdringliches Dickicht und flimmernde Leere, die er weder füllen noch deuten konnte.

»Na, nicht doch noch 'n kleinen Schluck?«

Er spürte das kalte Porzellan an seinen Lippen.

»Das tut gut. Nicht wahr, Herr Kilian?« Die weibliche Stimme hatte wieder zu dem ursprünglichen Tonfall zurück gefunden. So wie man mit Kindern sprach. Um sie nicht zu ängstigen.

Woher wusste sie seinen Namen? Überhaupt, wer war diese Frau? Die Fragen purzelten in seinem Kopf durcheinander, bahnten sich einen Weg nach draußen. »Was ist passiert?«, brachte er krächzend heraus. »Wo ... bin ich?«

»Im Klinikum Johannishof in Koblenz. Sie hatten einen Unfall.«

Unfall? Wieso Unfall? Er sah die Schwester verständnislos an.

»Sie waren mit einem Toyota unterwegs.«

Mit einem Toyota? Er hatte doch gar keinen Führerschein mehr.

»War jemand … dabei?«, versuchte er mühsam zu artikulieren.

Die Schwester schüttelte den Kopf. »Sie saßen allein in dem Wagen. Können Sie sich wirklich nicht erinnern?« Sie zog die Augenbrauen hoch.

Langsam, ganz langsam sickerten Bildfetzen in sein Bewusstsein. Zuerst noch schemenhaft, formten sie sich zu immer deutlicher werdenden Erinnerungen.

Er sieht flimmriges Wasser. So tief, dass es Schiffe tragen kann. Eine Uferstraße. Ein Auto, das am Rhein entlang fährt. Ein blauer Toyota. Er ist der Lenker des blauen Toyota. Neben ihm ein klackerndes Geräusch. Die Glasfläschchen auf dem Beifahrersitz. Seelentröster.

Gleichzeitig ahnt er den Abgrund, der sich vor ihm auftut.

Die Erinnerung wurde immer deutlicher. Klarer. Da waren zwei Mädchen am Rheinufer. Sie saßen auf einer Bank und tuschelten. Eine schmale Hand, die spielerisch durch gelocktes Haar fuhr. Ein helles Lachen.

Hannah. Der Name explodierte in seinem Kopf. Im gleichen Moment begriff er: Hannah ist nicht mehr da. Hannah gibt es nicht mehr.

Hannah ist tot.

Dann war alles wieder da. Alles, was er zu vergessen versucht hatte, war wieder gekommen. Man konnte nicht davonrennen. Es holte einen ein. Alle Anstrengung, es aus seinem Hirn zu tilgen, hatte nichts genützt.

20

»Er hatte einen schweren Unfall. Er ist nicht vernehmungsfähig. Wie oft muss ich das noch wiederholen?«

Franca hatte ganz vergessen, wie seriös ihr Ex-Mann in seinem weißen Arztkittel wirkte. Wie autoritär er auftreten konnte, hatte sie nicht vergessen.

»David, bitte. Ich muss ihn dringend sprechen. Er ist wahrscheinlich Schuld am Tod eines Mädchens. So alt wie Georgina. Ich muss Gewissheit haben. Bitte, nur fünf Minuten. Dann bin ich wieder weg.«

»Ich kann es nicht verantworten, Frankie. Sein Zustand ist instabil. Dieser Unfall hat ihm ziemlich zugesetzt. Nicht nur körperlich.«

Franca sah auf Davids fleischige Lippen, die sein Gesicht dominierten. Lippen, die sie gern geküsst hatte. Früher, in einem anderen Leben. Er war immer noch ein schöner Mann, obwohl die krausen Haare langsam grau zu werden begannen. Sie konnte sich nicht dagegen wehren daran zu denken, wie sie neben ihm im Bett gelegen hatte. Wie sie aufwachte und in einer zärtlichen Geste sein Kraushaar streichelte. Im Gesicht dieses liebevolle Lächeln. Zwischen der hellen Bettwäsche hatte seine Haut noch dunkler gewirkt. Wie jetzt in seinem Arztkittel.

»Und wenn du von nichts weißt?« Sie probierte ihr nettestes Lächeln.

»Franca!« Da war er wieder, der Tadelton. Der sie daran erinnerte, weshalb sie sich getrennt hatten. »Das ist keine Frage von Wissen oder nicht Wissen. Das ist eine Frage der Verantwortung.«

»Okay, ich hab's kapiert«, antwortete sie sachlich. »Wann, denkst du, kann ich mit ihm sprechen?«

»Das kommt darauf an. So was kann man nie im Voraus sagen.«

»Morgen?«

Er hob die Schultern. »Morgen. Übermorgen. Je nachdem. Ich gebe dir Bescheid, sobald er einen stabileren Eindruck macht.« Er sah sie mit schräg geneigtem Kopf an. »Hat sich Georgina eigentlich bei dir gemeldet?«, fragte er. »Nach ihrem missglückten Ausflug?«

Sie nickte. »Debbie muss ihr wohl ordentlich eingeheizt haben.«

»Ich kann Debbie sehr gut verstehen«, sagte er. Schon wieder glaubte sie, einen kaum versteckten Vorwurf in seiner Stimme zu hören.

»Ich doch auch. Aber du weißt ja, wie Georgina ist. Immer mit dem Kopf durch die Wand«, meinte sie lakonisch.

»Von wem sie das wohl hat?« Seine Augen glitzerten belustigt.

»Du kannst auch ganz schön dickköpfig sein«, entgegnete sie.

»Dann ist das arme Kind ja doppelt belastet.«

Das war wiederum ein netter Tonfall. So oft hatten sie auf diese Weise miteinander gefrotzelt. Doch irgendwann waren die Töne schärfer geworden. Und dann hatte das, was vorher leicht spöttelnd gesagt worden war, ungeheuer an Gewicht gewonnen.

»Sie kann's nicht lassen, mich zu provozieren. Das Letzte, was ich von ihr gehört habe, war, dass sie sich ein Tattoo hat machen lassen.«

David verrollte die Augen. »Ein Tattoo? Wohin denn um Gottes Willen?«

»Da, wo es nicht jeder sieht.«

»Also auch in diesem Fall ganz die Mama«, meinte er mit

Blick auf ihren Ausschnitt, hinter dem das kleine Schlangen-Tattoo verborgen war, das er einmal besonders geliebt hatte. Weil diese Körperstelle ausschließlich ihm vorbehalten gewesen war.

Franca lächelte. Warum sich gegen diese kleinen angenehmen Erinnerungen wehren? »Nachdem ich mich umsonst aufgeregt habe, hat sie mir gestanden, dass es sich um ein abwaschbares Tattoo handelt.«

»Ein abwaschbares Tattoo? Na, dann bin ich ja beruhigt.«

»Es scheint ihr in Seattle sehr zu gefallen«, sagte sie. »Sie findet es cool, dass alle sie Georgie nennen.«

Er lachte auf. »Ich merke schon. Jetzt ist also doch das eingetreten, was wir nie wollten. Dass man ihren Namen verstümmelt.«

Das elterliche »Wir« war in diesem Fall nicht ganz korrekt. Sie nannte ihre Tochter gern Gina. Weil es so schön kurz war. Doch David hatte immer auf Georgina bestanden. So wie er diesen Namen aussprach mit seinem amerikanischen Akzent, klang er sowieso ganz anders als es die übliche etwas harte deutsche Aussprache zuließ.

»Doktor Johnson«, eine kräftige Krankenschwester trat auf ihn zu. »Würden Sie bitte in Zimmer einhundertzwölf kommen? Es ist dringend.« Sie warf einen entschuldigenden Blick auf Franca.

»Okay, ich geh' dann«, sagte sie.

»Ich ruf dich an«, rief er hinter ihr her und lief zusammen mit der Schwester mit eiligen Schritten davon.

Jetzt war der Flur menschenleer. Im Vorübergehen las sie die Namensschilder der Patienten an den Türen. Da lag er! Am Ende des Flurs stand handgeschrieben der Name »Kilian« auf einem Schild. Sie sah sich vorsichtig um, bevor sie leise anklopfte und eintrat. Als sie Kilian im Bett sah mit all den Verbänden und Schläuchen, erschrak sie. Er hatte die

Augen geschlossen. Seine Gesichtsfarbe war fahl. Jegliches Leben darin schien erloschen.

»Herr Kilian?«, fragte sie leise, während sie zu ihm ans Bett trat. »Herr Kilian, können Sie mich hören?«

Seine Augenlider flatterten.

Sie zog einen Stuhl heran und setzte sich. Solche Gespräche führte man besser in Augenhöhe. »Wie geht es Ihnen?«, flüsterte sie. Immer schön höflich sein. Und nicht mit der Tür ins Haus fallen. Obwohl sie das gerne getan hätte, um endlich eine Antwort zu haben. Sie bezähmte ihre Ungeduld. Auch ein mutmaßlicher Mörder hat verdient, menschlich behandelt zu werden. Und jeder Mensch hat als unschuldig zu gelten, bis ihm das Gegenteil bewiesen werden kann. Gesetzesworte. Na ja.

Er öffnete kurz die Augen. Ein flatteriger Blick traf sie. Wie das Todeszucken eines sterbenden Vogels.

»Sie hatten einen schweren Unfall.«

Er bewegte die Lippen. Ein paar unartikulierte Töne kamen heraus.

»Was haben Sie gesagt? Ich verstehe nicht.« Sie hielt ihr Ohr näher an seine Lippen.

»Es ... tut mir ... leid«, versuchte er zu formulieren.

»Was tut Ihnen leid?«, wollte sie wissen. Ihr Herz klopfte. Am Ball bleiben. Mensch, so nah war sie dran.

Wieder bewegte er mühsam die Lippen. Mist, sie verstand ihn nicht.

»Herr Kilian? Können Sie noch mal wiederholen, was Sie gesagt haben?«

Die Augenlider flatterten. »Ich ...«, er schluckte, sein Adamsapfel unter den grauen Bartstoppeln bewegte sich. Zwischen dem unartikulierten Gemurmel war ein Wort deutlich zu verstehen. »Schuld.«

Sie beugte sich noch näher zu ihm hin. »Was haben Sie gesagt? Sie sind Schuld? Woran? An Hannahs Tod? Ist es das, was Sie mir sagen wollen? Herr Kilian?«

Er stöhnte auf. Es klang, als ob er große Schmerzen habe.

»Was tun Sie hier?« Eine Schwester hatte den Raum betreten. Groß und drohend stand sie im Türrahmen.

»Ich bin Polizistin«, sagte Franca und stand auf. Sie ging der Krankenschwester nur bis zur Schulter.

»Und wenn Sie der Kaiser von China wären. Sie haben hier nichts zu suchen.« Mit strengem Blick wies sie auf die Tür.

»Ich habe dem Mann nur ein paar Fragen gestellt.«

»Der Mann ist schwer verletzt. Dem hat erst mal niemand Fragen zu stellen.«

Noch im Flur spürte Franca den stechenden Blick der Schwester im Rücken.

»Hast du was erreicht?«, fragte Hinterhuber, als sie ins Präsidium zurückkam. »Nicht sehr viel. Er hat lediglich gesagt, dass es ihm leid tut. Und dass er schuld sei.«

»Woran?«

Sie hob die Schultern. »Das konnte ich nicht genau verstehen.«

»Du hast also mit ihm sprechen dürfen?«

»Na ja.«

»Was heißt das: Na ja?«

»Nicht eigentlich. Ich bin einfach zu ihm rein.«

»Ohne ärztliche Erlaubnis? Franca!«

»Nun hab dich doch nicht so.«

»Hab ich mich?« Er grinste. »Ich will doch nur wissen, wie du das geschafft hast.«

Sie biss sich auf die Lippen und sah ihn mit einem schelmischen Augenglitzern an. »David, mein geschiedener Mann, ist der verantwortliche Arzt gewesen. Er hat mir verboten, mit Kilian zu sprechen. Aber wie das so ist, ich reagiere nun mal allergisch auf Verbote.«

»So so.« Hinterhubers Grinsen wurde breiter. »Und?«

»Was und?«

»Ja, hat Kilian nun ein Geständnis gemacht oder nicht?«

»Bevor ich zu einem Ergebnis kommen konnte, hat mich ein Dragoner aus dem Zimmer gescheucht.«

»Ach, und du hast dich einfach scheuchen lassen?«

Niemand wusste, wo Frankenstein plötzlich hergekommen war. Der Techniker stand aufrecht wie ein Ausrufezeichen im Raum und wedelte mit einer Klarsichttüte, in die ein braunweiß-kariertes Taschentuch geknüllt war. »Das lag am Sonntag garantiert nicht dort«, rief er aufgebracht. »Wenn das hier vom Tatort stammt, dann ist das nachträglich dort hingekommen.«

Franca tauschte einen Blick mit Hinterhuber. »So was kann man schon mal übersehen. Diese Tarnfarben sind ja nicht allzu auffällig«, sagte sie in verständnisvollem Tonfall.

»Ich lass mir doch nicht nachsagen, dass wir derart schlampen.« Frankensteins Augen funkelten verärgert. Er kniff die Lippen zusammen. »Wir haben jeden Quadratzentimeter innerhalb der Absperrung abgesucht. Sogar unter der Hecke sind wir herumgekraucht. Wir haben weiß Gott nicht viel gefunden. Und wenn dieses Taschentuch am Tatort gelegen hätte, wäre es uns nicht entgangen.«

»Es lag zwischen den Rebzeilen in der Nähe der Mauer, von wo das Mädchen heruntergestürzt ist. Die Absperrung ist weiterhin unversehrt.«

»Das ist ja wohl kein Kunststück, dort durchzuschlüpfen. Es gibt immer irgendwelche Deppen, die sich nicht an Absperrungen halten.« Frankenstein blieb stur. Und war sichtlich beleidigt.

»Tja, und was machen wir jetzt damit?«, fragte Hinterhuber.

»Selbstverständlich untersuchen wir das Teil. Aber ich kann euch schon jetzt versichern, dass es nichts mit der Tat zu tun hat. Weiß der Teufel, welche Rotznase das dort verloren hat.«

Francas Telefon klingelte. Sie nahm ab und beobachtete aus dem Augenwinkel, wie Frankenstein heftig die Tür hinter sich zuzog.

»Frau Mazzari. Schön, dass ich Sie im Büro erwische.« Es war Irene Seiler aus der Bonner Rechtsmedizin. »Wir haben heute Morgen die Leiche der kleinen Hannah Lingat obduziert. Und da ist uns etwas aufgefallen, das würde ich Ihnen gern persönlich zeigen.«

Franca wurde mulmig. Sie hatte gehofft, dass dieser Kelch an ihr vorübergehen würde. Sie hasste es, Leichen zu inspizieren. Lieber las sie die Obduktionsberichte. Die rochen neutral und sagten mehr aus, weil man seine Gefühle und all die empfindlichen Sinne nicht ausblenden musste. Den Geruchssinn. Die Beklemmung. Und das Ekelgefühl. »Was ist es denn? Können Sie es mir nicht einfach am Telefon sagen?«

»Ich denke, ohne eine längere Erklärung ist das nicht möglich. Können Sie herkommen? Das wäre am einfachsten.«

Franca sah auf die Uhr. Siebzehn Uhr durch. Nach Bonn fuhr man eine dreiviertel Stunde. Mindestens.

»Wie lange sind Sie denn noch da?«, fragte sie vorsichtig.

»Ach, Frau Mazzari, Sie wissen doch, dass wir so gut wie keinen Feierabend kennen.«

»In Ordnung, wir kommen«, sagte sie kurz entschlossen.

Hinterhuber schüttelte den Kopf. »Ohne mich. Ich fahre nicht mit zu den Leichenfledderern. Du bist der Boss und ich muss nach Hause. Wenn ich heute Abend nicht auf der Matte stehe, lässt Ingrid sich scheiden. Ich hab einiges gut zu machen.«

»Och nee!«

»Geh du ruhig in die Leichenkammer. Du kannst das sicher sehr gut alleine. Ich wünsch dir viel Spaß.«

Mit dem Fahrstuhl fuhr sie hinunter in die Tiefgarage und stieg in ihren Alfa. Sie überlegte kurz, ob sie über die B9 fahren sollte. Die Strecke war kürzer, allerdings führte sie durch die Ortschaften. Und um diese Zeit herrschte reichlich Berufsverkehr. Auf der Autobahn kam sie sicher schneller durch. Sie fuhr auf die A61 Richtung Bonn. Auch dort war ziemlich viel Verkehr. Und wie immer waren sehr viele Lastwagen unterwegs.

Dennoch war sie relativ schnell am Ziel. Weil sie sich hauptsächlich auf der Überholspur aufhielt.

Die Rechtsmedizin lag am Stiftsplatz. Das Gebäude gehörte zum Uniklinikum. Sie fand einen Parkplatz in unmittelbarer Nähe der Rechtsmedizin, die nicht gerade ein architektonisches Glanzstück war.

Als sie aus dem Auto stieg, zog sie die Nase kraus. Schon hier meinte sie, den typischen Geruch riechen zu können, obwohl das ganz sicher Quatsch war. Sie trat durch die Glastür und zeigte ihren Ausweis. Die Frau an der Pforte nickte ihr zu. »Frau Seiler erwartet Sie schon, Frau Mazzari.«

Sie hielt den Atem an. Wenn sie nur nicht so empfindlich auf Gerüche reagieren würde. Normalerweise mied sie die Rechtsmedizin. Wenn dort etwas zu erledigen war, schickte sie vornehmlich einen Kollegen. Den Männern machten solche Begegnungen weniger aus. Behaupteten sie zumindest.

»Mortui vivos docent«, lautete ein Spruch über der Tür, die in die unteren Räume führte. Die Toten lehren die Lebenden.

»Schön, dass Sie sich die Zeit genommen haben, Frau Mazzari«, begrüßte sie Irene Seiler. »Ich sag immer, wenn man was gleich erledigen kann, soll man es sofort tun.« Sie war eine große Frau mit grauem, straff zurückgekämmtem Haar, blasser Haut und ein paar Sorgenfalten um Mund und Augen, die sie älter aussehen ließen als sie vermutlich war. Franca hatte bisher zu wenig mit Irene Seiler zu tun gehabt, um Näheres über deren Person zu wissen. Es hieß, sie sei eine Hundertprozentige, eine, die ihren Beruf sehr genau nahm.

Sie ging voran und öffnete eine Stahltür, die in einen der sterilen gekachelten Räume führte. Das tote Mädchen lag auf einem Edelstahltisch. Franca fröstelte. Sie versuchte, flach zu atmen. Ihre Schritte wurden stetig langsamer. Es kostete sie einiges an Überwindung, in den kühlen Raum hineinzugehen, der sie an das Innere eines Schlachthauses erinnerte. Vorsorglich drückte sie ein Taschentuch gegen Mund und Nase, aber sie konnte nicht verhindern, dass der Geruch in ihre Nase drang. Sie spürte Übelkeit aufsteigen. Hoffentlich musste sie sich hier nicht übergeben. Das wäre ihr ziemlich peinlich. Sie straffte die Schultern. Nein, sie würde jetzt nicht schlappmachen. Zum Donnerwetter!

»Sie sind ja ganz grün im Gesicht«, bemerkte die Medizinerin. »Haben Sie ein Problem? Ich meine, wo Sie doch schon so lange bei der Polizei sind.« Es klang eher interessiert als sarkastisch.

»Es gibt Dinge, an die gewöhnt man sich nie«, antwortete Franca gepresst und verzog das Gesicht. »Bringen wir es also schnellstmöglich hinter uns. Was wollten Sie mir so Wichtiges zeigen?«

Die Ärztin hob den Arm des Mädchens an. »Sehen Sie sich das an.«

Franca sah eine blaurote Verdickung auf der Unterseite des rechten Oberarms.

»Ich muss zugeben, so was sieht man in unserem Beruf nicht alle Tage.«

»Was ist das denn?«, wollte Franca wissen.

»Tja, wir haben auch erst ein wenig rumgerätselt. Es ist offensichtlich ein Schlangenbiss.«

»Ein Schlangenbiss?«

Die Medizinerin nickte. »Wenn Sie genau hinsehen, können Sie deutlich die beiden nebeneinanderliegenden Zahneindrücke sehen.«

Tatsächlich waren in der Mitte der Schwellung zwei winzige Einstiche zu erkennen, die etwa einen Zentimeter auseinander lagen.

»Ob es ein toxischer Biss ist, konnten wir noch nicht abklären. Wenn ja, wird es einige Zeit dauern, bis wir Genaueres sagen können.«

»Gift?«, fragte Franca erstaunt. »Gibt's bei uns denn überhaupt Giftschlangen?«

»Die einzige Giftschlange, die in unseren Breitengraden in freier Natur lebt, ist die Kreuzotter. Aber wie gesagt, noch wissen wir nicht, ob es sich hier um einen Kreuzotterbiss handelt.«

»Ich dachte, die Kreuzotter sei bei uns längst ausgestorben«, murmelte Franca.

Die Ärztin schüttelte den Kopf. »Die ist quicklebendig. All zu viele gibt es zwar nicht mehr, deshalb gehören sie zu den geschützten Arten. – Allerdings könnte dieser Biss hier auch von einer exotischen Schlangenart sein. Bisher haben wir noch nichts ausgeschlossen.«

Franca runzelte die Brauen. »Exotisch? Wie sollte solch ein Tier in einen Weinberg gelangen?«

Irene Seiler lachte verhalten. »Wie gesagt, es ist eine Möglichkeit, die man nicht ausschließen sollte. Man kann Schlangen auch aussetzen.«

Franca warf nochmals einen Blick auf das Hämatom. »Ist das Mädchen denn an dem Biss gestorben?« Das würde dem Fall eine ganz neue Wendung verleihen.

»Das nicht.« Die Ärztin schüttelte den Kopf. »Hannah Lingat ist ihren schweren Kopfverletzungen erlegen. Sehen Sie die blauroten Verfärbungen hier an den Wundrändern?« Franca vermied es, genauer hinzusehen. »Die Vertrocknungssäume deuten lediglich auf die Einwirkung eines stumpfen

Gegenstandes. Aber die Schädeltrümmerfrakturen sind klare Hinweise auf die Massivität der Gewalteinwirkung. Tatwerkzeug ist der gefundene Schieferbrocken. Da gibt's gar keinen Zweifel. Mit dem hat der Täter mehrmals zugeschlagen.«

»Ja. Aber wie soll ich das Ganze denn jetzt verstehen?«

»Dass das Mädchen unmittelbar vor seinem Tod von einer Schlange gebissen wurde.«

»Sie meinen, da gibt es einen Zusammenhang?«

»Ich kann Ihnen nur sagen, was meine Untersuchungsergebnisse erbracht haben. Die Schlüsse müssen Sie selbst ziehen.« Die Ärztin stand mit gefalteten Händen neben dem toten Mädchen. Beinahe andächtig wirkte das. »Sie sieht jünger aus als sie in Wirklichkeit ist, nicht wahr?«

Franca nickte.

»Ich war ganz überrascht, dass sie schon vierzehn ist«, fuhr die Ärztin fort. »Das erklärt wahrscheinlich, warum sie keine Jungfrau mehr ist.«

Franca durchfuhr ein Stich. Ein Teil von ihr hatte die heimliche Hoffnung gehegt, dass die Dinge nicht so waren, wie es den Anschein hatte. Ganz im Gegensatz zu ihrer Ratio.

»Sie war also keine Jungfrau mehr«, murmelte sie. »Kann es sein, dass sie vor ihrem Tod missbraucht worden ist?«

»Dafür gibt es nun wieder keine Anzeichen«, sagte die Ärztin. »Im Schambereich hat sie keinerlei Verletzungen. Spermaspuren haben wir auch nicht gefunden.« Die Ärztin suchte Francas Blick. »Wenn Sie mich fragen: Dem Mörder ging es um ihren Kopf. Nicht um ihren Körper.«

21

Er erwachte aus einem unruhigen Schlaf. Und brauchte eine Weile, bis er sich in seiner Umgebung orientiert hatte. Da war jemand an seinem Bett gewesen. Oder hatte er das nur geträumt? Er wusste nicht mehr, wie die Dinge zusammenhingen. Was war Wirklichkeit, was war Vergangenheit, was war Traum? Alles ein undurchdringlicher Strudel, in dem er sich nicht mehr zurechtfand. Er war nur allzu bereit, durch diesen Strudel hindurchzutauchen, um in einer anderen Zeit anzukommen. Inmitten von verschwommenen, verzerrten Bildfetzen fand er sich wieder, die um ihn herum schwebten und taumelten. Flatterige Segmente aus seiner Vergangenheit, wie Gebilde aus Wurzelwerk und Zweigen, die sich vom Grund eines tiefen Gewässers gelöst hatten.

Er hatte etwas von Schuld geäußert, das wusste er noch.

Schuld, das war ein großes Wort, das in seiner Kindheit eine Rolle gespielt hatte.

Seine Mutter kam aus Ostpreußen. Die Leute im Dorf nannten die Flüchtlinge »Grumbeerkäfer«. Er hatte das Wort als Kind oft gehört und sich nichts dabei gedacht. Grumbeerkäfer, das waren niedliche braungestreifte Käfer, die sich von den Blättern der Kartoffelpflanzen ernährten, die in fast allen Gärten wuchsen. Als er klein war, in den fünfziger Jahren, versorgten sich viele der Dorfbewohner aus den Erzeugnissen ihrer Gärten. Ein Kartoffelbeet gehörte dazu. Im Frühjahr wurden die Kinder in den Garten geschickt, um die Larven von den Blättern zu lesen. Glänzende rosa Kartoffelkäferlarven, die vernichtet werden mussten, wollte man nicht auf die Ernte verzichten.

In dem Haus, in dem er aufwuchs, führte Oma das Regiment. Stoisch, rechthaberisch, alles in vorgeschobene Fürsorglichkeit hüllend. So sah er es im Nachhinein. »Wer zieht denn die Kinder groß?«, war eine regelmäßig gestellte Frage an seine Mutter, die keiner Antwort bedurfte. »Wer sorgt denn für Andreas und Liane? Du vielleicht?« Begleitet von einem Blick, der genug darüber erzählte, was sie von der Schwiegertochter hielt. Dem Flüchtlingsmädchen aus Ostpreußen, das zufällig im Ort hängen geblieben war. Und nicht nur im Ort, im eigenen Haus. Man war ja ein guter Mensch und schickte niemanden weg, der sich in Not befand. Aber dass so eine den eigenen Sohn heiratete, ging entschieden zu weit.

In diesem Ort unweit der französischen Grenze versah man etliche Dinge mit Eigennamen. Einen Nachttopf nannte man »Bottchamber«. Stiefmütterchen bezeichnete man mit dem französischen »Pansées«. Gelbe, weiße und lila Blütenköpfe mit nachdenklichen Gesichtszügen, die überall in den Gärten wuchsen. Die Jauche, die sich in den Misthaufen vor den Häusern sammelte, hieß »Puhl«. Und zu den Flüchtlingen aus dem Osten sagte man »Grumbeerkäfer«. Grumbeere, das hatte er später gelernt, kam nicht von »krummer Beere«, sondern von der Frucht, die in der Erde, also im Grund wuchs. Dass »Grumbeerkäfer« Schädlinge waren, die bekämpft werden mussten, war ihm erst viel später aufgegangen.

Irgendwann hatte er zu ahnen begonnen, dass sich seine Mutter ihr Leben grundsätzlich anders vorgestellt hatte. Sie, die aus einem großen ostpreußischen Gutshaus stammte, aus dem sie mit ihrer Familie vertrieben worden war, hatte sich nie damit abfinden können, dass sie den Rest ihres Lebens in einem engen Häuschen mit kleinem Garten verbringen sollte, vor dem eine hohe Birke den Blick verstellte. Vergeblich mühte sie sich, einige lichte Stellen mit Rosen und

Lavendel zu bepflanzen. Einmal hatte er sie beobachtet, wie sie Lavendel zwischen ihren Fingern zerrieben hatte. Dabei war ein Blick in ihren Augen, der ihm Angst gemacht hatte. So sehnsüchtig war er. So wenig von dieser Welt.

Später hatte er verstanden, dass ihr nichts geblieben war, woran sie sich hätte halten können. Und dass sie gleichzeitig versuchte, wenigstens die Kinder nichts davon merken zu lassen.

Andreas hatte es ihrer Stimme angehört, wenn sie von ihrer Heimat erzählte. Dem weiten Land mit sattgrünen Wiesen und grasenden Pferden darauf. Ein Ort, in den sie nicht zurück durfte.

Die einzigen Reisen, die sie als verheiratete Frau unternahm, waren Sonntagsausflüge. Und auf diesem kargen Vergnügen bestand sie hartnäckig. Sie wollte nach Rüdesheim. Nach Zweibrücken in den Rosengarten. Rund ums Schwetzinger Schloss spazieren, wo man inmitten eines paradiesischen Parks einen Blick auf das gemalte Ende der Welt werfen konnte.

Verblasste Bilder, die aus einem Nebel von Erinnerungen aufstiegen und immer deutlichere Konturen annahmen. Mitbringsel von diesen Reisen waren seiner Mutter wichtig. Den Teller über dem Küchenschrank hätte er in allen Einzelheiten beschreiben können. Ebenso den blauen Plastikfernseher mit dem weißem Knopf und den angestrahlten Ansichten vom Rheinland im Inneren. Souvenirs. Mit einem Mal erschien ihm diese Zeit sehr nah. Wie in Zeitlupe strichen einzelne Ereignisse aus seiner Kindheit an ihm vorbei. Manche verharrten und blieben kurzzeitig als Standbilder stehen. Manche zogen schnell vorüber.

Da ist ein lachender kleiner Junge in kurzen Hosen. Und ein älteres Mädchen, seine Schwester Liane. »Komm, Andi, spazieren gehen.« Sie streckt die Hand nach ihm aus. »Komm mit in den Wald.«

»Im Wald, da sind doch die Räuber«, wehrt er ängstlich ab.

»Nur im Lied.« Sie lacht. Ein helles, klingendes Lachen, das seine Ängste verscheucht. Sie laufen in den Wald. Zwischen den dicken, borkigen Stämmen hindurch, immer tiefer, dorthin, wo nur wenig Licht hinfällt. Liane hält ihn fest an der Hand. Er denkt an die Märchen, die ihm seine Mutter oder die Großmutter vorgelesen haben. All die bösen Tiere, die im Dickicht lauern. Vor denen man sich in Acht nehmen muss. Aber so lange Liane bei ihm ist, kann ihm nichts passieren.

Und dann ist Liane plötzlich nicht mehr da. Sein Brustkorb zieht sich zusammen.

Liane, wo bist du?

Er irrt umher, schreit, ruft. Schrammt sich das Knie auf. Es blutet. Sein Herz pocht und pocht. Immer lauter. Er glaubt, es hüpft aus seinem Brustkasten heraus. Nirgends kann er Liane finden. Sie ist weg. Er schließt die Augen und denkt an den Schutzengel, der über ihren Betten wacht und an den er ganz fest glaubt. Auf dem Bild beschützt der Engel ein Mädchen und einen Jungen, die über eine Brücke gehen. Darunter fließt ein reißender Gebirgsbach. Der Engel mit dem weißen Gewand und den riesigen Flügeln schwebt hinter ihnen. Passt auf die Kinder auf. Nicht nur auf ihn und Liane. Auf alle Kinder.

Wo bist du, Schutzengel?

Ein Geräusch lässt ihn aufschrecken. Er hält den Atem an. *Liane!* Seine Stimme ist hoch und brüchig. Voller Angst. *Liane, wo bist du denn?* Er spürt, wie ihm die Tränen die Wangen hinunterlaufen. Wie ihm der Rotz aus der Nase läuft. Vielleicht wurde das Geräusch von einem wilden Tier verursacht. Oder doch von einem Räuber. Im Dickicht glaubt er feurige Augen zu sehen. Augen, die ihm auflauern. Als er ein Knacken ganz in seiner Nähe hört, pinkelt er in die Hose.

Schritte kommen näher. Das Herz hört zu schlagen auf.

Und dann steht sie plötzlich vor ihm. Lacht ihn aus.

Angsthase. Hosenscheißer!

Er hätte sie erwürgen können in diesem Moment. Die Hände um ihren Hals legen und fest zudrücken. Ein unbekanntes Gefühl durchflutet ihn. Er denkt an einen Vulkan, dessen Bilder er kurz zuvor gesehen hat. Bilder von brodelnder Lava, die tief unter der Oberfläche der Erde glüht. Da brennt ein Feuer in ihm, das er nie zuvor gespürt hatte. Heiß durchfließen ihn Scham und Angst. Die Erleichterung danach ist fast unerträglich.

Starke Gefühle, die sich in ähnlicher Weise mit seiner ersten Liebe wiederholten. Angst und Scham, weil er sich so sehr wünschte, ganz nah bei dem Mädchen zu sein. Als es endlich soweit war, gehorchte ihm sein Körper nicht. Er konnte das überhaupt nicht verstehen. Alleine mit sich hatte er nie derartige Probleme. Da war immer alles ganz leicht. Aber jetzt, wo es darauf ankam, versagte sein Körper. Er hatte das Mädchen nie wieder getroffen, und er fragte sich manchmal, was sie von ihm gedacht hatte.

Mit Kindern konnte er viel besser umgehen. Mit kleinen Mädchen. Die bewunderten ihn. Die jagten ihm keinen Schrecken ein. Die suchten seine Nähe. Mit ihnen gab es keine Probleme. Jedenfalls nicht solche wie mit den Frauen.

Insgeheim wusste er, dass das nicht richtig war. Ein Zwiespalt, der ihn zur Flasche greifen ließ. Betäuben, was man nicht versteht. Wegsaufen, was einen ängstigt. Und nun hatte er wieder gesoffen. Obwohl er es zwei Jahre geschafft hatte, ohne Alkohol auszukommen. Er war schwach gewesen. Hatte sich gehen lassen. Sein Verstand hatte ihn im Stich gelassen, wie schon so oft zuvor. Wenn alles auf ihn eingestürzt kam. Wenn er meinte, den Druck, die Belastungen nicht mehr aushalten zu können. Wenn die Anspannung sein Inneres zu sprengen drohte. Und es so einfach war, der Versuchung nachzugeben.

Dann jedes Mal das jämmerliche Erwachen. Das Gefühl, wieder einmal versagt zu haben, in Selbstmitleid abzutauchen und erneut die Flasche anzusetzen. Ist doch sowieso alles scheißegal! Bloß kein Denken mehr. Die Erinnerungen wegdrängen. Die Gedanken zuschütten. Die gierigen Sehnsüchte wegsaufen. Weglaufen. Abhauen. Etwas anderes fiel ihm nicht ein.

Sein Brustkorb hob und senkte sich in immer schnelleren Abständen. Er hörte seinen schnaubenden Atem. Fühlte stechenden Schmerz und Taubheit zugleich. Ein merkwürdiges Gefühl.

Es wäre besser gewesen, ich wäre nicht wieder aufgewacht. Er spürte, wie ihm die Tränen die Wangen hinunterliefen.

Hast du wieder mal das heulende Elend?, hörte er eine Stimme aus der Vergangenheit.

Er vergrub sich in seinem Schmerz. Versank darin. Immer tiefer. Wollte nicht mehr in die Wirklichkeit zurück. Er hatte keine Kraft mehr zu kämpfen. Dem Verlangen nachgeben. Nichts mehr denken. Nur noch dem Verlangen nachgeben. Den Flaschenhals ansetzen und tun, wonach jede Faser seines Körper gierte. So tun, als gäbe es in seinem Kopf keinen Funken Verstand.

Seine zittrigen Hände tasteten die Bettdecke entlang. Fanden eine Schnur, daran hing ein Klingelknopf. Entschlossen drückte er darauf.

22

»Ein Schlangenbiss. Und?« Hinterhuber sah Franca an.

»Was fällt dir denn dazu ein?«, fragte Franca.

»Ist das denn wichtig? Gestorben ist sie doch wohl an den massiven Kopfverletzungen.«

»Ja. Ich weiß ja auch nicht. Irgendwie ist es doch komisch, oder?«

»Manchmal gibt es eben komische Zufälle.«

»Und warum kann ich dann nicht glauben, dass das ein Zufall war?«

Hinterhuber lenkte schweigend den Wagen ins Dorf hinein. Es war sommerlich warm. In den Straßen und Gässchen gleich hinter der Ortseinfahrt war kaum ein Durchkommen, so viele Menschen drängten sich hier. Doch je weiter sie in Richtung Löwenhof fuhren, umso ruhiger wurde es. Diesmal kamen sie mit einem richterlichen Durchsuchungsbeschluss.

Vor der Tür von Kilians Krankenzimmer im Johannishof war ein Polizist postiert worden. Obwohl David gemeint hatte, dass dieser Patient garantiert so schnell nicht wegliefe. Aber Kilian wäre nicht der erste Verdächtige gewesen, der schwerverletzt einen Fluchtversuch unternähme.

Marion Lingat öffnete ihnen die Tür. »Ach, Sie sind's«, murmelte sie und bat Franca hinein. Marions Kleid sah aus, als ob sie darin geschlafen hätte, zerknautscht und voller Falten. Das Haar war kaum gekämmt und wirkte ungepflegt. Ihre Schultern hingen herab. Sie war die verkörperte Trauer.

»Frau Lingat, wir müssten uns Herrn Kilians Zimmer ansehen.« Franca wedelte mit dem Durchsuchungsbeschluss.

»Tun Sie, was Sie nicht lassen können«, sagte sie mit müder Stimme und wies die Treppe hinauf. »Dort oben. Gleich die erste Tür.«

Francas Blick ruhte einen Moment auf Hannahs Mutter. Sofort hatte sie das Bild vor Augen, wie die gepflegte, selbstbewusste Frau Sonntagnacht in diesen Raum getreten war – und innerhalb von Sekunden eine andere wurde.

»Frau Lingat, wir haben Anhaltspunkte, dass ihr Gast pädophil war«, sagte Franca. »Ist Ihnen nie etwas Derartiges an seinem Verhalten aufgefallen? Im Umgang mit Ihrer Tochter?«

Marion sah Franca an, als ob sie von einem anderen Stern käme.

»Pädophil? Sie meinen, er hatte es mit kleinen Mädchen?«

»Genau das.«

Marion atmete tief ein und sog die Luft geräuschvoll durch die Nase.

»Drum«, sagte sie nur. Weiter nichts. Franca wartete noch einen Moment, aber es kam keine Erklärung.

»Ist Ihnen nie ein solcher Verdacht gekommen? Zumindest Ihrer Mutter war dieser Gedanke nicht fremd.«

»Ja, meine Mutter.« Marion lachte auf. Es war kein frohes Lachen. »Die verdächtigt doch jedes männliche Wesen.« Unschlüssig blieb sie stehen.

»Ist das Zimmer offen?«, fragte Franca.

»Entschuldigen Sie, ich hole den Schlüssel.« Träge schlurfte Marion davon, um gleich darauf mit einem einfachen Zimmerschlüssel in der Hand wiederzukommen. Sie ging vor Hinterhuber und Franca die Treppe hinauf und schloss das Zimmer auf.

»Wir kommen später noch mal zu Ihnen rein«, sagte Franca. »Wenn wir hier fertig sind.«

Marion nickte wortlos und zog die Tür hinter sich zu.

»Sie kann einem wirklich leid tun«, sagte Franca zu Hinterhuber, der zielstrebig auf den kleinen Schreibtisch zuging, auf dem ein Laptop lag. Er klappte das Gerät auf und schaltete es ein. Es dauerte eine Weile, bis es hochgefahren war und die Abbildung einer blühenden Wiesenlandschaft mit rotem Klatschmohn auf dem Bildschirm erschien.

»Passwortgesichert, klar«, murmelte er und machte ein paar Eingabeversuche. »Mist, ich komm nicht rein.«

»Für unsere Experten ist das doch wohl kein Problem, oder?«, meinte Franca.

»Das glaube ich auch nicht.« Er grinste und klappte den Deckel zu.

Franca sah sich in der Räumlichkeit um. Es war ein bescheidenes Zimmer, nur mit dem nötigsten möbliert. An der Wand hingen Landschaftsbilder, die selbstgemalt aussahen.

»Sag mal, ist so etwas nicht verboten?« Franca wies auf einen präparierten Schmetterling, der mit Nadeln auf einen weißen Karton aufgespießt war. »Gehört der nicht zu den geschützten Arten?«

»Das ist ein Apollofalter. Sagtest du nicht, Kilian sei Biologe? Da wird er schon wissen, ob er so was verantworten kann.« Hinterhuber nahm ein Buch in die Hand, das auf dem Nachttisch lag. »Nabokov«, sagte er und nickte. »Der Kreis schließt sich.«

»Was?«

»Er hat ein Buch von Nabokov hier liegen.«

»Lolita?«, fragte sie. Das war der einzige Nabokov, den sie kannte.

»Nein. Das hier sind offensichtlich seine Memoiren.«

Franca streifte Latexhandschuhe über und öffnete die Tür des Kleiderschranks, während Hinterhuber das Bett aufdeckte und unter die Matratze schaute. Nur wenige Wäschestücke waren im Schrank einsortiert. Das meiste lag in der Reisetasche, die auf dem Boden stand. Ein strenger Geruch stieg auf, als sie die Tasche öffnete. Schmutzwäsche. Sie atmete flach, während sie Unterwäsche, Hemden, Socken und zusammengeknüllte Stofftaschentücher durchsuchte. Sie waren kariert und von der Art, wie eines im Weinberg gelegen hatte. Als sie weiter tastete, stießen ihre Finger auf etwas Hartes. Sie zog den Gegenstand heraus. Ein schwarzes Notizbuch mit roten Ecken. Sie schlug das Büchlein auf.

»Dies ist das Tagebuch von Hannah Lingat«, las sie überrascht. Kilian hatte Hannahs Tagebuch bei sich versteckt. Das sprach ja wohl Bände. Neugierig blätterte sie die Seite um. »Warnung!! Unbefugte: Finger weg!«, stand auf der folgenden Seite. Franca war unangenehm berührt. Eigentlich war sie eine Unbefugte, die in die Intimsphäre eines anderen Menschen eindrang. Aber das brachte ihr Beruf nun mal mit sich. Schließlich ging es um die Aufdeckung einer Straftat. Und Hannah nutzte es nichts mehr, wenn ihre Privatsphäre gewahrt wurde.

»Was Brauchbares?«, fragte Hinterhuber.

»Werden wir gleich sehen«, meinte Franca. Neugierig begann sie zu lesen. Die üblichen Sorgen und Nöte eines jungen Mädchens. Niedergeschrieben in einer runden Jungmädchenschrift. Soweit sie beurteilen konnte, nichts Spektakuläres. Die Eintragungen folgten in lockeren zeitlichen Abständen und waren undatiert. Hingeworfene Gedanken über die Schule, die beste Freundin, Jungs. Namen fielen, die Franca bekannt waren. Kathi, Nick, Marcus. Die drei Jugendlichen, mit denen zusammen Hannah das Forschungsprojekt bearbeitete. Ab und an eine anders geartete Bemerkung über Marcus. Der Junge hatte ihr wohl gefallen. Häufiger aber waren Kommentare zu der Arbeitsgruppe. Hannah schien dem Projekt viel Zeit gewidmet zu haben. Was ein wenig im Widerspruch stand zu den Aussagen der Schüler. Allerdings – da das Datum fehlte, konnte man nicht mit Sicherheit sagen, auf welchen Zeitraum die Eintragungen zutrafen. Ihrer Freude, die Geheimnisse der Natur zu entdecken und zu entschlüsseln, hatte Hannah oft, manchmal auch mit poetischen Worten, Ausdruck verliehen.

Das meiste überflog Franca. An einer längeren Passage, die sich auf Nick bezog, las sie sich fest. »Ich versteh mich ja ganz gut mit ihm«, hieß es da, »wenn er nur nicht so aufdringlich wäre. Schon so oft habe ich ihm gesagt, dass ich nichts von ihm will. Aber er will partout nicht verstehen, dass mein Herz für einen anderen schlägt.«

Aha, das war ja hoch interessant. Franca sah den jungen, hoch aufgeschossenen Mann mit der auffälligen Hahnenkammfrisur vor sich. Wie er um Hannah geweint hatte. Hannah hatte sich offenbar mehr und mehr von ihm bedrängt gefühlt, so sehr, dass es ihr unangenehm war, schrieb sie. Dabei habe sie ihm mehr als deutlich gesagt, was Sache sei.

Wer der andere war, für den ihr Herz schlug, wie sie es ausgedrückt hatte, darüber fand sich nichts Konkretes. Im Folgenden war häufiger ein A. erwähnt. Diese Seiten las Franca genauer. »Gespräche mit A. einfach toll«, stand da. »Hab soviel gelernt von ihm, wie noch von keinem Lehrer. Wo er überall rumgekommen ist. Malaysia, Kanada, Thailand. Das sind nur ein paar der Länder, die er von Berufs wegen bereist hat. So etwas würde mir auch gefallen. Denke verstärkt drüber nach, ob ich nicht doch Biologie studieren soll.« Ein paar Seiten weiter hieß es: »A. hat mir von den Täuschungsmanövern der Tiere erzählt. Aus dem Weinberg kenne ich den Rhombenspanner, der aussieht wie ein Stückchen Holz. Den habe ich öfter im Frühjahr beim Gürten gesehen. Wenn man dem nicht sofort den Garaus macht, höhlt er alle Knospen aus und es können keine neuen Triebe mehr entstehen. Obwohl man dadurch ja die Weiterentwicklung zum Schmetterling verhindert. Aber manchmal hat man eben keine Wahl.

Ich wusste nicht, dass es so viele Tiere gibt, die die perfekte

Mimikry beherrschen. Da gibt es Käfer, die Steine imitieren, Baumfalter, die aussehen aus wie Rinde. Oder die Orchideenmantis, eine Fangschrecke, die in Malaysia lebt. Sie sieht genauso aus wie eine Orchideenblüte. Total irre. Die Liste der Mogler und Täuscher ist unendlich lang. Also stimmt Schopenhauers Ausspruch nicht, dass es nur ein lügenhaftes Wesen auf der Welt gäbe und das sei der Mensch. A. hat mir erklärt, dass es den Tieren hauptsächlich darum gehe, das eigene Leben zu schützen und nicht gefressen zu werden. Aber natürlich wollen sie auf diese Weise auch Beute ergattern, klar. Überleben kann schließlich nur der, der seinem natürlichen Feind verborgen bleibt. Ist ja irgendwie logisch. Weil das das Wesen der Evolution ist. Ich muss unbedingt mehr darüber lesen. Vielleicht kann ich zu diesem Thema eine Hausarbeit schreiben.«

Ein emsiges, wissbegieriges Mädchen, das sich viele Gedanken machte. Dies bestätigten auch diese Tagebucheintragungen. Franca war enttäuscht, dass nirgends eine verräterische Andeutung über diesen A. zu finden war, denn unzweifelhaft handelte es sich dabei um Andreas Kilian.

Weshalb hatte er das Tagebuch zwischen seiner Dreckwäsche versteckt? Sie blätterte noch einmal vor und zurück. Da bemerkte sie, dass etliche Seiten fehlten. Sie waren herausgetrennt.

Franca ließ das Büchlein sinken. »Also doch«, dachte sie. »Warte nur, Kilian. Dich kriegen wir!«

»Frau Lingat?«, rief Franca, als sie zusammen mit Hinterhuber die Treppe herunterging.

»Ich bin hier«, tönte es schwach aus dem Wohnzimmer. »Kommen Sie ruhig her.« Marion saß mit leerem Blick auf einem Sessel. In der Hand ein zerknülltes Taschentuch. Die Augen rotgeweint. Als die beiden zu ihr hineinkamen, hob sie den Kopf.

»Ich habe darüber nachgedacht, was Sie gesagt haben. Es ist richtig, dass Herr Kilian viel Zeit mit Hannah verbracht hat. Aber sie hat sich nie über ihn beschwert, wenn sie darauf hinauswollen, dass er zudringlich geworden sein könnte. Es war offensichtlich, dass sie ihn mochte. Sie war immer ein fröhliches Mädchen. Überhaupt nicht gedrückt oder deprimiert. Das wäre mir doch aufgefallen.« Sie sah von Franca zu Hinterhuber, die im Raum standen und bedeutete ihnen mit einer Geste, Platz zu nehmen. »Ist es nicht so, dass die Kinder leiden, wenn ihnen ein solcher Mann zu nahe kommt? Hannah hat nicht gelitten, das wird Ihnen jeder bestätigen. Sie wirkte zwar manchmal ein wenig traurig, vorher meine ich, bevor Herr Kilian ins Haus kam. Seit er bei uns ist, ist sie regelrecht aufgeblüht. Das spricht doch alles gegen ihre Verdächtigung, oder? Ich meine viel eher ...« Sie schluckte und drückte ihr Taschentuch in der Faust zusammen.

»Was meinen Sie?«, hakte Franca geduldig nach.

Marion hob die Schultern. »Na ja, sie hatte ja nie einen Vater. Und vielleicht habe ich mich auch nicht genug um sie gekümmert. Weil ich zu sehr in meine eigenen Probleme verstrickt war.« Sie sah sich vorsichtig um, ob es keine weiteren Zuhörer gab. »Ich wollte weg von hier. Alles war vorbereitet. Das Gut sollte verkauft werden. Ich war mitten in den Verhandlungen. Und jetzt ...«

Franca war überrascht. »Haben Sie mit Ihrer Mutter darüber gesprochen?«

»Mit der konnte man über so etwas nicht reden.« Marion machte eine unwirsche Handbewegung. »Sie denkt sowieso, es würde ewig so weiter gehen wie bisher. Aber mir ist es hier in diesem Dorf zu eng geworden. Ich will endlich mein eigenes Leben leben und nicht immer nur Rücksicht auf die anderen nehmen müssen. Außerdem habe ich es gründlich satt, ständig bevormundet zu werden.« Den letzten Satz hatte sie voller Bitterkeit hervorgestoßen. Sie presste die Lippen zusammen, bis sie ganz farblos waren.

»Haben Sie das denn nicht mit Ihrer Schwester und Ihrer Mutter besprochen?«

»Ich hab's ja versucht.« Sie schnaubte. »Aber sie haben mir einfach nicht zugehört. Mutter will, dass alles genauso bleibt wie es ist. Und Irmchen hat sowieso keine eigene Meinung. Jedenfalls kommt eine Veränderung für beide nicht in Frage. Das einzige, was hilft, ist sie vor vollendete Tatsachen zu stellen.« Ihre Zunge befeuchtete die farblosen Lippen. »Außerdem sind wir Frauen ständig auf Leute angewiesen, die die schwere Arbeit machen. Die arbeiten aber nicht umsonst. Das Angebot, das ich bekam, schien mir mit einem Mal die Lösung all meiner Probleme. Ein neues Leben – welch verlockender Gedanke.« Sie starrte auf das zerknüllte Taschentuch in ihrem Schoß und schwieg eine Weile, bevor sie fortfuhr. »Die Verhandlungen waren schon ziemlich weit gediehen. Doch jetzt stagniert alles. Langsam habe ich den Eindruck, der Käufer will sich wieder zurückziehen. Jedenfalls habe ich seit Hannahs Tod nichts mehr von ihm gehört.«

»Hat Hannah davon gewusst, dass Sie den Hof verkaufen wollen?«, fragte Franca.

Marion Lingat schüttelte den Kopf. »Niemand hat es gewusst. Ich wollte es den anderen erst sagen, wenn alles unter Dach und Fach ist.« Geräuschvoll atmete sie ein. »Vielleicht war ich auch einfach nur zu feige, mich den Diskussionen zu stellen.« In sich zusammengesunken saß sie in ihrem Sessel. Ein bedauernswertes Häufchen Unglück.

»Gab es für Sie denn keine andere Möglichkeit, das Gut zu verlassen?«, fragte Franca, um das bedrückende Schweigen zu durchbrechen.

»Sie meinen, warum ich nicht geheiratet habe?« Marion Lingat sah sie direkt an. Ihr entfuhr ein leises Lachen, das sich merkwürdig anhörte. »Sicher hab ich daran gedacht, aber na ja … es kam alles ein wenig anders. Mutter hat natürlich immer darauf gehofft, dass eine von uns einen Mann heiratet, der hierher passt und das Gut führt. Aber egal, ob Irmchen jemanden nach Hause brachte oder ich, immer fand Mutter ein Haar in der Suppe.«

»Was sagst du denn da, Marion? Das ist doch überhaupt nicht wahr. Ich hab immer gesagt, dass hier ein Mann hergehört.« Die alte Frau Lingat war leise zur Tür hereingekommen. »Ein ordentlicher Mann, der was von Weinanbau versteht.« Sie nickte Franca und Hinterhuber kurz zu und setzte sich auf einen Sessel gegenüber ihrer Tochter.

»Ach, hör doch auf, Mutter, dir war nie einer gut genug. Wie war das denn, als Irmchen den Pawel heiraten wollte? Wie du dich mit Händen und Füßen dagegen gewehrt hast. Polen sind Arbeiter, hast du gesagt. Keine Männer zum Heiraten.« Marion schien aus ihrer Apathie erwacht. Bereit, den Kampf mit ihrer Mutter aufzunehmen.

»Das stimmt doch auch«, erwiderte diese mit Nachdruck. Sie wartete einen Moment, doch als niemand etwas entgegnete, fuhr sie fort: »Verstehen Sie mich nicht falsch. Ich habe nichts gegen die Polen. Sie sind fleißige Arbeiter. Wir brauchen sie. Aber es ist doch ein vollkommen anderer Kulturkreis, nicht wahr? Hier gehört ein Fachmann her. Eine Respektsperson. Ich bitte dich, Marion, der Pole war Hilfsarbeiter. Sprach nur ein paar Brocken Deutsch. Was macht denn das für einen Eindruck?«

»Es ging doch auch um Irmchens Gefühle.«

»Pah, Gefühle!«, erwiderte die Alte verächtlich. »Von Gefühlen ist noch keiner satt geworden.«

»Vom Kopf-in-den-Sand-stecken auch nicht.«

Da war er wieder, der Misston. Den Franca schon öfter bei den Unterhaltungen zwischen den Lingats herausgehört hatte.

Doch die Seniorin fuhr mit ihrer Rede fort, als ob sie Marions Einwurf nicht gehört hätte. »Auf einem Weingut müssen manche Dinge von Männern erledigt werden. Frauen können eben nicht alles. Und damit kann man nicht immer fremde Leute beauftragen. Das muss jemand aus der Familie sein. Aber was tun, wenn man zwei Töchter hat und keine davon Anstalten macht, zu heiraten? Früher, als mein Mann noch lebte, da florierte das Gut. Da hatten wir regelmäßig Spitzenweine vorzuweisen«, lamentierte die alte Frau Lingat und begann, eine bessere Vergangenheit heraufzubeschwören.

»Unsere Weine können es allemal mit denen der anderen aufnehmen«, unterbrach sie Marion. »Hast du vergessen, dass wir vor zwei Jahren die August-Horch-Edition bekommen haben?«

»August-Horch-Edition? Was bedeutet das?«, wollte Franca wissen.

»Neumodischer Kram!«, erwiderte die Alte wegwerfend.

»Jedes Jahr werden die Weine einiger Winninger Winzer blind verkostet«, erklärte Marion geduldig. »Der beste erhält die August-Horch-Medaille.«

Franca wagte nicht zu fragen, wer August Horch war. Den Namen hatte sie zwar schon mal auf einem Straßenschild gelesen, aber sie konnte damit nichts anfangen. Sicher irgendeine regionale Berühmtheit.

Ihr Blick streifte Marion. Die Arme fest um ihren Körper geschlungen, saß sie in ihrem Sessel. Als ob sie sich von ihrer Mutter abschotten wollte. Irgendwo ganz weit weg. Vor allem weg vor einer Mutter, die keinen Funken Verständnis für die Nöte ihrer Tochter aufbrachte.

Franca ahnte mit einem Mal, dass mit Hannah nicht nur Marions Tochter gestorben war, sondern ihre gesamte Zukunft.

»Weißt du, was es mit diesem August Horch auf sich hatte?«, fragte Franca, als sie im Auto neben Hinterhuber saß.

»Das ist der Gründer der Audi-Werke. Sag bloß, das weißt du nicht?« Er runzelte die Stirn und warf ihr einen verwunderten Seitenblick zu. »Audi ist lateinisch und heißt übersetzt: ›Horch!‹, also der Imperativ von ›hören‹. Der Vorläufer von Audi ist übrigens Horch. Benannt nach ebendiesem August.«

»Und der ist also in Winningen geboren«, sagte sie. »Was du alles weißt.«

»Tja, es scheint eben doch was dran zu sein.« Er grinste vor sich hin.

»Was meinst du?«

»Dass die Bayern eine gründlichere Bildung haben als die Rheinland-Pfälzer.«

»Angeber!« Sie knuffte ihm lachend in die Seite.

»Ich weiß es von Ingrid«, sagte er nach einer Weile.

»Was?«, fragte Fraca, die immer noch mit ihren Gedanken bei den Lingats war.

»Na, dass August Horch der Gründer der Audi-Werke ist. Wir waren mal zusammen im Winninger Heimatmuseum. Dort wird man ausführlich darüber informiert.«

»Ach.« Franca grinste. »Dann ist es also doch nicht soweit her mit der gründlichen Allgemeinbildung der Bayern? Wenn sie sich ihr Wissen vor Ort aneignen müssen.«

23

»Was gibt's denn, Herr Kilian. Sie hatten geklingelt.« Die Stimme der älteren Krankenschwester klang ungeduldig. Als ob sie in großer Eile sei.

»Ja ...«

»Und? Wo brennt's denn?« Sie sah ihn auffordernd an.

Wieder eine der Frauen, die ihn einschüchterten und verstummen ließen. Vorhin hatte er eine sehr klare Vorstellung von dem gehabt, was er wollte. Nun wusste er nicht mehr, was er sagen sollte.

»Nichts? Na, dann gehe ich eben wieder.« Voller Ungeduld wandte sie sich um. Der Ärger war unüberhörbar.

»Durst«, sagte er. »Ich habe Durst.«

»Auf Ihrem Nachttisch steht Tee. Den haben Sie bis jetzt noch nicht angerührt. Und so schlecht geht es Ihnen nicht mehr, dass Sie nicht allein trinken können.« Die Tür öffnete sich und schloss sich wieder. Zurück blieb das Gefühl, gestört zu haben.

Seine Augen versuchten das dämmrige Dunkel zu durchdringen.

Da stand ein Kännchen Tee. Er wollte keinen Tee.

Nebenan lag ein leblos wirkender Mann, der ab und zu merkwürdig gurgelnde Geräusche von sich gab. Er schloss die Augen. Dämmerte vor sich hin. Etwas anderes blieb ihm in dieser Umgebung nicht übrig.

»Guten Tag, Herr Kilian«, sagte jemand im Zimmer.

Er hatte nicht gehört, dass die Tür gegangen war und schlug die Augen auf.

»Herr Kilian. Ich würde mich gerne mit Ihnen unterhalten. Ist das möglich?«

Es war diese hartnäckige Polizistin. Ohne seine Antwort abzuwarten nahm sie einen Stuhl, zog ihn nahe an sein Bett heran und setzte sich.

»Geht es Ihnen wieder besser?«

Er mied ihren Blick, den er abschätzig auf sich fühlte. Starrte auf die Bettdecke und rührte sich nicht.

»Herr Kilian, ich bräuchte noch ein paar Auskünfte von Ihnen.« Ihre Stimme klang einschmeichelnd. »Wir versuchen, so genau wie möglich zu rekonstruieren, was am Sonntag geschehen ist. Würden Sie mir einfach erzählen, wohin Sie und Hannah nach dem Mittagessen gegangen sind? Und was danach aus Ihrer Sicht vorgefallen ist.«

Er wandte den Kopf und sah sie misstrauisch an. Einfach erzählen? Nun gut.

Er räusperte sich. »Hannah sagte mir, sie wollte hoch in den Wingert im Brückstück«, begann er. »Dort sollte sie nach dem Entwicklungsstand der Trauben sehen. Sie fragte mich, ob ich mitkommen wolle. Und ich sagte ja.«

Der Blick der Polizistin ruhte abwartend auf ihm.

»Man muss die Rebstöcke immer im Auge behalten. Wenn ich etwas von den Weinbauern gelernt habe, dann das.« Er versuchte ein Lächeln. »Nach dem Mittagessen gehe ich immer gern ein paar Schritte. Wir sind dann sofort aufgebrochen.«

Die Polizistin sah ihn aufmerksam an. »Und dann?«, fragte sie freundlich.

»Ja, dann war es etwas merkwürdig.« Er streifte sie mit einem kurzen Blick.

»Inwiefern?«

»Auf halber Strecke meinte Hannah, sie würde gern allein weitergehen. Aber das habe ich Ihnen schon beim letzten Mal erzählt.«

»Gab es irgendeinen Anlass, weshalb sie alleine weitergehen wollte? Ein Telefonanruf vielleicht? Hat ihr Handy geklingelt?«, fuhr die Polizistin unbeirrt fort.

»Nein, nicht dass ich wüsste. Es hatte aber den Anschein, als ob sie mit jemandem verabredet sei. Das ging mich nichts an. Also fragte ich auch nicht danach.«

Die Polizistin sah ihn an, als glaube sie ihm nicht. Er wich ihrem Blick aus.

»Wo genau haben Sie sich getrennt?«

»Irgendwo im Domgarten. Ich weiß nicht mehr genau wo, weil wir nicht den offiziellen Weg gegangen sind, sondern die Pfade durch die Weinberge. Ich bin dann hoch zum Hexenhügel, während sie weiter in Richtung Brückstück gegangen ist. Das war das letzte Mal, dass ich sie gesehen habe.«

Die Polizistin setzte sich in Positur und sah ihn eine Weile an, bevor sie fortfuhr. »Herr Kilian. Uns ist bekannt, dass Sie eine besondere Beziehung zu Hannah hatten.«

»Sie war ein ganz außergewöhnliches Mädchen«, sagte er leise. Obwohl er aus ihrer Bemerkung herausgehört hatte, was sie vermutete. Am besten gar nicht darauf eingehen.

»Hannah sah offenbar in Ihnen eine wichtige Bezugsperson.«

Er stützte sich ein wenig auf. Die Bewegung schmerzte. Er verzog das Gesicht. »Es stimmt, wir haben ziemlich viel zusammen unternommen. Sie hat in mir eine Art Vater gesehen. Und für mich war sie eine Art Tochter. Ein Kind, das ich nie hatte.« Ja, das hörte sich gut an. »Ich habe mich um sie gekümmert. Wir haben interessante Gespräche geführt. Sie war so unglaublich reif für ihr Alter. Und sie wusste sehr viel. Man konnte sich mit ihr auf einem hohen intellektuellen Niveau unterhalten. Wie das nur mit ganz wenigen Kindern ihres Alters möglich ist.«

Die Polizistin hörte ihm geduldig zu. Das spornte ihn an, weiterzusprechen. Es tat gut, zu reden. »Ihre Mutter hat ihr nie gesagt, wer ihr Vater ist. Darunter hat Hannah gelitten. Sie hat ihre Mutter wohl unzählige Male danach gefragt. Aber aus der war einfach nichts heraus zubekommen. Das hat Hannah sehr verletzt. Jeder Mensch will doch wissen, von wem er abstammt, oder? Kinder brauchen Väter. Nicht nur Mütter. Außerdem hatte ich den Eindruck, dass die Mutter sich wenig um ihre Tochter kümmerte. Tagsüber arbeitete sie in den Weinbergen und abends war sie oft unterwegs.«

»Hat sich Hannah darüber beklagt?«

»Nicht direkt«, gab er zu. »Aber es war aus ihren Bemerkungen herauszuhören, dass sie über all das nicht erfreut war.«

»Sie sahen sich also als eine Art Vaterersatz für das Mädchen?«

Er nickte mehrmals. »Ja.«

Die Polizistin legte den Kopf schief. Sah ihn eindringlich an. »Herr Kilian. Warum haben Sie die Seiten aus Hannahs Tagebuch herausgerissen?«

Er spürte, wie die Farbe aus seinem Gesicht wich. Wie ein lästiges Ungeziefer kam sie ihm jetzt vor. Eine Zecke, die Blut gerochen hat. Begierig darauf, ihn auszusaugen. Wie hatte er nur glauben können, von ihr eine Chance zu bekommen? Sie hatte ihn längst verurteilt.

»Was für ein Tagebuch?«, krächzte er und sah an ihr vorbei.

»Herr Kilian. Sie wissen genau, wovon ich rede. Hannahs Tagebuch lag zwischen Ihrer Schmutzwäsche in Ihrer Reisetasche. Sie wollen mir doch nicht erzählen, dass das jemand anders dort deponiert hat, oder?«

Er hasste die Art, wie sie das sagte. Sie wusste, dass sie in der besseren Position war. Überhaupt war mit ihr eine Verwandlung vor sich gegangen. Erst Verständnis heucheln und dann zuschlagen. Sie hatte ihn nur ködern wollen. Und er war darauf hereingefallen. Dann vernahm er auch schon den furchtbaren Widerhall in seinem Kopf.

Du wirst mir doch nicht erzählen wollen, dass du nie was mit kleinen Mädchen hattest? Es gibt Beweise. Es gibt Aussagen. Oder willst du im Ernst behaupten, dass das Mädchen lügt?

Es würde nie zu Ende sein. Nie. Er schwieg und sah zur Decke.

»Herr Kilian. Meinen Sie nicht, dass Sie langsam aufhören sollten, uns etwas vorzumachen? Wir haben ein klares Bild von dem, was am Sonntag im Weinberg passiert ist. Die Indizien sind erdrückend. Damit meine ich nicht nur das Tagebuch mit den herausgerissenen Seiten, das wir in Ihrer Reisetasche gefunden haben. Es gibt noch viel mehr, das Sie belastet. Beispielsweise ein Taschentuch in der Nähe des Tatorts, das zweifellos Ihnen gehört.«

In seinem Kopf brach etwas zusammen. Das Taschentuch! Er musste es verloren haben, als er am Montag früh am Tatort angehalten hatte.

»Auch alles andere, was Sie uns bisher aufgetischt haben, sind Lügen. Sie arbeiten schon längst nicht mehr an der Mainzer Uni. Weil man Sie dort gefeuert hat. Unter anderem wegen Belästigung Minderjähriger.«

Er öffnete den Mund, schloss ihn wieder. Wie triumphierend sie das aussprach. Wie überheblich. Es hatte keinen Sinn. Sie war die Siegerin. Und er der arme Wurm, den man am Boden tritt.

»Auf dem Löwenhof haben Sie dann ihr mieses Spiel weitergespielt.«

»Nein!«, stöhnte er gequält auf. »Nein, nein, es ist nicht so.«

»Hannah war keine Jungfrau mehr. Das hat die Obduktion eindeutig erwiesen. Ich denke, wir müssen nicht lange herumraten, wer dafür verantwortlich ist.«

Sätze, die auf ihn niederprasselten wie Gewehrsalven.

»Wir haben außerdem Ihren Laptop konfisziert. Die Kollegen haben noch nicht alles ausgewertet. Aber ich bin sicher, auch dort befindet sich weiteres belastendes Material.« Sie hielt einen Moment inne. »Herr Kilian, wollen Sie uns nicht endlich die Wahrheit sagen?«

24

Franca atmete tief durch, als sie vor das Krankenhaus trat. Sie hasste solche Situationen. Das Wort ›Verhör‹ entsprach zwar nicht mehr dem allgemeinen polizeilichen Sprachgebrauch. Aber wie man die Dinge auch benannte, es war das gleiche Procedere: Sie als der verlängerte Arm der Staatsmacht war dazu angehalten, den Delinquenten auszuquetschen. Auch, dass sich der Delinquent wand wie eine Schlange, war eine nur allzu bekannte Situation. Nur in den seltensten Fällen stand der Mensch zu seinen Taten. Noch nicht einmal dann, wenn man ihm lückenlos nachweisen konnte, dass niemand anderer als er selbst als Täter in Frage kam. Vielleicht leugneten die meisten deshalb so hartnäckig, weil ihnen die vorgeworfenen Taten so ungeheuerlich vorkamen, dass sie sie vor sich selbst nicht eingestehen konnten.

Sie sah auf die Uhr. Die Biologielehrerin, die sie als nächstes befragen wollte, wohnte in der Nähe der Festung Ehrenbreitstein. Franca fuhr die gewundene Straße hoch, die hinauf zum Stadtteil Ehrenbreitstein führte. Keine schlechte Wohnlage, dachte sie, als sie in eine Seitenstraße einbog und an hübschen und gepflegten Häusern vorbeirollte. Obwohl sie die Festung jeden Tag vor Augen hatte, war sie lange nicht mehr oben gewesen. Allein der atemberaubende Blick auf das Deutsche Eck und den Zusammenfluss von Rhein und Mosel waren es wert, hier heraufzukommen.

Sie suchte nach der Hausnummer 47. Als sie sie gefunden hatte, stellte sie den Wagen am Straßenrand ab und ging ein paar Schritte zu Fuß zurück. Das Haus sah neu und modern aus. An der Haustür hing ein Buchsbaumkranz mit getrockneten Blumen. »Hier wohnen Andrea, Helmut und Inka Weidmann«, war auf einem getöpferten Schild neben der Klingel zu lesen.

Als niemand öffnete, klingelte Franca ein zweites Mal. Dann sah sie die Biologielehrerin ums Haus herum kommen. Die Haare fielen ihr offen auf die Schulter. Wieder bemerkte Franca deren Jugendlichkeit.

»Kommen Sie doch mit auf die Terrasse, Frau Mazzari«, begrüßte sie Franca freundlich. »Bei diesem Wetter ist man froh für jeden Tag, den man draußen verbringen darf.«

Franca folgte ihr durch den gepflegten Garten, den üppige Blumenrabatten säumten.

»Wissen Sie inzwischen mehr über die Umstände von Hannahs Tod?«, fragte die Lehrerin, als sie auf der schattigen Terrasse angekommen waren.

»Wir sind noch mitten in den Ermittlungen«, sagte Franca. »Warum ich zu Ihnen gekommen bin: Mich würde das Projekt interessieren, an dem die vier Schüler zusammen arbeiteten und das sie betreut haben.«

Mit einer Geste bedeutete ihr Frau Weidmann, Platz zu nehmen.

Franca setzte sich. »Wie intensiv war Ihre Betreuung?«

»Sehr viel kümmern musste ich mich nicht«, gab die Lehrerin bereitwillig Auskunft. »Die Schüler haben ziemlich selbständig gearbeitet.« Auf dem Tisch stand ein leeres Glas. »Darf ich Ihnen etwas anbieten? Wasser? Oder lieber einen Kaffee?«

»Da sag ich nicht nein.« Franca lächelte. »Einen Kaffee bitte.«

»Ich bin sofort wieder bei Ihnen.« Frau Weidmann verschwand ins Innere des Hauses.

Franca lugte durch die offene Terrassentür, die in ein

gemütlich eingerichtetes Wohnzimmer führte. In einer Zimmerecke stand eine Kiste mit Kinderspielzeug.

Frau Weidmann kam bald mit einem Tablett und zwei Tassen Kaffee zurück. »Die Maschine ist neu«, sagte sie. »Ich bin immer wieder begeistert, wie schnell man solch guten Kaffee brühen kann.« Sie stellte Franca eine Tasse hin.

Franca tauchte den Löffel in die Crema, gab etwas Milch dazu und rührte um. Er schmeckte wirklich sehr gut.

»Was genau wollen Sie denn über das Schüler-Projekt wissen?«, erkundigte sich Frau Weidmann.

»Wann es begonnen hat. Was genau es beinhaltet. Wie die Schüler mitarbeiten. Wie die Aufgaben verteilt sind. Einfach ein paar allgemeine Informationen, damit ich mir besser ein Bild machen kann.«

»Begonnen hat das Projekt vor ungefähr einem Jahr. Ich war damals noch neu an der Schule. Hannah ist auf mich zugekommen. Sie hatte in einer Zeitschrift etwas über einen Wettbewerb gelesen, bei dem Jugendliche zum Mitmachen aufgerufen wurden und meinte sofort, ob man sich da nicht mit einer Gruppenarbeit beteiligen könne. Nachdem wir das Vorhaben innerhalb der Schule publik gemacht hatten, meldeten sich etliche andere Schüler. Das Interesse schien anfangs groß. Zum Schluss sind dann vier Schüler aus Hannahs Klasse übrig geblieben, die drei anderen haben Sie ja kennen gelernt. Ich muss sagen, es handelt sich bei allen um sehr gute Biologieschüler. Damit meine ich solche, die bereit sind, etwas mehr zu leisten als üblich. Die anderen, die anfangs mit dabei waren, verloren das Interesse, als sie merkten, wie arbeitsintensiv so ein Projekt ist.«

»Und wie sah die Arbeit konkret aus?«

»Sie beschränkte sich auf ein bestimmtes Gebiet in der Lage Winninger Uhlen. Ich weiß nicht, ob sie sich dort auskennen?«

»Ich kenne Winningen ganz gut.«

»Ah ja. Dann wissen Sie sicher auch, dass es sich bei dem Uhlen um eine Steillage mit einer fast schon mediterranen Fauna und Flora handelt?«

»Dort fliegt der Apollofalter.« Franca nickte.

»Genau. Ursprünglich ging es in der Arbeitsgruppe nur um den Apollofalter und um dessen Wirtspflanze, weiße Fetthenne oder Sedum genannt. Sie wächst dort in Polstern zwischen Trockenmauern und auf Felsnasen. Ich selbst komme ursprünglich aus Norddeutschland und ich bin immer wieder aufs Neue begeistert von der Landschaft hier mit den vielen Weinbergen. Von Anfang an habe ich die Schüler bei diesem Projekt gefördert und unterstützt.«

»Sind Sie auch mit in den Uhlen gegangen?«

»Sicher. Aber nicht so oft wie die Schüler selbst. Aber ab und zu war ich schon mit dabei. Ich wollte es mir nicht entgehen lassen, den legendären Apollofalter mit eigenen Augen zu sehen.« Sie lachte leise. »Es ist wirklich ein wunderschöner Schmetterling. Die Schüler protokollierten die Entwicklungsstadien des Apollofalters im Laufe der Jahreszeiten. Also vom Ei über die Puppe bis hin zum fertigen Imago. Weil die Schüler im Uhlen soviel Zeit verbrachten, haben sie natürlich auch all die anderen seltenen Pflanzen und Tierarten beobachtet, die es dort gibt. Sie haben Smaragdeidechsen entdeckt und die Zippammer und auch noch etliches andere, das die Wärme liebt. Bei ihren intensiven Beobachtungen haben sie einiges über die Gesetze der Natur gelernt. Beispielsweise, dass das eine das andere bedingt. Also in diesem Fall, dass das Wachstum der Sedumpflanze das Leben des Apollofalters ermöglicht. Und wenn man ihm die Basis raubt, stirbt nicht nur das Sedum, sondern auch der Apollo. Auf diese Weise haben die Kinder etwas Grundlegendes über das Werden und Sein der Lebewesen auf Erden begriffen. Und auch, welche große Verantwortung der Mensch hat. Also das, was wir Biologielehrer ihnen beizubringen versuchen. Aber Sie wissen ja: grau ist alle Theorie. Es ist einfach etwas anderes, wenn man all dies leibhaftig vor sich sieht.« Die Lehrerin verzog lächelnd den Mund. »Wir haben natürlich auch darüber gesprochen, dass man mit Unkrautvernichtungsmitteln sehr vorsichtig sein muss und diese nicht nach Gutdünken anwenden darf. Was dem Weinstock nützt, kann für andere Gewächse durchaus schädlich sein.« Sie hob die Schultern. »Der Weinbauer spricht von ›Pflanzenschutz‹, während die Umweltschützer von ›Vernichtung‹ sprechen. So kann man bereits an der Terminologie die Einstellung eines jeden ablesen. Auch diese Erkenntnisse flossen in das Schüler-Projekt mit ein. Anfang der Achtziger wurden mit Hubschraubern großflächig Insektengifte versprüht. Davon waren natürlich auch die dazwischenliegenden Felshänge und damit die Wuchsorte der Fetthenne betroffen. Was wiederum eine Reduzierung des Apollo-Bestandes zur Folge hatte. Inzwischen ist man jedoch sehr viel sensibler geworden, was die Unkrautvernichtung betrifft. Mit den Hubschraubern versprüht man nur noch Fungizide. Die schaden weder den Tieren noch den Wildpflanzen. Herbizide werden nur noch punktuell eingesetzt. Dadurch hat sich der Bestand des Apollos gut erholt. Diese Zusammenhänge zu erkennen, halte ich gerade in meinem Beruf für sehr wichtig. Inzwischen ist die Arbeit der Schüler so fundiert, dass ich glaube, sie hat gute Chancen, prämiert zu werden. Und es ist äußerst schade, dass Hannah das nicht mehr erleben darf. Sie hat nämlich maßgeblich zu vielen Erkenntnissen beigetragen.« Die Frau legte den Kopf schief. »Aber warum wollen Sie das eigentlich alles wissen? Hannah ist doch nicht im Uhlen, sondern in einer anderen Lage aufgefunden worden.«

»Das ist schon richtig«, räumte Franca ein. »Aber auch beim Brückstück handelt es sich um eine extreme Steillage. Ist dort die Pflanzen- und Tierwelt nicht vergleichbar mit der im Uhlen?«

»In etwa schon«, sagte die Lehrerin. »Allerdings werden Sie im Brückstück keinen Apollofalter fliegen sehen. Der fliegt nur unterhalb der Autobahnbrücke. Ansonsten dürfte es zugegebenermaßen keine großen Unterschiede geben.«

Franca rührte gedankenverloren in ihrer Tasse. Dann fixierte sie die Lehrerin. »Gibt es dort Schlangen?«

Frau Weidmann nickte. »Ja. Die Würfelnatter. Ich bin einmal von einer gebissen worden. Ich kann Ihnen sagen, den Schmerz vergisst man sein Leben lang nicht.«

Franca hörte ihr aufmerksam zu.

»Schlingnattern kann man auch dort beobachten. Und natürlich Blindschleichen. Aber die sind ja streng genommen keine Schlangen.«

»Wie sieht es mit Giftschlangen aus?«

»Die gibt es in unserer Gegend nicht.« Auf dem Gesicht der Lehrerin erschien ein verschmitztes Lächeln. »Die Winninger Schlangen sind alle harmlos.«

»Was ist mit Kreuzottern?«

Frau Weidmann schüttelte den Kopf. »Kreuzottern mögen es nicht so warm. Sie lieben es eher kühler. Ganz davon abgesehen sind sie längst nicht so gefährlich wie ihnen der Ruf vorauseilt. Ihr Gift reicht auch kaum aus, einen Menschen zu töten. Allerdings ähneln die Würfelnattern von ihrem Aussehen her den Kreuzottern und werden insofern schon mal miteinander verwechselt. Aber warum fragen Sie?«

»Hannah wurde unmittelbar vor ihrem Tod von einer Schlange gebissen. Bis jetzt ist nur klar, dass es sich dabei um eine Giftschlange handelte. Eine genaue toxische Indikation gibt es noch nicht.«

»Ein Schlangenbiss?« Die Überraschung der Lehrerin war groß. »Ich denke, Hannah ist erschlagen worden?«

»Das stimmt schon.« Franca nickte. »Aber kurz vorher muss sie von einer Giftschlange gebissen worden sein.«

»Das ist in der Tat merkwürdig.« Die Lehrerin runzelte die Stirn.

»Haben Sie irgendeine Erklärung dafür? Wie eine Giftschlange in das Brückstück gelangen konnte?«

»Ja, also ...«

Franca merkte, dass in der Lehrerin etwas vorging. »Haben Sie irgendeine Vermutung?«, hakte sie nach.

Die Lehrerin blinzelte. »Ich ... bin noch ganz verwirrt.«

»Könnten Sie sich vorstellen, dass jemand eine Giftschlange im Weinberg ausgesetzt hat?«

»Wer sollte so etwas tun?« Frau Weidmann sah sie entsetzt an. In ihren Augen spiegelte sich die Ahnung von etwas Schrecklichem. Sie blinzelte nervös.

Franca fühlte, dass eine sehr intensive Spannung zwischen ihnen entstand. Die Luft vibrierte. »Wie würde man eine Schlange transportieren, wenn man vorhätte, sie irgendwo auszusetzen?«, tastete sie sich weiter vor.

»In einem Sack. Eine Giftschlange vielleicht zusätzlich noch in einer Faunabox.«

»Faunabox?«

»Das sind spezielle Gefäße, die es in unterschiedlichen Größen im Fachhandel gibt.«

»Bestehen diese Faunaboxen aus Plastik?«, erkundigte sich Franca, der mit einem Mal das am Tatort gefundene Plastikteil vor Augen stand, mit dem niemand etwas hatte anfangen können.

Die Lehrerin nickte. »Die Deckel sind verschließbar und haben Luftlöcher. Außerdem sind sie oben mit einem Griff versehen. Damit man sie leicht transportieren kann.«

»Frau Weidmann, hat einer Ihrer Schüler jemals besonderes Interesse an Schlangen gezeigt? Bitte«, setzte Franca mit Nachdruck hinzu, »das kann jetzt äußerst wichtig sein.«

»Ich weiß nicht, ob ich das sagen soll«, meinte sie zögerlich. »Ich möchte niemanden unnötig belasten.«

Franca sah ihr fest in die Augen. »Es geht hier um den Mord an einer Schülerin. An Ihrer Schülerin.«

»Aber es ist doch gar nicht geklärt, ob das was mit der Schlange zu tun hat.« Die Lehrerin schlug die Augen nieder. »Sie sagten doch selbst, Hannah sei an den Kopfverletzungen gestorben und nicht an dem Schlangenbiss.«

»Aber Sie geben zu, dass diese Koinzidenz merkwürdig ist?«

»Ja, Sie haben ja recht.« Sie hob den Kopf und wich Francas Blick nun nicht mehr aus. »Frau Mazzari, was ich Ihnen jetzt sage, behandeln Sie bitte streng vertraulich. Es ist mir wirklich unangenehm. Aber ...«

»Aber?«, fragte Franca lauernd.

»Nick hat sich immer für Schlangen interessiert. Niklas Lehmann. Einer der Schüler aus der Projekt-Gruppe. Besonders Giftschlangen galt sein Interesse. Sein Onkel arbeitet in der Pharmabranche und hat da wohl mit dem Melken von Giftschlangen zu tun. Darüber hat Nick öfter mal was erzählt. Aber ich weiß wirklich nicht ...«

»Ebendieser Nick hat Hannah auf ihrem Handy angerufen, als sie schon tot war. Das ist doch ein merkwürdiger Zufall, oder?«

Frau Weidmann sah sie voller Entsetzen an. »Ich kann mir wirklich nicht vorstellen, dass er was damit zu tun hat. Er ist so sensibel. Das alles geht ihm so nahe. Hannahs Tod hat ihn am meisten von allen mitgenommen.«

»Vielleicht gerade deshalb. Weil er dafür verantwortlich ist.« Franca erhob sich. »Wir werden dem nachgehen. Ich danke Ihnen jedenfalls sehr für diese Auskunft. Auch für den ausgezeichneten Kaffee.«

Nick, dachte sie, als sie in ihr Auto stieg. Also doch. Von dem Moment an, als sie seine Stimme auf Hannahs Handy gehört hatte, glaubte sie an einen Zusammenhang mit dem

Tod des Mädchens. Aber die Indizien gegen Kilian schienen erdrückender.

Siedend heiß fiel ihr ein, dass für den Nachmittag die beiden polnischen Arbeiter mitsamt einer Dolmetscherin ins Büro bestellt waren, die man eingehender befragen wollte. Auf dem schnellsten Weg fuhr sie zurück ins Präsidium.

»Sag mal, wo treibst du dich denn rum?«, zischte Hinterhuber, als sie das Vernehmungszimmer betrat. »Ich hab versucht, dich anzurufen. Da war immer nur die Mailbox dran. Wozu hast du denn ein Handy, wenn du es nie einschaltest?«

»Oh. Entschuldige bitte.« Sie ging nicht weiter auf seine Vorhaltungen ein, sondern nickte allen grüßend zu und setzte sich auf einen der freien Plätze.

Die Dolmetscherin saß links von Vater und Sohn Bilowski. Die beiden trugen Anzüge und sahen vom äußeren Erscheinungsbild her anders aus als sie sie in Erinnerung hatte. Ihre Bewegungen waren steif und förmlich. Allerdings konnte sich Franca noch gut an die huschenden, ängstlichen Augen erinnern. Es waren Blicke, die ihr schon oft begegnet waren. Von Menschen, die Angst haben. Auch das Fingernägelknibbeln und das nervöse Scharren mit den Füßen deutete in diese Richtung.

»Sie bleiben dabei, dass sie am fraglichen Sonntag so in ihre Arbeit vertieft waren, dass sie nichts gesehen haben«, sagte Hinterhuber.

Die Miene der Dolmetscherin, einer hübschen jungen Polin mit blonden langen Locken und roten glänzenden Lippen blieb unbeweglich.

»Ich habe das Gefühl, sie verheimlichen etwas«, sagte Franca nach einer Weile. »Die müssen ganz einfach was gesehen haben. So nahe wie die dran waren.«

»Soll ich übersetzen?«, fragte die Dolmetscherin und schlug die Beine übereinander. Sie trug einen kurzen Rock und hochhackige Sandaletten. Franca beobachtete Hinterhubers Reaktion. Ob ihm wohl solch ein Mädchen gefiel?

»Das brauchen Sie nicht.« Hinterhuber schüttelte den Kopf. Das Fenster stand offen. Von draußen ertönte Straßenlärm, in den sich das Knattern eines Zweirades mischte.

Plötzlich hob der Jüngere von beiden ruckartig den Kopf und sagte etwas zu seinem Vater. Der Ältere sah auf seine gefalteten Hände, die in seinem Schoß lagen. Er murmelte etwas. Franca spürte, dass es etwas Entscheidendes war. »Was hat er gesagt?«, wollte Hinterhuber wissen.

»Er hat einen jungen Mann mit einem motorisierten Zweirad gesehen, sagt er«, übersetzte die Dolmetscherin.

»Motorisiertes Zweirad? Geht's nicht genauer?«, rief Franca ungeduldig.

»Roller? Moped? Mofa? Motorrad? Und warum fällt ihm das erst jetzt ein?«

Hinterhuber warf ihr einen mahnenden Blick zu, doch die Dolmetscherin hatte die Fragen bereits übersetzt, die der Jüngere ohne Umschweife beantwortete.

»Herr Bilowski sagt, er hat nicht weiter darauf geachtet. Weil er das nicht für wichtig hielt. In den Weinbergen fahren öfter Fahrzeuge vorbei ohne dass er auf sie achtet. Er hat nur den Lärm gehört. Er weiß nicht genau, ob es ein Roller oder ein Moped war. Aber er ist sicher, es war kein Motorrad. Weil es so langsam fuhr.«

»Aber er hat einen jungen Mann darauf gesehen?«, fragte Franca. »Wie sah der junge Mann aus?«

Mit einem Mal fiel der Vater dem Sohn ins Wort. Er redete lebhaft und unterstrich das Gesagte mit ausschweifenden Gesten. Beide sprachen gleichzeitig.

Die Dolmetscherin sagte etwas auf Polnisch. Dabei hob sie mahnend die Hände. Offenbar bedeutete sie den Männern, dass sie nacheinander sprechen sollten. Sie hörte den beiden eine Weile zu, bevor sie das Gesagte zusammenfasste.

»Jetzt kann sich der Vater auch an das Fahrzeug erinnern. Er sagte, es war ein Roller. Ein blauer Roller. Und auf ihm saß ein Junge von vielleicht sechzehn, siebzehn Jahren.«

»Welche Statur?« Das war Hinterhuber.

»Schlank.«

»Was für eine Haarfarbe?«

Der ältere der beiden Männer zeigte auf seinen Kopf und sagte etwas. Er wirkte aufgeregt.

»Das konnte er nicht sehen. Der Fahrer trug einen Helm.«

Dann erübrigte es sich wohl zu fragen, ob einer von beiden den Fahrer wiedererkennen würde. Trotzdem stellte Franca die Frage. Wie erwartet, schüttelten beide die Köpfe.

Franca erhob sich. »Sagen Sie den beiden Herren Bilowski, dass wir uns bei Ihnen bedanken. Sie haben uns sehr geholfen.« Franca stand auf und schüttelte jedem der Männer die Hand. Dann verabschiedete sie sich auch von der Dolmetscherin. Als alle gegangen waren, sah Hinterhuber sie stirnrunzelnd an. »Was war das jetzt? Sie haben uns sehr geholfen? War das ironisch gemeint? Schließlich haben sie nur ...«

»Genau. Schließlich haben sie nur ein motorisiertes Zweirad gesehen. Aber das ist wirklich ein wichtiger Hinweis. Ich war nämlich in der Zwischenzeit nicht untätig.«

»Sag bloß, der Kilian hat gestanden?«

Sie schüttelte den Kopf. »Ich habe inzwischen starke Zweifel, ob er es tatsächlich war.«

»Und wieso der plötzliche Sinneswandel?« Er warf ihr einen forschenden Blick zu.

Franca erzählte ihm von dem Gespräch mit der Biologielehrerin.

»Ja, hat sie denn direkt Nick verdächtigt?«, fragte er mit erhobener Augenbraue.

»Das nicht. Aber wenn sein Onkel mit Giftschlangen arbeitet, dürfte es für ihn nicht allzu schwierig gewesen sein, an eine solche heranzukommen. Wenn er nun noch ein motorisiertes Zweirad besitzt, dann macht ihn das nicht weniger verdächtig. Ganz davon abgesehen, dass gegen ihn noch etliches andere spricht.«

25

Stille. Im Bett liegen. Die Schmerzen verdrängen. Darin war er geübt. Immer wieder schob sich in seine ineinander verschwimmenden Gedanken das Früher. Seine Familie. Seine Heimat.

Familie und Heimat, das waren solch große Worte mit einem verführerischen Klang. Seine Mutter hatte ihm oft von ihrer Heimat erzählt. Das ostpreußische Gut, in das sie nie wieder zurückkehrte. Erst durfte sie es nicht, und als die Grenzen offen waren, hatte er sie gefragt, ob sie jetzt nicht endlich dorthin fahren wollte. Nach Ostpreußen. In ihre Heimat.

»Wozu?«, hatte sie gefragt und ihn mit seltsamem Blick angesehen. »Das, was ich mir hier drin bewahrt habe«, sie hatte mit dem Handknöchel gegen ihre Stirn geklopft, »gibt es nicht mehr. Warum also sollte ich mir verfallene Gebäude ansehen wollen? Die von Menschen bewohnt werden, die nicht meine Sprache sprechen.«

Heute wusste er, das pfälzische Dorf war nie ihre Heimat geworden. Heimat, das war eine Illusion. Ein wärmendes Wort, in das man seine Sehnsüchte packen konnte. Und das einem, wenn man nicht aufpasste, die Kehle zuschnürte.

Das enge Haus mit der Birke davor, das war seine Heimat gewesen. Noch immer gab es nur einen Ort auf der Welt, das er als sein Zuhause bezeichnen würde. Obwohl er an den verschiedensten Plätzen gewohnt hatte.

Er versuchte, sich die Küche seiner Eltern ins Gedächtnis zurückzurufen. Den rechteckigen Tisch in der Mitte, an dem der Vater Zeitung liest. Mit einem Küchentuch drunter, damit die Druckerschwärze nicht auf das Wachstuch abfärbt. Der Herd neben der Spüle. Mutter, die mit träumerischen Augen aus dem Fenster sieht, während sie das schmutzige Geschirr spült. So lange er denken konnte, sprach sie davon, dass die Birke gefällt werden müsse, weil sie den Blick verstelle und zuviel Dreck mache. Vater nickte stets bestätigend mit dem Kopf. »Ja, du hast ja recht.« Aber es passierte nichts. Niemand unternahm etwas. Und als Mutter starb, stand die Birke noch immer vor dem Küchenfenster.

Er dachte an die Augen seiner Mutter, die ihn so zärtlich ansehen konnten, wenn sie »komm her, mein kleiner Andi« flüsterte und ihn an sich drückte. Augen, in denen er später, als er älter war, die Angst sah und die Ahnung von etwas, das eine Mutter besser nicht wissen sollte.

So oft hatte er sich geschworen: Ich enttäusche dich nicht, Mama. Du bist kein Kartoffelkäfer. Du hast kein Ungeziefer in die Welt gesetzt. Du sollst stolz auf mich sein. Seine ganze Kraft verwandte er dazu, gute Noten in der Schule zu schreiben. Das Abitur zu bestehen. Und danach zu studieren.

Als Studienfach hatte er sich die Biologie ausgewählt. Weil er glaubte, die Tier- und Pflanzenwelt besser verstehen zu können als die Menschen. Schon immer war er sehr neugierig gewesen. Wollte wissen, wie die Dinge schmeckten und im Inneren aussahen. Er hatte Blätter, Gras und Blumen in den Mund genommen und darauf herumgekaut. Mit seinem Taschenmesser hatte er Regenwürmer in der Mitte durchgeschnitten, um zu sehen, ob jeder Teil für sich lebensfähig sei. Als er größer war, erkundete er Büsche und Bäume rund um das Dorf auf eigene Faust. Längst machte ihm der Wald keine Angst mehr. Er sah ihn als seine Spielwiese an. Ein unendlicher Abenteuerplatz. Dornenbewehrt. Die Dornen waren nicht da, ihn zu verletzen, sondern er erkannte sie als eine Schutzvorrichtung. Wer genau wusste, wo sich Dornen befanden, stellte sich darauf ein und wich ihnen aus.

Gern erinnerte er sich auch an die Katzen, die in dem kleinen Haus herumgeschlichen waren. Sie gehörten einfach dazu. Alle Katzen hießen Minka. Starb eine, gab es bald wieder eine neue. Eine der Minkas war pechschwarz und hatte ein krankes Auge. Die hatte er besonders gemocht. Die kleine Katze mit dem verkrusteten, eitrigen Auge, die sich überall stieß, weil sie offenbar nicht richtig sehen konnte. Oft saß er auf der Bank vorm Haus und die Katze suchte instinktiv seine Nähe. Sie musste geahnt haben, dass er ihr wohlgesonnen war. Er streckte die Hand aus, um sie zu kraulen. Zärtlich strich er über ihr Fell. Sie kuschelte sich näher an ihn, drückte ihr Behagen durch lautes Schnurren aus, und in solchen Momenten vergaß er, dass sie krank war. Niemand wusste, was es für eine Infektion war, die sie immer mehr abmagern ließ. Er empfand grenzenloses Mitleid mit diesem kranken Wesen und hoffte im Stillen, seine Liebe würde die Katze gesunden lassen.

Irgendwann schnappte er das Wort »einschläfern« auf. Er tat, als ob er nichts gehört habe. Schließlich war er sicher, er habe sich verhört, weil lange nichts geschah.

Eines Tages war Minka nicht mehr da. Kam nicht mehr zu ihm auf die Bank. Sie blieb verschwunden. Eine tiefe Trauer überfiel ihn, die lange Zeit anhielt.

Über jeden Schmerz kommt man hinweg. Was ist schon ein Katzenleben? Schau, wir haben bereits eine neue Minka.

Für diese Worte hatte er seine Mutter gehasst. Richtig erschrocken war er gewesen über die Intensität dieses Gefühls. Ein Gefühl, das er vor seiner Umwelt verbarg.

Sein Abitur bestand er ohne Not. Sein Studium schloss er erfolgreich ab. Er heiratete. Bekam eine Stelle. All das hatte er schließlich erreicht, was man von ihm erwartete. Und doch war es nicht genug. Weil da immer diese nagende Sehnsucht in ihm war, dieser unerklärliche Wunsch nach jungen, nach ganz jungen Mädchen.

So gut es ging, hatte er diesen Wunsch unterdrückt. Das Mädchen in Mainz – sie war die Tochter eines Kollegen, bei dem er des öfteren zu Besuch war – hatte er nur angesehen. Niemals angefasst. Höchstens die Hand hatte er ihr gegeben. Zur Begrüßung. Sie war ein durchtriebenes Biest, das ihn anschwärzte. Warum auch immer. Sie hatte erreicht, dass all das, was er sich aufgebaut hatte, zerstört wurde. Er war abgestempelt. Ein Kinderschänder, hatten die Zeitungen geschrieben. Im Kollegenkreis begann man ihn zu meiden. Überall ging man ihm aus dem Weg.

Darüber hatte er die Fassung verloren. Wieder zu trinken angefangen. Sein Leben war ein endloses Auf und Ab. Er wusste, es war falsch, zu trinken. Aber er war machtlos dagegen. Das Verlangen war stärker. Und nach jedem Absturz das bittere Erwachen, dem immer gierigeres Trinken folgte. Um die Wut, die Verzweiflung, die Angst wegzusaufen. Einfach nur wegzusaufen.

Sobald er nüchtern war, kam die Scham. Die sich verstärkte, sobald er in die Augen seiner Frau sah. Er konnte die Verachtung in ihrem Blick nicht mehr ertragen. Er konnte sich selbst nicht mehr ertragen. Auf alles reagierte er nur noch gereizt. Er hasste sich selbst dafür, dass er die Dinge nicht mehr auf die Reihe bekam. Dass er sich derartig gehen ließ.

Er begann, nach Ausreden zu suchen. Warum er morgens nicht mehr aus dem Bett kam. Warum er wieder gesoffen hatte. Sie klangen überzeugend, die Ausreden. So überzeugend, dass er selbst daran glaubte. Nur seine Frau, die glaubte schon lange nicht mehr daran. Eines Tages war sie verschwunden. Weggetreten aus seinem Leben.

Das war der Zeitpunkt, der ihn aus seiner Lethargie aufweckte. In diesem Moment hatte er sich geschworen, ein neues Leben anzufangen.

Wie blind er doch war. Wie naiv. Als ob man die Vergangenheit von sich abstreifen könnte wie eine abgestorbene Haut.

Niemand kann aus seiner Haut heraus, niemand. Hörst du?

Manche Kämpfe beendete man mit Siegen. Die seinen hatten bis jetzt immer mit der Kapitulation geendet. Vielleicht war das sein Schicksal. Wenn die Polizistin das nächste Mal kam, würde er sich nicht mehr wehren.

26

»Unser Sohn ist ganz verstört, seit diese Sache passiert ist.« Frau Lehmann, Nicks Mutter, war eine zierliche Frau mit dunklen wuscheligen Locken und einer randlosen Brille auf der Nase. Sie trug ein luftiges Sommerkleid, das ihr gut stand. »Mein Mann und ich haben alles versucht, ihn zu trösten. Aber er kriegt sich überhaupt nicht mehr ein. Wir haben sogar schon überlegt, ob wir ihn zu einem Psychologen schicken sollen. Aber kommen Sie doch erst mal rein.«

»Ist Ihr Sohn denn zu Hause?«, fragte Franca.

Die junge Frau nickte. »Er liegt auf dem Bett und grübelt. Wie immer in letzter Zeit.« Sie hob die Schultern.

»Dann gehen wir am besten gleich zu ihm.«

»Es ist oben im zweiten Stock.« Frau Lehmann ging die Treppe hinauf und zeigte ihnen den Weg. Beim Gehen schwang ihr das luftige Kleid anmutig um die glatten Beine.

»Besitzt Ihr Sohn ein motorisiertes Zweirad?«, fragte Hinterhuber, als sie vor der Tür standen, hinter der Musik zu hören war.

»Ein Mofa meinen Sie?« Frau Lehmann nickte. »Die haben doch alle Mofas heutzutage. Dann sind sie beweglicher. Aber warum fragen Sie?« Ihr Blick war misstrauisch geworden.

»Wann ist Ihr Sohn am Sonntag aus dem Haus gegangen?«, fragte Franca.

»Er ist am Sonntag überhaupt nicht aus dem Haus gegangen. Er war den ganzen Tag hier.«

»Können Sie das bezeugen?«

»Wieso das denn?« Die Frau runzelte die Stirn.

»Waren Sie am Sonntag zu Hause?«, fragte nun Hinterhuber.

»Also ... nein. Sonntags gehen wir immer wandern, wenn das Wetter schön ist. Aber Nick hat uns gesagt, dass er zu Hause war. Warum sollte er lügen?« Die Frau schaute mit einem Mal sehr ängstlich. »Was wollen Sie von meinem Sohn?« Es klang wie: »Sie halten ihn doch nicht für einen Mörder!«

»Wir wollen ihm nur ein paar Fragen stellen«, sagte Franca.

»Kann ich dabei sein?« *Damit ihr meinem Kind nichts tut!*, stand in Frau Lehmanns Augen.

Franca schüttelte den Kopf. »Wir möchten gern allein mit ihm sprechen.«

»Ja, aber ...« Frau Lehmann verstummte und blieb unschlüssig vor der Tür stehen.

Nick lag in seinem Bett. Die Arme unter dem Rücken verschränkt. Sein Haar war zerzaust. Obwohl das Fenster einen Spalt offen stand, roch die Luft verbraucht.

»Hallo, Niklas.«

Er richtete sich auf. »Haben Sie Hannahs Mörder endlich gefasst?«, fragte er. Seine Stimme vibrierte. »Haben Sie endlich dieses Schwein überführt?«

»Noch sind nicht alle Tatbestände geklärt«, sagte Hinterhuber.

Nick sank auf sein Kissen zurück. »Hätte ich mir ja denken können.«

»Wo warst du am Sonntag Nachmittag, Nick?« Franca war vor sein Bett getreten.

»Zu Hause. Das hab ich doch schon gesagt.« Sein Gesicht wirkte verschlossen. Auf seiner Stirn blühten ein paar eitrige Pickel.

»Du warst nicht zufällig mit deinem Mofa in den Weinbergen unterwegs?«

»Quatsch!« Mit einem Schwung setzte er sich auf. »Wer behauptet denn so was?«

»Welche Farbe hat dein Mofa?«

»Es ist blau.«

Franca warf Hinterhuber einen vielsagenden Blick zu.

»Wieso fragen Sie mich das alles? Was soll das eigentlich?«, reagierte er aufgebracht.

»Ich hatte vorhin ein längeres Gespräch mit deiner Biologielehrerin. Sie sagte mir, dein Onkel arbeite mit Giftschlangen.«

»Ja, das stimmt. Aber was hat mein Onkel mit der Sache zu tun?«, fragte er verwundert.

»Du hast dich für die Schlangen interessiert?«

Er nickte. »Ich war ein paar Mal bei ihm im Werk und habe zugesehen, wie die Schlangen gemolken werden. Es sind Vipern. Ihr Gift wird zu Heilzwecken verwandt. Aber ...« Verunsichert brach er ab.

»Hannah wurde unmittelbar vor ihrem Tod von einer Schlange gebissen.«

»Was?« Mit zusammengezogenen Augenbrauen sah er von einem zum anderen. »Jetzt verstehe ich überhaupt nichts mehr.«

»Warst du wirklich am Sonntag zu Hause und nicht zufällig doch mit deinem Mofa unterwegs?«, schaltete Hinterhuber sich ein. »Wir glauben dir nämlich nicht.«

Der Junge wurde sichtlich nervös. Schweiß stand ihm auf der Stirn. Er stand vom Bett auf. Ging zu der Anlage. Drehte die Musik leiser.

»Ja. Ich geb's ja zu«. Sein Rücken war ihnen zugewandt. »Ich war unterwegs. Aber nicht in den Weinbergen. Ich habe Hannah nicht getroffen. Das ist es doch, was Sie wissen wollen.« Er drehte sich um.

Franca sog geräuschvoll die Luft ein. »Wo warst du?«

»Ich bin ein bisschen rumgefahren. Über die Dörfer. Einfach so. Das mach ich oft.«

»Und das sollen wir dir glauben?«

Er hob die schmalen Schultern. »Wenn's doch so ist.«

Franca streifte ihn mit einem Blick. »War es nicht so, dass du Hannah getroffen hast? Dass du sie mit einer Giftschlange töten wolltest. Und als das nicht funktionierte, hast du sie mit einem Schieferbrocken erschlagen?«

Er sah sie mit riesengroßen Augen an. Die durch sie hindurchzublicken schienen.

»Niklas? War es so? Und dann hast du eine halbe Stunde später auf ihrem Handy angerufen. Weil du dich vergewissern wolltest, ob sie vielleicht noch lebt? Ja?«

Plötzlich erwachte er aus seiner Erstarrung. Schüttelte heftig den Kopf. »Was Sie da vorhin gesagt haben. Dass Hannah von einer Giftschlange gebissen wurde. Jetzt verstehe ich erst ... Das ist ja unglaublich.«

27

Es war hell im Zimmer. Sonnenhell. Seine Augen waren geschlossen, aber er schlief nicht. Er hörte, wie jemand die Tür öffnete und leise wieder schloss. Schritte kamen näher. Er spürte die Anwesenheit einer menschlichen Person an seinem Bett. Noch immer hielt er die Lider geschlossen.

Schließlich legte sich sanft eine Hand auf seinen Arm. »Herr Kilian?«

Als er die Augen aufschlug, sah er geradewegs in ein rundes Gesicht mit einem schlecht überschminkten Feuermal. Er kniff die Augen zusammen und zwinkerte ein paar Mal. Nein, er träumte nicht. Es war tatsächlich Irmtraud Lingat, die gekommen war.

»Ich habe Ihnen was mitgebracht«, sagte sie mit diesem scheuen Lächeln, das er so gut kannte, und deutete auf eine Flasche Saft.

Ach Irmchen. Was soll ich mit Saft?

»Das ist nett von Ihnen«, sagte er höflich.

Irmtraud Lingat stand unschlüssig neben seinem Bett. Ihre Haare waren kürzer. Ihre Frisur lag etwas anders als er sie in Erinnerung hatte. Hinter ihr im Sonnenlicht sah er Staubkörnchen flimmern.

»Darf ich mich setzen?«, fragte sie nach einer Weile.

Er nickte. Wusste nicht, was er sagen sollte. Gern hätte er erfahren, was sie von ihm dachte. Sie war ihm immer wohlgesonnen gewesen, das wusste er. Aber ob das jetzt, nachdem er das Betriebsauto zu Schrott gefahren hatte, immer noch so war? Vielleicht war sie wie die anderen von seiner

Täterschaft überzeugt und stattete ihm lediglich einen Höflichkeitsbesuch ab.

»Diese Polizistin war bei uns«, sagte sie und setzte sich vorsichtig auf einen Stuhl, der etwas weiter von seinem Bett weg stand. »Ich wollte der Polizei nicht erlauben, Ihr Zimmer zu durchsuchen. Die Privatsphäre unserer Gäste ist uns heilig.« Sie rang sichtlich nach Worten. »Aber sie kamen wieder. Mit so einem Befehl. Und da ...« Mit beiden Händen strich sie sich über das braune Kleid.

»Machen Sie sich keine Vorwürfe«, sagte er. »Ich weiß, dass sie da waren. Man hat es mir gesagt.« Er sah sie eindringlich an. »Es tut mir leid, dass ich einen Totalschaden verursacht habe.« Er versuchte ein Lächeln, das ihm jedoch missglückte. »Ich werde alles ersetzen.«

»Machen Sie sich darüber mal keine Gedanken. Es gibt ja Versicherungen. Ein Glück, dass Ihnen nicht mehr passiert ist. Erst einmal müssen Sie wieder auf die Beine kommen.« Sie nickte eifrig. »Ich weiß, dass es nicht Ihre Schuld war. Ich meine, auch das mit Hannah.«

Wie rührend sie war in ihrem Eifer. Genau so jemanden brauchte er. Jemand, der fest an seine Unschuld glaubte.

»Aber Sie sind in Ihrer Familie die einzige, die so denkt, oder?«

Sie schlug die Augen nieder und biss sich auf die Lippen. Dann nickte sie. »Sie waren immer so nett. Und ich kann mir das einfach nicht vorstellen. Dass Sie so etwas tun.«

»Ihr Vertrauen ehrt mich sehr, Irmchen«, sagte er schmeichelnd. »Und ich kann gar nicht laut genug betonen, wie sehr ich mich darüber freue.« Er mahnte sich selbst, am Ball zu bleiben. Diese Verbündete hatte er bitter nötig. »Kommen Sie doch ein klein wenig näher. Sie sitzen ja so weit weg.« Diesmal glückte ihm sein Lächeln.

Als ob sie darauf gewartet hätte, rückte sie ihren Stuhl nahe an sein Bett. »Wir haben uns doch immer vertraut«, sagte sie. »Sie würden es mir sagen, nicht wahr? Sie hätten ihr doch niemals etwas tun können? Oder?« Hoch und schrill war ihre Stimme. Es war Angst darin. Und gleichzeitig das Betteln darum, dass ihre Annahme stimme. Ihre Augen sahen ihn an wie damals die seiner Mutter. Als das hässliche Gerücht über ihn die Runde im Dorf machte.

Andi, ist da was dran, an dem, was man über dich erzählt?

Was hätte er sagen sollen? Deine Hannah war ein Biest. Wie alle anderen kleinen Biester auch. Hannah hat es darauf angelegt. Hannah hat mich scharf gemacht. Alles, was geschah, geschah mit ihrem Einverständnis. Aber das kannst du dir in deinem tumben Hirn nicht vorstellen, Irmchen. Oder? Hannah hat mir gesagt, dass sie keine Jungfrau mehr ist. Dass sie schon lange weiß, wie das ist zwischen Mann und Frau.

Eine Wahrheit, die eine Frau wie Irmchen nie verkraften würde. Eine unnütze Wahrheit. Manchmal musste man hässliche Dinge schönreden. Weil es sich damit wesentlich besser leben ließ.

Er tastete nach Irmchens Hand und drückte sie fest. »Sehen Sie mir in die Augen«, sagte er. »Und dann entscheiden Sie, wem Sie glauben.«

Irmchens Gesicht leuchtete auf. »Ich hab es gewusst. Ich hab immer gewusst, dass Sie unschuldig sind.«

Mit Befriedigung sah er die Überzeugung in ihren Gesichtszügen. Sie glaubte an das Gute. An das Gute in ihm.

28

»Irgendwie habe ich Angst vor dem, was jetzt kommt«, sagte Franca leise zu Hinterhuber, der am Steuer des Vectra saß. Sie passierten den Ortseingang von Güls und fuhren eine enge, steile Straße hinauf.

»Du willst doch auch, dass der Täter seine gerechte Strafe bekommt, oder?«

Der Vectra holperte über Kopfsteinpflaster.

»Ich denke an die Mutter«, sagte sie. »Was sie empfindet. Was ich empfinden würde, wenn man mir mitteilte, mein Kind sei ein Mörder.«

»Dann scheinst du ja davon überzeugt zu sein, dass wir diesmal den Richtigen im Visier haben?«

»Du etwa nicht?«

Er hob die Schultern. »Du weißt, dass mir voreilige Schlüsse nicht liegen. Noch ist nichts bewiesen.«

»Aber was Nick gesagt hat, spricht doch Bände.«

»Das hast du vorher auch schon mal geglaubt.«

»Schon. Aber diesmal bin ich überzeugt, dass wir den Richtigen haben.«

»Was bedeuten würde, dass wir diesen Kilian zu Unrecht verdächtigt haben.«

Sie seufzte auf. »Man erliegt eben nur allzu gern seinen Vorurteilen. Vielleicht war er ja tatsächlich nur so etwas wie ein Vater für Hannah.«

Hinterhuber war in eine schmale Seitenstraße eingebogen. »Hier ist es. Aber wieder mal kein Parkplatz. Das leidige Problem in Güls.«

»Stell doch den Wagen einfach hier ab«, riet Franca und

zeigte auf eine freie Fläche unter einem Halteverbotschild. »Oder hast du Skrupel?«

Er schüttelte den Kopf. »Bevor ich hier noch stundenlang rumsuche«, sagte er und parkte den Wagen auf dem Seitenstreifen. Beide stiegen aus.

Im Erdgeschoss bewegten sich Spitzengardinen.

Auf ihr Klingeln hin öffnete eine kleine Frau die Tür. Alles an ihr war rund: Das Gesicht, die Hamsterbäckchen, der Körperbau. Ein Muttchen, dachte Franca. Eine ordentliche deutsche Hausfrau, die gut für ihre Familie sorgt. Nur die Küchenschürze fehlte. Aber vielleicht hatte sie die grade abgebunden.

»Sie kommen wegen Marcus, nicht wahr?« Die Frau klimperte nervös mit den Lidern. Ihre Mausaugen huschten ängstlich von einem zum anderen.

»Sie wissen Bescheid?« Franca war überrascht und ärgerte sich im nächsten Moment, dass sie sich ihre Überraschung derart deutlich hatte anmerken lassen.

Die Frau senkte den Kopf. In ihrem Nacken kräuselten sich feucht gewordene dunkle Härchen. Sie stand da wie ein Häufchen Unglück. Ein rundliches Häufchen Unglück, das entfernt an einen missglückten Kuchen erinnerte.

»Können wir Ihren Sohn sprechen?«

»Er ist nicht da«, sagte sie leise.

»Wissen Sie, wo er ist?«

»Unterwegs. Mit seinem Roller.«

Mit seinem Roller. Kurz suchte sie Hinterhubers Blick. »Wann kommt er zurück?«, fragte sie weiter.

»Das weiß ich nicht.«

»Können wir uns dann erst einmal mit Ihnen unterhalten?«

Die Frau nickte, trat zur Seite und ließ Franca und Hinterhuber vorgehen. Die Front des Wohnzimmers bestand aus Glas. Drumherum war auf kunstvolle Weise ein luftiger Vorhang drapiert, der das Fenster mit Blick auf die Mosel einrahmte. Sparsam im Raum verteilt standen einige antiquarische Schränke, deren Einlegeböden eine Häkelspitze zierte. Hinter den gewölbten Glasscheiben reihten sich zahlreiche Zierteller und Tassen mit goldenen Inschriften aneinander.

Eine Standuhr tickte laut.

Die kleine Frau setzte sich in die Ecke eines flaschengrünen Sofas, wartete, bis die beiden Platz genommen hatten und sah wieder mit diesem huschenden Mausblick von einem zum anderen.

»Frau Rehberg, vorhin klang es so, als hätten Sie unser Erscheinen erwartet?«, eröffnete Hinterhuber das Gespräch.

»Na ja.« Sie hob die runden Schultern. »Marcus hat das Mädchen ja gekannt«, antwortete sie leise. »Wegen dieser Sache sind Sie doch gekommen, oder?«

Franca tauschte mit Hinterhuber einen kurzen Blick, bevor sie sich an Frau Rehberg wandte: »Welche Sache meinen Sie denn?«

»Das ermordete Mädchen. Hannah Lingat.« Sie bewegte kaum die Lippen beim Sprechen. Franca hatte Mühe, sie zu verstehen.

»Wieso glauben Sie, dass wir deswegen hier sind?«

Frau Rehberg biss sich auf die Lippen. In ihren Augen glitzerte es feucht. Sie hob die Schultern, dann ließ sie sie wieder fallen. Ihr Blick war flehend auf Franca gerichtet. Niemand sprach ein Wort. Nur das laute Ticken der Standuhr war zu hören.

»Als ich klein war«, begann Frau Rehberg, »da habe ich eine Puppe zu Weihnachten bekommen, eine sehr schöne Puppe. Ich wusste, dass sie teuer gewesen war und ich bemühte mich wirklich, sie zu mögen. Weil ich mir ja eine Puppe gewünscht hatte. Doch diese Puppe hatte etwas im Blick. Etwas Fremdes, Kaltes. Wenn Sie verstehen, was ich meine.« Sie suchte in Francas Gesicht nach Zeichen des Einverständnisses. Franca fühlte sich bemüßigt, zu nicken.

»Ich konnte die neue Puppe nie so ganz als mein Puppenkind ansehen, es fehlte irgendetwas, das ich nicht genau benennen konnte. Sobald ich der Puppe in die Augen sah – blaue, kalte Porzellanaugen – wusste ich, ich konnte sie nicht lieb haben, so wie ich es mir doch eigentlich wünschte.«

Hinterhuber schlug ein Bein über das andere und strich mit den Händen seine Hosenbeine entlang. Eindeutige Zeichen seiner Ungeduld. Franca hingegen betrachtete die Frau aufmerksam. Was sie erzählte, klang hochinteressant.

Frau Rehberg hob den Kopf und lächelte unsicher. »Als kleines Mädchen konnte ich mir nichts anderes vorstellen als verheiratet zu sein und Mutter zu werden. Obwohl nichts Organisches vorlag, wurde ich einfach nicht schwanger. Schließlich haben mein Mann und ich uns entschlossen, ein Kind zu adoptieren. Marcus war solch ein hübscher Junge. Blond, blaue Augen. Und vier Jahre alt, also noch relativ klein. Er gefiel meinem Mann und mir auf Anhieb. Das Jugendamt hat uns auf die schwierigen Familienverhältnisse aufmerksam gemacht, aus denen er kam. Aber wir dachten, dass wir das schon hinkriegen. Wir haben darauf vertraut, dass wir mit unserer Liebe all das wieder gut machen können, was dem Jungen im Laufe seines kurzen Lebens angetan worden war. In dem Alter ist ein Kind noch formbar, daran glaubte ich fest.« Sie stockte. Tränen rannen ihr über das runde Gesicht und die Hamsterbacken bis zu den Mundwinkeln. Sie wischte sie mit einem Batisttuch weg, das sie irgendwo herzauberte.

»Als Marcus zu uns kam, konnte er kaum sprechen und hat noch in die Hose gemacht. Das änderte sich innerhalb kürzester Zeit. Wir haben ihn verwöhnt. Vielleicht ein bisschen zu sehr. Das mag wohl sein. Aber er hat schnell gelernt und sichtbare Fortschritte gemacht. Seine Einschulung verzögerte sich nur um ein Jahr, war also noch im Rahmen des Normalen, obwohl er doch solche Defizite hatte.« Wieder fuhr sie sich mit dem Taschentuch übers Gesicht, um die stetig fließenden Tränen abzuwischen. »Oft, wenn ich so mit ihm dasaß und mit ihm spielte oder lernte, dachte ich, dass etwas mit dem Jungen nicht stimmt. Ich konnte anfangs gar nicht so recht sagen, was es war. Er war einfach nicht so wie andere Kinder. Nicht so herzlich. Und manchmal hatte er so einen seltsamen Blick. Schon damals habe ich gedacht, das ist ja wie bei meiner Puppe. Er war so distanziert. Wenn ich ihn umarmte, dann schob er mich weg. Jede noch so kleine Zärtlichkeit lehnte er ab. Erst viel später hat sich das verändert. Da konnte er richtig liebevoll sein. Und trotzdem ... Es war irgendwie nur merkwürdig.«

Franca hörte der Frau aufmerksam zu. Es schien, als habe sie all die Worte in sich gehortet, um sie ihnen hier und heute mitzuteilen. Als ob ein Deckel geöffnet worden war, der bisher verschlossen gehalten wurde. Auch Hinterhuber schien ihr jetzt vollkommen konzentriert zuzuhören.

»Schon früh hat sich Marcus für Tiere interessiert«, fuhr die Frau fort. »Er hat die Vögel beobachtet, wusste ihre Namen auswendig. Ich kaufte ihm Bücher, die hat er geradezu verschlungen. Er hat sich für vieles interessiert und es war auch nicht, dass er unfreundlich war, oder undankbar, das nicht. Aber ... es gab einfach keine Nähe zu ihm.« Sie schluckte.

Die Standuhr tickte laut. Die Ketten spannten sich. Zwei dumpfe Schläge ertönten. Halb fünf. Dann war es wieder still im Zimmer.

»Schließlich ist diese Sache in der Schule passiert«, fuhr sie fort. »Marcus konnte es auf den Tod nicht leiden, wenn er das Gefühl hatte, jemand sei besser als er. Bei uns war er gewohnt, die erste Geige zu spielen. Anscheinend glaubte er, das gelte überall. Aber in der Schule war er eben ein Kind unter vielen.

Er war oft sehr aggressiv und kämpfte manchmal richtig um Anerkennung. Einmal hat er sogar ein Kind, das eine bessere Note bekam als er, krankenhausreif geschlagen.«

Das Bild, das sich Franca von Hannahs Mörder machte, nahm immer deutlichere Konturen an.

»Was sollten wir denn tun? Wir konnten ihn doch nicht ins Heim zurückschicken, oder?« Die Frau sah Franca mit flehendem Blick an. Franca nickte ihr aufmunternd lächelnd zu.

»Ein Kind ist doch kein Spielzeug, das man umtauschen kann. Also hab ich mich immer wieder um ihn bemüht.«

»Hat Ihr Sohn Haustiere gehalten?«, fragte Franca.

Der Kopf der Frau schnellte hoch. Dann nickte sie. »Als er klein war, hatte er einen Hamster. Dann haben wir ihm Meerschweinchen gekauft.«

»Wie ist er mit diesen Tieren umgegangen?«

»Vorbildlich.« Sie knüllte das Batisttaschentuch zusammen. »Jedenfalls glaubte ich das immer. Ich habe mir auch nichts dabei gedacht, dass die Tierchen jedes Mal nach kurzer Zeit gestorben sind. Jeder weiß ja, dass ihre Lebenszeit begrenzt ist.«

Franca ahnte bereits, wohin alles führte. Aber sie wollte die Frau nicht unterbrechen.

»Aber vielleicht wollte ich vieles nur nicht wahrhaben. Jedenfalls habe ich ihn eines Tages beobachtet.« Die Frau schluckte und zupfte das Taschentuch wieder auseinander, das sie vorher zusammengeknüllt hatte. Es fiel ihr offenbar sehr schwer, weiter zu reden. »Er dachte, er sei allein im Haus. Da hat er eins der Tierchen gequält. Ganz furchtbar war das. Mir wurde richtig schlecht und ich hab ihn angeschrieen, was er da mache. Er war sehr erschrocken und versuchte, sich rauszureden ...«

»Wie alt war Marcus da?«, fragte Franca leise.

»Zehn, elf. Vielleicht auch schon zwölf. Ich weiß es nicht

mehr und ich wollte das auch ganz schnell wieder vergessen.« Sie holte tief Luft. Ihr rundes Gesicht war gerötet. »Vielleicht habe ich auch nicht hinsehen wollen. Weil ich Angst hatte, dass er was Schlimmeres tun könnte. Aber es gab sonst wirklich kaum etwas an ihm auszusetzen. Je älter er wurde, umso manierlicher benahm er sich, und er war gut in der Schule. Die Lehrer waren voller Lob.«

Das Unfassbare hat ganz langsam Gestalt angenommen. Bis sie es nicht mehr vor sich leugnen konnte, dachte Franca.

»Hält Ihr Sohn Schlangen?«, kam Hinterhuber auf den Punkt. Franca warf ihm einen warnenden Blick zu. *Lass sie reden!*, bedeutete sie ihm.

Die Frau nickte. Sie schien nicht verwundert über die Frage. »Irgendwann sprach Marcus davon, dass er sich eine Schlange anschaffen wolle. Natürlich versuchte ich, ihm das auszureden. Ich kann Schlangen nicht leiden, ich habe Angst vor ihnen. Er meinte, er müsse unbedingt beobachten, wie sie sich häuten und all so was. Für ein Schul-Projekt. Eines Tages kam er dann mit einer Kreuzotter nach Hause. Ich weiß nicht, wo Marcus die Schlange herhatte. Ich habe mit ihm geschimpft. Aber er hatte bereits heimlich im Schuppen ein Terrarium für sie hergerichtet. Dort hat er die Schlange gehalten.« Sie biss sich auf die Lippen, die inzwischen ganz aufgesprungen waren und an manchen Stellen bluteten.

»Irgendwann wollte ich sehen, was es mit der Schlange auf sich hatte. Ich überwand meinen Widerwillen und ging in den Schuppen. Da stand er. Vor dem Terrarium. Mit einer lebenden Maus in der Hand. Als ich ihn so da stehen sah, da lief es mir eiskalt den Rücken hinunter. Er hielt die Maus am Schwanz. Sie zappelte in Todesangst. Die Schlange im Terrarium zischte und wand sich. Aber Marcus hielt die Maus so hoch, dass die Schlange nicht dran kam. Es machte ihm sichtlich Spaß, dieses Spiel. Das war der Moment, in dem ich ahnte, es wird nie vorbei sein.« Sie schüttelte den Kopf. »Und als dann die Sache mit dem Mädchen passierte, da hab ich ... «

»Ihnen war sofort klar, dass Marcus als Täter in Frage kam?«, fiel ihr Franca entsetzt ins Wort.

»Ich habe daran gedacht, ja.« Die Frau nickte. »Das Mädchen war ab und zu bei uns gewesen. Wegen dieses Forschungsprojekts, für das sie sich angemeldet hatten. Das hat Marcus auf seinem Computer bearbeitet. All das Grafische und die Bilder und Texte zusammenstellen und so. Damit kannte er sich aus. Hannah war ein liebes, aufgewecktes Ding. Ich mochte sie sehr gern. Sie war so herzlich und nett. Und sie schien auch Marcus zu mögen.« Sie holte tief Luft. »Und dann habe ich eines Tages seinen Blick gesehen. Diese kalten Augen, mit denen er sie ansah. Ich habe wirklich überlegt, ob ich mich da einmischen soll. Ob ich sie warnen soll. Aber was hätte ich denn sagen sollen? Ich ... ich habe natürlich gehofft, dass ich mich täusche. Er ist doch trotz allem mein Kind«, stieß sie mit leiser, zitternder Stimme hervor.

Was muss das für ein Gefühl sein?, dachte Franca. Man sieht das Schreckliche auf sich zurollen. Man ahnt, alles könne in einer Katastrophe enden. Und man kann nichts tun. Weil man nie hundert Prozent sicher sein konnte, ob man mit seinen Vermutungen richtig lag oder nicht.

»Hat Marcus sich dazu geäußert, weshalb er an diesem Forschungsprojekt mitgemacht hat?«, fragte Hinterhuber .

»Dieser wissenschaftliche Aspekt hat Marcus interessiert. Und es machte ihm auch Spaß, seine Computerkenntnisse vorzuführen. Aber ich glaube, es ging ihm hauptsächlich darum, sich Anerkennung zu verschaffen. Das war ihm sehr wichtig.«

»Können wir uns das Terrarium mal ansehen?«

Frau Rehberg nickte und erhob sich.

Als Franca hinter der Frau her ging, sah sie Marcus vor

sich. Diesen hübschen Jungen, dem alle Mädchen zu Füßen lagen. Den liebevolle Eltern großgezogen hatten. Der behütet und beschützt wurde. Und der dennoch zum Täter wurde. Weil tief in seinem Inneren etwas anders funktionierte als bei anderen Menschen. Weil irgendetwas anders angelegt war und all das Behütet- und Beschütztwerden nichts nützte.

»Die Schlange ist weg.« Die Stimme der Frau war voller Erstaunen.

Franca und Hinterhuber standen vor einem verlassenen Terrarium. Ein paar kahle Äste, Felsbrocken und Moos zeugten davon, dass hier vor kurzem noch ein Tier gehalten wurde. Neben dem Terrarium lagen zwei leere Plastikboxen von unterschiedlicher Größe. Mit durchlöchertem Deckel und einem Tragegriff.

»Das verstehe ich jetzt nicht«, sagte Frau Rehberg. »Er hat mir doch hoch und heilig versprochen, sie kann nicht ausbüxen.«

»Wir wissen, warum die Schlange nicht mehr da ist«, sagte Franca. »Hannah Lingat ist kurz vor ihrem Tod von einer giftigen Schlange gebissen worden.«

»Was? ... Aber ...« Frau Rehberg schnappte nach Luft.

»Können wir im Haus auf ihn warten?«, fragte Hinterhuber.

Frau Rehberg senkte den Kopf. Sie kämpfte sichtlich mit sich. Dann nickte sie.

Das Ticken der Standuhr zerhackte die Zeit. Das Schweigen zwischen ihnen war bedrückend. »Er muss jeden Moment kommen«, sagte Frau Rehberg. Das hatte sie schon öfter während der vergangenen halben Stunde gesagt.

In diesem Moment hörten sie den Roller in den Hof einbiegen. Franca sah, wie Frau Rehberg sich ängstlich aufrichtete und zur Tür schaute.

Draußen erstarb das Motorengeräusch. Schritte kamen

näher. Die Tür wurde geöffnet. Lachend streckte Marcus seinen Kopf herein, sagte freundlich »Hallo«. Ging noch mal raus in den Flur, um seinen Helm abzulegen. »Marcus?«, rief seine Mutter mit brüchiger Stimme.

»Komme gleich, Mama«, rief er unbefangen zurück. Mit einem Glas in der Hand erschien er im Wohnzimmer. Setzte sich auf einen freien Platz. Schaute neugierig von einem zum anderen. Eine blonde Haarsträhne hing ihm ins Gesicht. Er strich sie zurück.

Franca sah in seine Augen. Der Junge hatte ein schönes glattes, kindlich anmutendes Gesicht. Der leichte Silberblick war irritierend. Aber es stand keinerlei Schuldbewusstsein in seinen Augen. Freundlich sah er sie an.

Franca stand auf und ging auf ihn zu.

»Marcus, weißt du, warum wir gekommen sind?«

»Ich nehme an, Sie haben den Mörder von Hannah gefasst?« In seinem Gesicht zeigte sich nicht die kleinste Regung.

»Ja, das kann man so sagen.«

»Und? Hatte ich nicht recht?« Er schlug locker die Beine übereinander. »Ich hoffe, Sie haben diesem Andi ordentlich eingeheizt.«

»Herr Kilian ist nicht Hannahs Mörder.«

»Nicht?« Er hob den Kopf. Zum ersten Mal drückte seine Miene etwas wie Unsicherheit aus. Es war nur ein winziges Zucken am Augenlid. »Ja, und wer ist es dann?«

Franca warf Hinterhuber einen flehenden Blick zu.

»Marcus, willst du uns nicht erzählen, wie es war?«, sagte Hinterhuber.

Die Miene des Jungen verfinsterte sich. »Ich? Wieso soll ich das denn wissen?«

29

Er stand auf und machte erste Gehversuche. Wie ein Kleinkind kam er sich vor, dem seine Beine nicht gehorchten. Vorsichtig stützte er sich auf die Krücke. Bewegte das rechte Bein. Es tat weh. Er biss die Zähne zusammen. Aber da musste er durch. Je schneller er mit der Krankengymnastik begann und je mehr er übte, umso eher konnte er sich wieder auf seinen eigenen Beinen fortbewegen.

Die Tür öffnete sich. Eine junge Schwester wedelte mit der Zeitung. »Hier, bitteschön, die wollten Sie doch haben.« Schon war sie wieder verschwunden. Nur ein Hauch ihres süßlichen Parfüms hing noch in der Luft.

Er setzte sich an den kleinen Tisch in seinem Zimmer. Schlug die Zeitung auf. Blätterte. Begann zu lesen. Plötzlich glaubte er, einer Sinnestäuschung zu erliegen.

»Mörder der kleinen Hannah überführt«. Die Schlagzeile sprang ihm in die Augen. Er begann zu zittern. Er glaubte, seine Augen spielten ihm einen Streich. Das ist eine Wunschvorstellung! Eine Täuschung! Er kniff ganz fest die Augen zusammen. Öffnete sie wieder. »Bei dem Täter handelt es sich um einen Mitschüler von Hannah, Marcus R. Obwohl der 16jährige Junge bis zum Schluss die Tat leugnete, konnte er durch eine Reihe von Indizien überführt werden.«

Sie haben den wahren Täter gefunden. Sie verdächtigen mich nicht mehr.

Vollkommen überwältigt stützte er die Arme auf die Tischplatte. Starrte so lange auf die Zeitung, bis die Buchstaben vor seinen Augen zu tanzen begannen. Es war unglaublich. Er konnte sein Glück nicht fassen.

30

»Ingrid meint, die Schlange habe eine bestimmte Bedeutung.«

»Und wieso meint Ingrid das?« Franca legte den Kopf schräg und sah Hinterhuber ins Gesicht. Seine Augen konnte sie nicht sehen. Er hatte seine Goldrandbrille gegen eine Sonnenbrille ausgetauscht.

»Na, wegen der Symbolik und so. Gott hat Schlangen und Frauen als das Böse angesehen. Das Übel. Kommt doch schon in der Bibel vor.«

»Das Übel. So.« Franca richtete sich auf. Die Augen schmal. »Das musst du mir jetzt mal näher erklären.«

Hinterhuber nippte an seinem Weinglas. »In der Schöpfungsgeschichte ist doch die Schlange diejenige, die Eva zuflüstert, vom Apfel der Erkenntnis zu essen.«

Franca seufzte auf. »Und Adam ist der arme unschuldig Verführte. So was können sich nur Männerhirne ausdenken.«

»Immerhin gründet eine Religion auf diesem Glauben.«

»Auf diesem Unsinn, meinst du?«

»Ich will mit dir jetzt nicht die Schöpfungsgeschichte diskutieren«, sagte er. »Aber es könnte doch sein, dass unser mutmaßlicher Täter sich wie Gott gefühlt hat. Einer, der das Recht hat, das Böse zu töten. Das Bedrohliche. Und er hat sich dieser Symbolik bedient.«

»Meinst du wirklich, dass er solch komplizierten Gedankengängen nachhing?«

Hinterhuber nickte. »So wie es aussieht, hat er die Tat sehr sorgfältig geplant. Ich glaube, er hat sich die Schlange einzig und allein dafür angeschafft, damit er zusehen kann, wie sie einen Menschen beißt. Aber er wusste natürlich, dass der Biss nicht tödlich ist.«

Franca nickte. »Vielleicht wollte er den Schmerz in Hannahs Gesicht sehen.« Sie seufzte. »Ich werde nie verstehen können, dass man Spaß dran hat, wenn andere leiden. Du?«

»Wäre ich sonst Polizist geworden?« Hinterhuber grinste.

Franca ging nicht auf seine Bemerkung ein. »Ich glaube aber auch, dass er bewusst ihren Kopf zertrümmert hat. Weil das der Körperteil war, der ihm am gefährlichsten wurde.«

»Wie soll ich das verstehen?«

»Seine Mutter hat doch gesagt, dass er es auf den Tod nicht ausstehen konnte, wenn er der Meinung war, jemand sei schlauer als er. Und diese kleine Hannah, die muss ihm geistig haushoch überlegen gewesen sein.«

»Meinst du?« Hinterhubers Stimme klang skeptisch.

»Ja, meine ich«, sagte sie bestimmt.

Franca und Hinterhuber saßen im Innenhof des Weindorfes, einem von idyllischen Fachwerkhäusern umrahmten Platz direkt am Rhein. Viele Tische waren besetzt. Rundum blühten bunte Blumen in Holzkübeln.

»Übrigens, ich habe ›Lolita‹ inzwischen gelesen. Ich kann jetzt viel besser verstehen, warum das als ein großer Roman der Weltliteratur bezeichnet wird«, sagte Franca und rührte in ihrer Kaffeetasse.

»Ach ja. Und wieso?«

»Na ja. Durch die Art und Weise, wie das erzählt wird. Der Autor ist ganz tief in die Seele von diesem Humbert Humbert hinabgetaucht. So dass man das alles nachvollziehen kann, was mit dem passiert. Im Grunde geht es in dem Buch doch um Liebe und nicht um Missbrauch.«

Ein Schmetterling flatterte vorbei und setzte sich auf eine

Oleanderblüte. Ein weißer Falter. Ohne orangerote Flecken. Hier in der Nähe des Rheins gab es keine Apollofalter. Die gab es nur an der Mosel.

»Ist es das nicht, worauf sich viele Kinderschänder berufen? Dass sie ach so kinderlieb sind und ihnen nie etwas Böses antun wollten?«

Franca hob die Schultern. »Wenn man das immer so genau auseinanderhalten könnte. Immerhin hat er sie so sehr geliebt, dass er den Mann umbrachte, der ihm seine Lolita wegnehmen wollte.«

»Ziemlich primitives Denken. Oder? Wird dieser Humbert Humbert nicht als intelligent beschrieben?«

»Intelligenz ist eben nicht alles. Nicht immer geht sie die Bahnen, die wir uns wünschen. Marcus war auch nicht gerade dumm. Hätte er die Kreuzotter nicht eingesetzt, wer weiß, ob wir ihm dann auf die Schliche gekommen wären.«

»Früher oder später hätte die Mutter ihn verraten, da bin ich ganz sicher.«

»Wirklich? Ich nicht«, sagte Franca aus Überzeugung. »Sie gehört zu der Sorte Frauen, die ihr Kind nie verraten würden. Egal was es tut.«

Er zuckte mit den Schultern.

»Manchmal denke ich darüber nach, wie merkwürdig ein Menschenleben doch ist. Da lebt man vor sich hin ... die einen bringen die andern um. Werden weggesperrt. Aber es wird immer wieder welche geben, die die Gesellschaft stören. Egal wie viele man auch hinter Schloss und Riegel bringt. Ist das nicht merkwürdig? Diese Gesetzmäßigkeit? Und dies scheint sich überall auf der Welt auf ähnliche Weise abzuspielen.«

»Franca ist wieder mal am Philosophieren.« Es klang liebevoll, mit einem kleinen spöttischen Unterton.

»Denkst du nie über so was nach?« Sie sah ihn über den Rand ihrer Kaffeetasse an.

Er hob die Schultern. »Was sollte das nützen?«

Sie hob die Augenbrauen. »Hast du etwa auch keine Visionen? Oder Träume?«

»Natürlich. Die hat doch jeder.«

»Na, dann bin ich aber beruhigt.« Sie grinste. »Und? Was ist dein größter Traum.«

»Das ist mein Geheimnis.«

»Nun komm, sag schon.«

»Nein.«

»Wenn du mir deinen Traum verrätst, verrate ich dir auch meinen.« Sie sah ihn auffordernd an. »Na?«

»Nun ja.« Er zierte sich noch ein wenig, bevor er bekannte: »Ich wünsche mir, dass es auf meiner Karriereleiter weiterhin steil aufwärts geht. Und ich eines Tages Polizeipräsident bin.«

Sie stieß ein leises Lachen aus.

Er schaute sie verunsichert an. »Denkst du, dass ich das nicht schaffe?«

»Ganz im Gegenteil. Wenn es einer schafft, dann du.«

»Ich verstehe immer noch nicht, was daran so lustig ist.«

»Vielleicht verstehen das nur Frauen.«

Er kniff die Augen zusammen. Es war offensichtlich, dass er mit dieser Antwort nichts anzufangen wusste. »So. Jetzt bist du an der Reihe«, forderte er sie auf.

Sie brauchte nicht lange zu überlegen. »Mein größter Traum ist ein Häuschen in der Nähe von Trient.«

»Trient, da hab ich mal Urlaub gemacht. Schöne Landschaft. Und nicht ganz so touristisch wie die Toskana. Ich meine, das könntest du dir doch ohne weiteres leisten, oder?«

Sie lehnte sich zurück. Hielt ihr Gesicht der Sonne entgegen. »Vielleicht will ich es mir gar nicht leisten. Manche Träume müssen nicht unbedingt erfüllt werden. Es ist schöner, wenn sie Träume bleiben.«

»Das verstehe ich jetzt nicht.«

Sie nickte. »Ich weiß.«

»Dann erklär's mir.«

Sie zögerte einen Moment. »Ich meine, das, was ich mir eigentlich wünsche, ist ein Stück aus meiner Kindheit.« Verwundert registrierte sie, dass ihr dies in ebendiesem Moment klar geworden war. »Ich war als kleines Mädchen öfter in Trient. Mein Vater stammt von dort. Ich erinnere mich an dicke Frauen, die mich unentwegt an ihre großen Busen drückten. Sie gestikulierten wild und schnatterten alle durcheinander. In einer Sprache, die nett klang, die ich aber nicht verstand. Zu Hause haben wir nur Deutsch gesprochen. Das wiederum hat mein Vater nie korrekt beherrscht. Manchmal haben meine Mutter und ich ihn ausgelacht, wenn er wieder mal was verkehrt sagte. Oder die Grammatik nicht stimmte. Und in Trient war er einer von ihnen. Einer, der perfekt mitmischte und die Sprache fließend beherrschte, die ich nicht verstand. Ich sah meinen Vater plötzlich mit ganz anderen Augen.« Sie lächelte. »Am schönsten war es, wenn alle die ›Bella Bimba‹ sangen. Da krieg ich heute noch Gänsehaut.«

»›Bella Bimba‹, das klingt nett«, sagte Hinterhuber.

»Es ist ein altes trientinisches Volkslied.« Sie begann die Melodie zu intonieren. Die Anfangszeile des Refrains war ihr wegen der eingängigen Klangfolge der Worte in Erinnerung geblieben. »O come balli bene bella bimba ...«

Er sah sie überrascht an. »Du kannst ja singen und das klingt auch richtig italienisch.« Sein Gesichtsausdruck war weich. »Es ist nett, wenn du von deinem Vater erzählst. Ich wusste nicht, dass er dir soviel bedeutete.«

Sie nickte und schluckte die aufsteigenden Tränen hinunter.

»Mein Vater war ein sehr netter Mensch. Er ist leider viel zu früh gestorben.« Sie holte tief Luft. »Es ist nicht wahr, dass mein größter Traum ein Häuschen in Trient ist. Mein allergrößter Wunsch wäre, dass ich meinen Vater noch ein paar Jahre hätte behalten können. Damit er hätte sehen können, was aus seiner Tochter geworden ist. Wahrscheinlich hätte er es ganz in Ordnung gefunden, dass ich eine Polizistin wurde.«

Hinterhubers Gesicht war auf sie gerichtet. Jetzt irritierte es sie sehr, dass sie seine Augen hinter den dunklen Gläsern nicht sehen konnte. Aber sie wusste, dass er sie ansah.

»Ich glaube, jetzt verstehe ich, was du meinst«, sagte er leise.

31

Mit seiner Reisetasche stand er am Koblenzer Bahnhof. Irmchen war neben ihm. Geduldig hatte sie ihn begleitet und seine Tasche getragen, weil er noch immer an Krücken gehen musste. Über die Gleise wehte ein kühler Luftzug, der ihn schauern ließ. Der Zug musste jeden Moment kommen.

»Es tut mir alles so leid«, sagte sie nun schon zum weiß Gott wievielten Mal. Er nickte. Sie war die Einzige, die sich halbwegs bei ihm entschuldigt hatte. Als ob er jemals in der Lage gewesen wäre, einen Menschen umzubringen. Und schon gar nicht sein Püppchen.

Diese Polizistin war noch mal bei ihm aufgetaucht, um ihm seinen Laptop, seine Digitalkamera und seine Filmkamera zurückzugeben. Dabei hatte sie sich so was wie eine Entschuldigung abgerungen. Er war noch nicht dazu gekommen, zu kontrollieren, ob etwas Wichtiges gelöscht wurde. Vielleicht auch nur aus Versehen. Das mochte er nicht ausschließen.

Die Lautsprecheransage kündigte seinen Zug an. »Ja, dann«, sagte Irmchen. Schließlich umarmte sie ihn mit einer Vehemenz, die er ihr nicht zugetraut hatte. »Vielleicht können Sie eines Tages all das Unrecht vergessen, das man Ihnen angetan hat«, flüsterte sie ihm ins Ohr. Ihre Lippen streiften sanft seine Wange.

»Auf Wiedersehen, Irmchen«, sagte er herzlich und drückte ihre Hand. Dann stieg er mühsam mit seinen Krücken die kleine Trittleiter hoch. Irmchen schob die Tasche nach und schloss die Tür.

Sie blieb auf dem Bahnsteig stehen, bis sich der Zug

entfernte. Eine dicke Gestalt in ein unförmiges dunkles Kleid gehüllt.

Koblenz ließ er hinter sich. Auf seinem Schoß lag das Buch von Nabokov, in dem er während seines Aufenthaltes in Winningen keine einzige Zeile gelesen hatte. »Erinnerung, sprich ...«

Er schlug es dort auf, wo die Seitenmarkierung steckte und begann zu lesen. Die Ankunft einer »Schweizer Mademoiselle« auf einem russischen Dorfbahnhof im Winter wurde da beschrieben. Wie sie einen Laut ausstieß, der wie der heisere Schrei eines verwirrten Vogels klang. *»›Giddi-eh? Giddi-eh?‹, jammerte sie, nicht nur um sich zu orientieren, sondern auch, um tiefstes Elend auszudrücken. Die Tatsache, dass sie ein Fremdling war, schiffbrüchig, mittellos, leidend, auf der Suche nach dem gesegneten Land, wo man sie endlich verstände.«*

Als er diese Zeilen las, merkte er, wie sich etwas in ihm Bahn brach. Er begann lautlos zu weinen. Unauffällig tastete er nach einem seiner braunkarierten Stofftaschentücher und wischte sich über das Gesicht. Nicht heulen, dachte er. Selbstmitleid bringt dich auch nicht weiter. Du bist erwachsen. Du kannst tun und lassen was du willst.

Vielleicht sollte er vollkommen neu beginnen. Irgendwo, in einer anderen Stadt. Dort, wo ihn niemand kannte. Kleine Mädchen gab es schließlich überall.

Epilog

»Ist heute nicht ein besonderer Tag?«

Sie schüttelte den Kopf. »Ich glaube nicht.«

»Wenn mich nicht alles täuscht, feierst du heute deinen Fünfzigsten.« Hinterhubers Augen hinter der Goldrandbrille funkelten belustigt.

»Was gibt's da zu feiern?« Sie grinste schief. »Eigentlich hätte ich nichts dagegen, ewig neunundvierzig zu bleiben.«

In diesem Moment ging die Tür auf. »Happy birthday, liebe Franca«, skandierten die Kollegen, die in das kleine Büro im Koblenzer Polizeipräsidium drängten. »Happy birthday to you.«

Karin Steinhardt von der Prävention balancierte eine riesige Torte, auf der viele Lichtchen glühten. Wahrscheinlich fünfzig an der Zahl.

Franca fühlte einen warmen Stich in der Herzgegend. »Ich wollte diesen Tag in aller Stille an mir vorüberziehen lassen und jetzt vermasselt ihr mir alles«, sagte sie lachend.

»Nix da, jetzt wird gefeiert. Schließlich wird man nur einmal im Leben fünfzig.«

In diesem Moment schrillte das Telefon. Laut und durchdringend.

»O nein!«, rief Karin und stellte die Torte auf Hinterhubers Schreibtisch ab. Auf Francas gab es keine freie Stelle. Dort türmte sich das übliche Chaos.

»Ein neuer Fall«, schrie jemand von hinten. »Sofort lösen!«

Franca hob ab. »Mazzari«, meldete sie sich.

»Du trägst ja immer noch deinen Mädchennamen«, sagte eine weibliche Stimme.

»Bitte?«, fragte sie und runzelte die Stirn. »Wer ist denn da?«

»Alexandra. Du erinnerst dich doch hoffentlich noch

an deine beste Jugendfreundin? Oder leidest du bereits an Gedächtnisschwund?«

Der Klang der Stimme erinnerte Franca an Sonne, Sand und Wellen und an die warme Haut eines Mannes im Süden Frankreichs, den sie und ihre Freundin sich in einem kleinen Zelt geteilt hatten. Damals, als sie noch jung und unvernünftig waren. »Alex?... Bist du es wirklich?«

Am anderen Ende ertönte ein glucksendes Lachen. »Ich sitze hier über uralten Fotoalben. Dein zwanzigster Geburtstag. Les-Saintes-Maries-de-la-Mer. Der Stadt der Zigeuner. Ich erinnerte mich dunkel, dass du irgendwie bei der Koblenzer Polizei gelandet bist. Da wollte ich es mir nicht nehmen lassen, dir zum Fünfzigsten zu gratulieren. Ist doch ein fast so denkwürdiger Geburtstag wie der zwanzigste. Oder?«

»Ach Alex«, sagte Franca. »Ich freu mich wahnsinnig über deinen Anruf. Es ist übrigens noch gar nicht so lange her, dass ich an dich gedacht habe. Aber ich hätte nicht gewusst, wo ich nach dir suchen sollte. Wo treibst du dich denn rum?«

»Ziemlich weit weg. In Amerika. Portland, Oregon.«

»Was machst du denn dort?«

Alex lachte ihr gurrendes Lachen. »Ich hab einen reichen Amerikaner geheiratet. Und weißt du was? Er liebt die kleine Schlange an meinem Busen.«

Alex hat einen Amerikaner geheiratet. Genau wie ich auch. Irgendwie haben uns immer ähnliche Vorlieben verbunden, dachte Franca. Und im gleichen Moment: Wer weiß, wie lange sie noch verheiratet sein wird. »Mein Tattoo wird mich ewig an dich erinnern. Obwohl es schon ein bisschen verblasst ist«, sagte sie.

»Meins ja auch. Nichts hält ewig.«

»Damals dachten wir, wir würden ewig leben«, meinte Franca mit einem kleinen Anflug von Wehmut in der

Stimme. »Heute sind wir der Ewigkeit ein Stückchen näher gerückt.«

»Du wirst doch im Angesicht deines reifen Alters nicht melancholisch werden?«

»Keine Angst.« Franca lachte. »Soweit ist es denn nun doch nicht mit mir gekommen.«

»Ich schick dir alle erdenklich guten Wünsche über den Ozean. Du weißt ja, dass mein Fünfzigster auch bald ansteht. Hast du nicht Lust, mit mir zu feiern?«

»In Portland?«

»Klar.«

Franca überlegte einen Moment. »Wie weit ist Portland von Seattle entfernt?«

»Quasi um die Ecke. Nach amerikanischen Verhältnissen.«

»Vielleicht komme ich wirklich«, sagte Franca. Dann könnte sie endlich Georgina besuchen. Die hatte noch nicht angerufen. Es würde ihr ähnlich sehen, wenn sie den fünfzigsten Geburtstag ihrer Mutter einfach vergäße.

»Ich würde mich ganz doll freuen«, sagte Alex herzlich. »Ich glaube, wir haben uns sehr viel zu erzählen.«

»Das glaub ich auch.« Mit einem Lächeln legte Franca auf. »Das war eine ganz alte Freundin von mir«, sagte sie, als sie in die fragenden Gesichter ringsum schaute. »Sozusagen eine Busenfreundin ...« Sie presste die Lippen zusammen, um nicht laut loszuprusten.

»So, dann können wir ja.« Der Chef trat nach vorn. Räusperte sich und setzte zu einer Rede an.

»O Gott, hoffentlich keine Grabrede«, murmelte jemand.

»Nun, da Sie in Ihrer Lebensmitte angelangt sind, liebe Frau Mazzari«, begann Anton Osterkorn feierlich und rückte die getönte Hornbrille zurecht, »mitten im Leben sozusagen, da fängt der Mensch an zu überlegen, ob er nicht was verpasst hat.«

»Lächeln, egal wie hart das Leben ist«, flüsterte Frankenstein, der neben ihr stand und seine schadhaften Zähne bleckte.

»Oder aber er blickt stolz auf das zurück, was er bis jetzt geleistet hat. Und wir meinen, Sie, liebe Frau Mazzari, haben allen Grund, stolz zu sein.«

Weiter hinten sah sie, wie der lange Norbert das Cover eines Büchelchens hochhielt und demonstrativ auf den Titel tippte. ›Trostbüchlein für den älteren Mitbürger‹, stand darauf. Das Cover zeigte ein Gebiss im Wasserglas. Franca wusste, das war ein Racheakt. Weil sie ihm zu seinem Vierzigsten einen Gutschein für eine Woche »Essen auf Rädern« geschenkt hatte.

»In diesem Sinne möchten wir Ihnen alle ganz herzlich gratulieren.« Der Chef war am Ende seiner Rede angekommen. Höfliches Klatschen.

»Nun musst du aber endlich die Kerzen ausblasen, bevor sie ganz heruntergebrannt sind«, meinte Karin.

Franca trat vor die Torte, spitzte die Lippen und blies und blies. Irgendwann ging ihr die Puste aus. Ein paar Kerzen brannten immer noch. »Ich schaff's nicht«, rief sie und hob ergeben beide Hände.

Hinterhuber hatte ein Einsehen und kam ihr zu Hilfe.

So wie immer.

ENDE

Nachbemerkung

Nichts entsteht vollkommen neu. Immer greifen wir auf Vorhandenes zurück, das uns auf unerklärliche Weise gefesselt, fasziniert oder verstört hat.

»Die Welt ist voll von Ideenkeimen. Ich erkenne sie an einer gewissen Erregung, die sie sofort mit sich bringen«, bemerkt Patricia Highsmith in ihrem Buch »Suspense oder Wie man einen Thriller schreibt« über die Entstehung von Romanen.

Im Studium wurde ich mit Vladimir Nabokovs Erzählkunst vertraut – ursprünglich nicht durch den Roman »Lolita«, sondern durch eine kleine Erzählung »Spring in Fialta« (»Frühling in Fialta«), die mich nachhaltig beeindruckt hat. Nabokov war nicht nur ein großer Romancier, sondern auch Schmetterlingssammler und -kenner. Vielleicht waren das die »Ideenkeime«, aus denen sich der Roman »Apollofalter« entwickelte.

»Man weiß nie, wo man landen wird. Alles ist möglich, wenn man die Augen offen hält und Gelegenheiten zu nutzen weiß«, erläutert Sibylle Knauss in ihrer Anleitung »Schule des Erzählens – Ein Wegweiser«.

Durch einen langjährigen Freund aus dem Moseldorf Winningen erfuhr ich, dass dies nicht nur ein besonders idyllischer Weinort ist, sondern dass es dort in den steilen Weinbergen eine seltene und wunderschöne Schmetterlingsart gibt, nämlich den Apollofalter, der zu den vom Aussterben bedrohten Tierarten gehört. Der Ideenkeim, der in meinem Hinterkopf schlummerte, wurde nach vielen Jahren zum Leben erweckt. Die Geschichte, ein Krimi, entstand.

Ich habe etlichen Menschen zu danken, die mir – manchmal durch kleine Anregungen und vielfach auch durch große Hilfestellungen – bei der Entstehung und Bearbeitung dieses Romans geholfen haben.

Zu nennen wären meine lieben Freundinnen und Freunde Beate, Jutta und Doro sowie Ulrike und Karl-Heinz.

Meiner Agentin Petra Hermanns verdanke ich nicht nur die Idee für Franca Mazzaris Lieblingspralinen.

Die Koblenzer Polizei, vor allem Pressesprecher Ralf Schomisch, hat stets meine Fragen ausführlich beantwortet. Des weiteren bedanke ich mich bei Dr. Guido Westhoff vom Institut für Zoologie der Universität Bonn, von dem ich einiges Wissenswerte über Schlangen erfahren habe, sowie bei Frau Dr. Johanna Preuß von der Bonner Rechtsmedizin.

Der wunderschöne Dokumentar-Film »In den Sonnenterrassen Apollos« von Hans-Jürgen Zimmermann, der mir vieles an Grundwissen über diesen Schmetterling vermittelte, soll ebenfalls nicht unerwähnt bleiben.

Ganz besonders möchte ich mich bei Kornelia Kröber-Löwenstein und Thomas Löwenstein vom Winninger Weingut Löwensteinhof bedanken, die die Entstehung des Buches begleitet und unterstützt haben. Nicht nur, dass sie mir mit zahlreichen Tipps und Kenntnissen zur Seite standen. Auch fanden sie sich bereit, einen Wein zum Buch zu kreieren.

Angesichts all dieser Tatsachen soll nicht vergessen werden, dass es sich hierbei um einen Roman handelt. Das bedeutet vor allem, dass ich mich zwar an örtlichen Gegebenheiten orientiert, aber sämtliche handelnden Personen erfunden habe. Menschen – das möchte ich nicht leugnen – die mir ans Herz gewachsen sind. Insbesondere Franca Mazzari und ihr Kollege Bernhard Hinterhuber, die darauf drängen, weitere Fälle in und um Koblenz bearbeiten zu dürfen.

Für Fehler und Ungenauigkeiten, die sich trotz meiner Recherchen eingeschlichen haben sollten, bin ich alleine verantwortlich.

Andernach, im Februar 2006
Gabriele Keiser

Weitere Krimis finden Sie auf den folgenden Seiten und im Internet: www.gmeiner-verlag.de

Gabriele Keiser
Vulkanpark
978-3-8392-1395-7

»Lebensechte Charaktere und bildhafte Ortsbeschreibungen zeichnen auch den vierten Fall für Franca Mazzari aus.«

Der idyllische Rauscherpark am Rande der Vulkaneifel ist ein beliebtes Ausflugsziel für Familien. Groß ist das Entsetzen, als im Flüsschen Nette ein Müllsack mit einem toten Jungen gefunden wird. Was wurde dem Kind angetan? Müssen weitere Verbrechen gefürchtet werden? Kommissarin Franca Mazzari und ihr Team fischen lange im Trüben …

Wir machen's spannend

Gabriele Keiser
Engelskraut
978-3-8392-1117-5

»Mit detailgetreuen Ortsbeschreibungen und einfühlsam gezeichneten Figuren.«

Bundesgartenschau in Koblenz. Wie Leonardo da Vincis Vitruvmann liegt der Tote im Paradiesgarten – nackt, mit ausgestreckten Armen und Beinen, inmitten einer Kahlstelle, die von ätzenden Unkrautvernichtungsmitteln herrührt. Seine Identität steht schnell fest: Jürgen Klaussner ist Mitte vierzig, Inhaber einer Koblenzer Apotheke und junger Familienvater. Warum wurde er ausgerechnet auf dem BUGA-Gelände getötet? Oder war es am Ende ein inszenierter Selbstmord?

Immer tiefer wird Kommissarin Franca Mazzari in einen Fall hineingezogen, der sie auch ganz persönlich betrifft …

Wir machen's spannend

Gabriele Keiser
Gartenschläfer
978-3-89977-772-7

»Hochspannung in Andernach!«

Unter einer Steinbrücke im Andernacher Schlossgarten wird die Leiche eines jungen Mannes gefunden. Der 18-jährige Mario Reschkamp wurde mit zahlreichen Messerstichen regelrecht niedergemetzelt. Die Koblenzer Kommissarin Franca Mazzari und ihr Kollege Bernhard Hinterhuber übernehmen den Fall. Vieles deutet auf ein Verbrechen im Drogenmilieu hin, denn das Opfer war als Dealer in den einschlägigen Kreisen gut bekannt. Befragungen in Marios Freundeskreis bringen weitere interessante Details ans Tageslicht. Offenbar hatte er eine Schwäche für okkulte Praktiken. Und für Frauen. Eine seiner vielen Freundinnen weckt Francas besonderes Interesse: Davina Kayner. Das sensible Mädchen, das allein bei seiner Großmutter lebt, hat offensichtlich das spurlose Verschwinden seiner Mutter nicht verwunden …

Wir machen's spannend